U0101319

文心的省思

汪涌豪讲
中国古典文学

汪涌豪——著

丛书主编——董伯韬

湖南文艺出版社
CTS PUBLISHING & MEDIA
HUNAN LITERATURE AND ART PUBLISHING HOUSE

图书在版编目（CIP）数据

文心的省思：汪涌豪讲中国古典文学 / 汪涌豪著
. — 长沙：湖南文艺出版社，2023.8
（大家讲人文）
ISBN 978-7-5726-0725-7

Ⅰ. ①文… Ⅱ. ①汪… Ⅲ. ①中国文学－古典文学－
文学欣赏 Ⅳ. ①I206.2

中国版本图书馆CIP数据核字(2022)第151192号

文心的省思：汪涌豪讲中国古典文学

WENXIN DE XINGSI：WANGYONGHAO JIANG ZHONGGUO GUDIAN WENXUE

著　　者：汪涌豪
出 版 人：陈新文
责任编辑：耿会芬
封面设计：Mitaliaume
内文排版：钟灿霞

出版发行：湖南文艺出版社
（长沙市雨花区东二环一段508号 邮编：410014）
网　　址：http://www.hnwy.net
印　　刷：长沙新湘诚印刷有限公司
经　　销：新华书店
开　　本：880mm×1230mm 1/32
印　　张：10
字　　数：165千字
版　　次：2023年8月第1版
印　　次：2023年8月第1次印刷
书　　号：ISBN 978-7-5726-0725-7
定　　价：59.80元

（若有质量问题，请直接与本社出版科联系调换）

主编弁语

"往古之时，丛木曰林。"
在一本文集的小引中，海德格尔这样起笔。

他说："林中有路，每入人迹罕至处，是为林中路。"

他叮嘱人们，那些路看似相类实则迥异，只有守林人认得。

由此亦可想见，
认识些诚实的守林人有多幸运。

而幸运自该分享。
于是有了这部丛书。

这是守林人绘就的地图。

带着它们，当可认识林，认识既显且隐的林中路。

董伯韬
二〇二三癸卯芒种将至在上海

自　序

　　经常是这样，看着当下许多人引述丰富、注释冗长的论文与专著——很惭愧，还包括自己有些文字——不知该怎么向学生解释，其实古代中国人从来视文学为人生的一部分，而且是让自己感觉最愉快轻松的一部分。或者说，对后世不同趣味与主张的学者而言，人固然是文学的本质，但对他们来说，文学则是其由衷认定的自己的本质。唯此，他们所认可的各体文创作往往最贴近生活，也最能征象自己。倘若要他们接受今人对着自己的创作任意植入主见，印证各种主义，甚或做裁云为裳式的拙劣肢解，是万不可能的。

　　体认到这样的事实，所以近年来个人一直在强调，古人对文学的知觉常建基于主体活泼泼的生命体验与实践这一基本事实，所追求的目标既在明道增德，也在养性怡情，故其看取文学，要求和言说文学，在很大程度上并不截然服从于纯粹的认知目的，而另有欲以安慰一己浮世劳生的更广大的精神寄托。这造成了他们对文学的体认与实践，也包括文学思想与观念的表达，既浑沦深致，又关涉多多，可以是实践的，也可以是论理的；有形而上的沉思，更多经验论的发扬。但无论哪一种，淑世、匡政与助教外，最后都归于益生、执生和达生一途是显然的。因为这样的缘故，它虽然渴望超脱，始终不弃现世；虽常追求风雅，终究不违习俗。一方面，汉语的特质命定它天然具有一种强烈的修辞意味，要它往复含玩，推敲再三；但另一方面，也助成它能活跃到令人不觉其存在的程度，以致让一种无言之境坌然溢出。禅宗有"饥来吃饭倦来眠"的机锋，它也讲究"眼前景致口头语"，所谓"夕阳芳草寻常物，解用多为绝妙词"。由此，它所开辟出的"自然""浑化""超逸""高妙"等作文高境，被历代不同趣味的作者与论者写上自己的理论大纛。它们教给人的无非是，为文之道与为人之道其实是一样的。极高常寓于极平，至难常处于至易。你太有意，有时离它就远；你若无心，它反而自来亲近。

魏校是明代儒学名家，论学主敬尚气，亦能诗。其《与胡永清第二书》论诗尝有"汉初语意尚浑涵，魏晋渐觉发露，其后费雕琢矣"的判断。与宋元以降许多论者一样，他觉得汉以后的诗大抵一代不如一代。今人看惯类似的议论，念及积学之人常不免骸骨迷恋，多能体谅其从里往外透出的怀旧气息，但心里不免犯疑：为什么诗做到魏晋就不行了，乃至各体文也是如此？但在魏校们是基于切实体会再下判断的。在他们看来，能出一己性情的才是好文章，挟才格者等而下之。所谓行确而学远，气和而文典。以此衡量，后来的作者自然未免都太过刻意了。刻意之误，用今天的话说就是近于出离生活，违背自然。究其原因，或是因想自炫，或太不知道节制，将一己之意凌驾于生活之上，如此违拗物情，很容易就悖反了事理。这也是同时代被钱谦益称为"才情灿烂"的诗人顾璘，在《寄后渠》中之所以称"自曹丕立意为宗[①]，一言启六代雕镂无穷之祸"的原因。或以为，作文岂能无意，讲究立意，没毛病呀。但问题是固执己意已非人意，更难合天意。这对以得天为止境，视诗文为保持生命、促进生命，使之达到最高发展之具的古人来说是

---

① "立意为宗"见萧统《文选序》："老庄之作，管孟之流，盖以立意为宗，不以能之为本"。

断不可取的。至如明人单宇《菊坡丛话》引《休斋诗话》，称"人之为诗，要有野意"，更意在突出主体活泼泼生命的自在与无羁绊。尽管中国人于艺事从来强调诗文字画"皆有典则"，并反对弃彀率、破绳墨和私创法程，如清初陈元辅《枕山楼课儿诗话》就以"作诗以体裁为本，格调次之，布局敷词又次之"教子弟，同时安致远《〈渔村文集〉序》就明确反对"恣意无范"，但能从心所欲不逾矩，一本个人的初衷出脱变化，是他们私心最认可的。

再看明王猷定的文学代降论，同样直言道断，还另有一层意思。其《闵宾连〈菊花诗〉序》尝谓："屈宋以降，感哀乐而亡雅正；魏晋以还，感声色而亡风教；宋齐以下，感物色而亡兴会。"相较于魏校，他的判断不唯多出怀旧，还可称泥古与保守，甚至说是道德家声口也不算厚诬。当然，这可以原谅，因为连"百科全书派"的霍尔巴哈都知道，中国是世界上唯一一个将政治与伦理道德相结合的国家，马克斯·韦伯也指出过，古代中国是"家族结构式国家"，这造成了古人每每将文学与政治、伦理夹杂在一起，虽不至于视同一物，但一滚论之是经常的事。由此，好对美的形式做认识论关注的同时，更反复体味审美存在的本体论意义。有鉴于"失义而后礼"的现实，希望通过礼的讲求，赋予美以善的本质。礼在他们那里不仅是一种思想观念和道德准则，如《礼记》所说的"礼也者，理也"，也是一种制度实体，体现着彻天弥地、无处不在的"世俗理性"。在家国体系中，在由器物、制度和文化构成的既成文明中生活，制度作为社会博弈规则，能系统而非随机地约束人的行为，使任何人都无法任性地出离社会，乃至反社会，这为他们真心认可。为此，在由村社、家庭构成的微观共同体和国家、民族构成的宏观共同体中，他们出色地践行着作为臣子、乡贤和父兄的责任，并不惜冒泯然于众人的危险。但一旦恢复为单独的个体，在纯粹的文学场，那种活跃的性灵和创造力常能带他们突破道德训教的藩篱，揭出文学代降的原因很大一部分还在于作者不仅越来越背离了人作为一种自然的生物体，其感觉必须符合自然人性而不是相反；还忘记了作为社会的一分子，其表达必须顾及习尚、礼俗乃至政教的事实。那种不计后果，不考虑影响，一味张大"声色"与"物色"，乃至将其从自然人性中抽离出来，再横置于社会礼俗之上，从根本上说乖违了人心与物情、天理的和合关系，摧毁了文学得以安处在人世的基础。

所以，道德伦序的森严并没有阻断或汩没古人活泼泼的生命体验与实践。更何况他们还有机会将这种道德伦序建基于宏通宽展的宇宙意识之上，从而使自己不至于失去与宇宙的同一感。荣格《东洋冥想的心理学——从易经到禅》一书曾指出中国人"整体性领悟世界"值得学习。什么是整体性的领悟？就是在这种宇宙意识罩摄下，合天人，一内外，同他我，统知行和等真善。这种宇宙意识诚如方东美《中国人生哲学》一书所说，"不仅是机械物质活动的场合，而是普遍生命流行的世界"。作为一种最符合自然与人性的存在，它"冲虚中和"，虽属有限，功用却无穷，特别是"多带有道德性和艺术性，故为价值之领域"。具体地说，它追原天命，尚同天志，遵循道本，取象物宜，与天地合德，与大道周行，与兼爱同施，突出的是天地之间的人自身。人为天地之心，万物之灵，是宇宙间一切善之所寄，也是一切美之所寄。人将此宇宙之善与美形诸文学艺术的创造，范围天地而不过，曲成万物而不遗，是最大限度地张大了自己的本质力量，实现了自己的终极理想。因此，从根本上说，文学虽常被其人与赞襄王道、辅助政教联系在一起，但终究还能够从更广大的地方获得多元滋养，由此能肯定"不待爵而贵，不待禄而富"的独立人格，在独与天地精神相往来的修行中，获得更符合自然和人性的生存空间。

所谓"据于儒，依于道，逃于禅"，是上述多元滋养中最重要的部分，它们对中国人的影响至为深远。既让历代文人得以在社会秩序中安身立命，又能在自然秩序中修身养性，乃至获得彼岸世界的精神安慰。尤其道家思想对人的自存、道的发明与言意关系的论述，拓展和规范了后世文人思考的边界，使他们真切体认到自己和自己所经营的文字，在属于宗族、乡党和社稷的同时，还属于天地自然。而天地何其广大，人难及其万一，甚至语言都难追及其万一，这反激出了他们努力用自己的文字追配比超的企图心。不过也因为人终究属于自然，这种企图性并没有涨破自然的边界。这使得中国文学最终成为一种极富现世性并洋溢着热烈的俗世情味的文学。西人如威廉·詹姆斯、怀德海等也有对言意关系的论说，也曾讨论过人力无法概全所有的存在物，所以须避免破坏对宇宙现象的整体感受等问题。但老庄的相关论说，连同其所悬示的坐忘之境，不同于西方神秘主义所夸示的出神状态，它通向人的直觉经验，由基于知性活动的表层自我趋进到难以言说、不期精粗的深层自我，终点指向的始终是人本身，而不是虚无的玄思，并不仅所有的喻旨始终指向人本身，即喻依，也就是言谈中所及的一切物象也始终来自人本身，这非常值得玩味。我们说，知的活动多向外观照，悟的活动则是向内的体验。对意义与价值的关心远远超过结构的古代中国人，在文学活动中始终追求的是从内心深处领悟到某种生的意义与价值，这就是熊十力所讲的"体证之学"的要义。而其最终归趣是要突出人自身的合目的性，这又是牟宗三讲中国哲学的特质要不断强调"主体性"（Subjectivity）和"内在道德性"（Inner-morality）的原因。

最后还要一说的是与此相联系的另一端，即由于在古人看来，这个世界不存在与经验世界相分离，或先于经验独立存在的原理系统，创作所对应的世界是如此，批评所对应的世界也是如此，所以在谈艺论文时，他们大都不好做纯抽象的结构分析。相反，基于"身与物接而境生，身与境接而情生"，常让思虑附着于生活，作实相联譬甚至身体隐喻，以求幽邃复杂的事态人情能得到要言不烦的说明。过程中常能以物观物，在还物以自由的同时，还人以精神自由；在增强物象本身以呈现其自足性的同时，不忘昭示人的精神归路和诗意栖居。由于凡所议论与观察皆从物出，在肯定各种文类所具有的丰沛的感性和视觉性的同时，也使自己的论说因能会情于物、融理于事而得深切著明的"不隔"的乐趣。这种不拘泥执着于物之皮相，认为倘一味追求格物致知而拘执于物之理，既不利于主体认知的自身俱足，又不能保全议论对象的气足神完，进而还会陷于"理障"，失之"孤明"，难臻"妙道无相，至理绝言"的高境，最终使中国的文论得以超然于以分析性、演绎性见长的理论系统之外，并泛应曲当，无不适意。其底里依然可见主体活泼泼的生命体验。

维柯曾指出世界上许多民族的文明几乎都建立在诗性智慧基础上，如果真是这样，不能不说汉民族是其中的佼佼者。然而遗憾得很，这种诗性智慧及诗性表达并没有为所有中国人继承。我们不敢奢望能把全部的传统都变成当下，但至少应该对其中精华的部分给予百倍的珍惜，并以一种庄敬之心努力促进其保存、延续与发扬光大。环顾当今世界，文明遭冷遇毁弃之事无一日不在发生，其生命力、影响力的消退更在人不知不觉中进行着。本雅明曾感叹"每一个不能被现在关注而加以辨识的过去的形象都可能无可挽回地消失掉"，其实那些侥幸被关注并辨识的过去又能带给人多少安慰？

对于过去，中国人总有深沉的记忆，因此总喜欢说论古可以知今，读史可以明理，殊不知实际的历史与理论整合下的历史经常不是一回事，而人的存在与理解本身往往就表现为历史。所以，某种意义上说，如何对待过往的历史，是一种文明或传统能不能存续的关键。基于上述一再强调的中国人对文学的知觉常建基于活泼泼的生命体验与实践的事实，个人特别想在此申述切事、切境、切理地识读古代原典，领会古人初心之于古代文学与文论研究的意义。这样的"同情之理解"，昔人称为与古人"结心"。王符《潜夫论·赞学》就有"徒以其能自托于先圣之典经，结心于夫子之遗训"之论，认为欲"聪明无蔽，心智无滞"，"索道于当世者，莫良于典"，但要真正领会经典，能否合前古后今，致其道而迈其德，进而囊括宇宙，特别是能否得其心，实在太重要了。

至于如何得其心，除对古代文学与文论特性有上述真正的认知外，务求论从史出非常重要。陈寅恪曾对"今日之谈中国古代哲学者，大抵即谈其今日自身之哲学者也。……其言论愈有条理统系，则去古人学说之真相愈远"提出过批评，傅斯年则要求"应该于史料赋给者之外，一点不多说；史料赋给者之内，一点不少说"。考虑到当下学术研究的生态，诚如章太炎《别录》所说，"百年以前，学者惟患琐碎，今则不然，正患曼衍，不患微言大义之不明也"，这种拿来主义肆意妄论的风气应该杜绝。但另一方面，正如顾颉刚反对刻意追求体系，认为其"所言虽极绚华，而一旦依据之材料忽被历史科学家所推倒，则其全部理论亦如空中之蜃阁，沙上之重楼"，但仍强调"历史哲学"之于"历史科学"的重要性，并无取"作考据者常以史观为浮夸"。我们也应该确认，知识固然重要，但知识之外还有意义，它同样重要甚至更重要，需要人去研究，去发扬。此所以克拉克会说"一部历史书与仅仅是一堆有关过去的报道之间的区别之一，就是历史学家经常运用判断力"，"就历史学而言，我们可以断定，如果它是一门科学的话，它是一门从事评价的科学"；欧克肖特会说"历史学家不能仅依赖文献、档案就相信自己真的可以重构过去，而应有思想，有价值判断，有以整体的知识为准确理解过去的基础"。个人甚至觉得，一个有出息的研究者还应该有维柯所说的同情式的理解功夫，或施莱尔马赫所主张的善做"心理解释"和"生命解释"的本事。当然，这需要把握好尺度。

收在本书中的文字，记录了个人朝这个方向所做的些许努力。具体写作时间起于二十世纪八十年代，可以说贯穿了自己整个治学生涯。今承湖南文艺出版社和伯韬兄的雅意，将其刊布出来，于己是一段问学历程的记录，于人则难免祸枣灾梨之讥。原因无他，自己太不用功了。当此春秋代序，暑寒迭替，老境已至，雄心不再，想要有所改观已无可能。唯希望能以此好古敏求之志，不断抵近古人，庶几在其所昭示的自在人生中，过尽自己的残岁。

是为序。

目录
Contents

1

《诗经》时代的爱情

　　《诗经》本是一部产生于2500年前的诗歌汇编，自被尊奉为经后，长期以来未得到正确的解释，其中遭曲解最多的要数十五国风中反映爱情、婚姻生活的那部分作品。

　　现在说风诗大部分出自民间，风诗中的情诗是当时人爱情、婚姻生活的形象反映，已得到绝大多数人的赞同，但有的论者在具体论述时，未及仔细考察周初至春秋中叶特定的时代背景，以及十五国风发源地不同的习俗环境，仅凭某些篇章字句，就断言其时人们在爱情、婚姻方面享有很大自由，不免太过随意。有的虽有论证，如举出殷周祖先皆为私生，其母在当时仍受人膜拜以为佐证，但由于缺乏过细的研究和斟酌，仍没能裸出历史的真相，与史实存在着不小距离。

不错，商祖契和周祖后稷确是简狄、姜嫄与人私通所生，但后人对她们的膜拜和祭奠，并不是出于对其贞洁人品的颂美，而是感念其缔造了种族，有养育先祖的创化之功。在远古时代，人类社会是沿着如下轨迹发展的：起先是初民的自然组合，以后发展为按血缘建立的氏族群落。在母系氏族社会里，由于实行群婚制，人们只知其母，不知其父。以后随文明的开化，才为外族婚和对偶婚所代替。由于那时生产力水平低下，人们掌握自然的能力还很弱小，男子所从事的渔猎活动有很大的不稳定性，故从事原始农牧业和手工业生产的妇女就成了整个氏族经济的中心，并享有男子必须从其居住、死后归葬本族、所生子女属己一方、死后只许与母合葬等诸多权益。妇女既是那个时代的主要力量，享有崇高的威信，那么作为氏族族众生命的原初缔造者，即所谓"先妣"，自然就更受人尊敬了。

虞夏之际，母系社会开始向父系社会转变，婚姻形式也由对偶婚向一夫一妻制为主的专偶婚过渡。父系社会自然以男子为整个社会生活的中心，但由于自夏代以来一直到商周，虔信天命尊崇祖先的观念深入人心，所以"先妣"的地位并没有因男性的崛起而削弱，相反还因慎终追远的传统观念盛行而得到加强。特别是到了商周，以天神与祖宗神分离为特征的二元神崇拜，成为整个时代人们普遍的信仰。在这两者之间，他们又特别崇拜后者，不但祭礼名目多、规模大，还带有强烈的宗法意味。故对本族祖先的缔造者大多奉同神明。春秋时代，各诸侯国实行的是从西周沿袭下来的宗法等级制度，周礼成为各国处理社会事务的准则，所以祖宗神的地位依然稳固。如孔子虽"敬天命而远之"，但对祖先仍十分崇拜，不废祭祀。《诗经》时代的人以赞颂的口吻言及"先妣"，正是出于这一原因。它既是时人对从母系社会向父系社会转化历史的朦胧回顾，也反映了他们对与宗法制度密切相关的祖先崇拜的遵信。

殷周祖先私产其子而仍受人膜拜，还有一个原因，便是她们在当时都被人视作本族本宗的"高禖"。所谓"高禖"，又称"皋禖""禖神"，是专掌婚姻与生育之神。人们认为婚姻与生育有专神掌管的观念，殷周以前就已有之，上古时代的女娲，还有夏代的涂山氏，都是因此而受人们尊敬的。殷周人对此也十分虔信，由于简狄、姜嫄作为本族生命的缔造者，不但有昔日养育本族先祖的创化之功，还有为后世"正姓氏，联婚姻，通行媒"，保佑人们婚姻美满子嗣兴旺的通神权威，所以人们才带着感激之情逢时祭祀，在她们面前奉献自己的虔诚。以后，春秋时人继承了这种习俗，并将之完善和固定化，"仲春之月……玄鸟至。至之日，以太牢祠于高禖，天子亲往，后妃帅九嫔御，乃礼天子所御，带以弓韣，授以弓矢，于高禖之前"（《礼记·月令》）。所以仅凭这一点，不能说明时人观念已很开放，更不能借此断言他们在爱情、婚姻方面已享有很大的自由。

更何况，殷周乃或春秋时人尊崇"先妣"，突出其创化人类赐福后世等方面的功绩，还别有一种替祖先遮羞的苦心，这从其言及"先妣"怀子一事，每每要造出一些感天而生的神话以为掩饰，就可以看出端倪。我们来看《大雅·生民》一诗："厥初生民，时维姜嫄。生民如何？克禋克祀，以弗无子。履帝武敏歆，攸介攸止。载震载夙，载生载育，时维后稷。"倘遵诗的字面理解，则姜嫄之怀后稷，全然是因为踩了上帝的脚印，显然这是编造出来的神话。事实是，"履迹"是郊外祭祀高禖时所跳的一种象征性舞蹈，举行仪式时，通常由巫觋扮演的神尸代表上帝舞蹈于前，祭祀者践其足迹尾随于后。姜嫄是随神尸之后履迹伴舞，舞毕与之相携至幽暗处才有身孕的。她参加仪式的目的很明确，就是求子，所谓"克禋克祀，以弗无子"。在上古社会，妇女担负着繁衍种姓养育人类的神圣职责，通常是乐于有子并希冀多子的。只是随着文明渐开，礼义观念日盛，时人觉得让人知道自己的祖先如此降生实在不雅，所以用感天而生的神话加以掩饰。对这一问题，闻一多先生《姜嫄履大人迹考》一文有很详备的考证，他指出姜嫄"与人野合而有身，后人讳言野合，则曰履人之迹，更欲神异其事，乃曰履帝迹耳"，可谓一空蔀障之论。其实，不仅是姜嫄，其他如修己吞神珠薏苡而生禹，简狄吞玄鸟卵而生商祖契，女修吞玄鸟卵而生秦祖大业，都当作如此看。

持《诗经》时代爱情婚姻自由说者还有文献上的依据，如认为《周礼》《管子》等书载有"令会男女"和"合独"的古制，说明男女交往在当时颇受鼓励；《左传》《国语》，包括《诗经》等书中多载有上层社会婚姻混乱的例子，也可证明那个时代礼制松懈，人们在此方面并未受到太多的拘限，等等。但稍加分析，这些说法都似是而非，不能成立。

《周礼·地官·媒氏》和《管子·入国》篇中确有"令会男女"和"合独"的记载，盖春秋时代，为了兼并战争与农事生产的需要，各诸侯国统治者都要求国人尽量多地繁殖人口，以至多育有奖、过期不嫁遭罚、守节寡居则强令再嫁之事每有。毛传《卫风·有狐》所谓"古者国有凶荒，则杀礼而多昏，会男女之无夫家者，所以育人民也"，很清楚地道出其间的原因。《国语·越语》记载越王勾践为复国，用物质刺激鼓励生育，也是一例。显然，这种"杀礼"之举在客观上会造成礼仪制度某种程度上的松动，从而使男女自由交往成为可能。

但必须指出的是，与朝会燕享、冠昏丧祭都有专门讲究一样，上述政策在施行时也有具体的规定，据《周礼·地官·媒氏》记载："媒氏掌万民之判……中春之月，令会男女。于是时也，奔者不禁。若无故而不用令者，罚之。司男女之无夫家者而会之。"明言这一政策的实行时间有严格的限制，它只是统治者为自己利益考虑而制定的一个便宜之计，是变例，而非常规。至于具体定在"中春之月"，可能是因为此时春日迟迟，万物萌生，正是人们祭祀禖神的时间。古人祭祀禖神，如前文所说，原是为祛祸致福，以求婚姻的美满和子嗣的兴旺，故参与的妇女很多，那些渴望成婚与生子的女子尤为积极。在举行典礼时，她们或以水洗手足，或入河沐浴，认为这样就可以被除不祥，祛去病灾。其时，由于农忙未至，都人野老也多有围观参与的，故到后来渐渐变成一种集祭祀游乐为一体的固定节日，传统的上巳节就是由此而来的。

由于有节日特有的狂欢气氛，有众多人参与，这就为男女青年的相授相接提供了机会。由此，许多的爱悦得以暗暗滋生，许多的愁苦也在此时被引出或得到发泄。前文言及简狄在行浴时吞卵致孕，姜嫄在举仪时履迹有身，都发生在这个时候，并不是偶然的。《诗经》中，如《郑风》的《萚兮》《溱洧》等情诗，反映的也是这一特别节日里的特别遇合，故颜注《汉书·地理志》在引《溱洧》一诗时，用"仲春之月，二水流盛，而士与女执芳草于其间，以相赠遗，信大乐矣，惟以戏谑"数语以为说明，许慎也说："郑国有溱、洧之水，男女聚会，讴歌相感。今郑诗二十一篇，说妇人者十九。"（《初学记》卷十五引）又如陈地巫风盛行，故其人"俗好巫鬼，击鼓于宛丘之上，婆娑于枌树之下"（《汉书·地理志》）。由于巫觋行仪时间有规定，故在某一段时间里，青年男女得以自由交往，乃或私订终身，《陈风》中的不少情诗正是这种习俗的反映。

除此之外，男女间任何形式的自由交往都是被明令禁止的。因此，《诗经》中才又会有许多情诗抒写男女相爱但不得相接的苦闷。这种苦闷怨愤，有"民穷于兵革，男女失时，思不期而会"等现实原因的激发，大多则出于对束缚人自由的苛严礼制的不满。如《郑风·将仲子》说女子欲爱还怯，"岂敢爱之，畏我父母"；《鄘风·柏舟》中因爱遭到阻隔，只能哀叹"母也天只，不谅人只”，可见婚姻必须遵从父母之命。《齐风·南山》说“取妻如之何？匪媒不得”，《鄘风·蝃蝀》以女子与人私奔为“大无信也，不知命也”，又可见婚姻还必须有媒妁之言，“自媒之女，丑而不信”。至若《卫风·氓》诗中所谓“将子无怒，秋以为期”，也是严格按照“纳采”“问名”“纳吉”“纳征”（春秋时称“纳市”）“请期”及“亲迎”的礼制作出的约言。从这些诗中，恰恰可以看到礼制习俗是如何深入人心的。因此，统治者允许国人在仲春私会，乃是从民之俗而导引之，过时而行此事，则“父母国人皆贱之”，是断不被接受的。

至于“合独”，据《管子·入国》篇所言，指国都之掌媒“取鳏寡而合和之，予田宅而家室之，三年然后事之”，可见只限于鳏夫寡妇，不是适用于一切人等，并且行其事时还须有掌媒者安排，当事人不得随心所欲地合处。因此，以此作为《诗经》时代爱情婚姻自由说的依据，不具有说服力。

而要说及当时上层社会的婚姻，确实存在着娶庶母及嫂为妻等混乱的情况，所谓“烝”“报”之举，时见于《左传》《国语》等先秦典籍，《诗经》中也有反映。如鲁桓公夫人文姜与同父异母兄齐襄公私通，《左传》《国语》记之，《诗经·齐风》之《敝笱》《南山》《载驱》也记之。陈灵公君臣私通夏姬,《左传》《国语》记之,《诗经·陈风》之《株林》也记之。他如卫宣公霸占本应为其儿媳的的宣姜,以后宣姜又与庶子公子顽姘居,生三子二女,在上述典籍中都可以见到。史书是古代史官或文士所作,风诗多出于百姓之口而成于采诗者之手,史官、百姓虽具不同的身份,处不同的社会阶层,但前者录为信史,后者发为咏叹,所表达的都是对这种糜烂生活方式和乱伦行为的鄙弃,他们显然是意识到这种行为有悖礼义、乖违传统。

如前所说,远古时代实行的是群婚制,后过渡到外族婚和对偶婚,由于男女双方没有共同的经济基础,分合不定,故开始并不以夫妻相称。到了父系社会,实行一夫一妻制为主的专偶婚,这种情况就发生了改变,并由夏商时的草创,发展到西周及春秋时代日臻完善,对上层社会的约束力也日益加强。

周朝统治集团正是借此建立起严格的血缘宗法制度,这个集团内的国君与贵族,同姓贵族与异姓贵族之间虽有政治上的隶属、同僚关系,但由氏族社会遗留下来的血亲关系,仍是其间最主要的社会关系。周朝统治者利用这种关系来调节内部矛盾,并借此为基础,建立起一整套的完备法规。其中最主要

的是"立嫡从长不以贤"，即嫡长子继承制，目的在保证享有
继承权的男子有纯正的血缘。与此相对应，作为这种男子的配
偶也必须有相对等的地位，不然祖宗不享祭。其他大宗、小宗
均依此例行事。所以在那个时代，贵族男女的婚姻是很不自由
的，他们没有作为单个人的本位价值，而只被当作宗子和冢妇
看待；不能自由地支配自己的命运，把感情交付所爱，而只能
是家世利益的承担者乃或牺牲品。

周代社会的这种宗法制度对后世产生了深刻的影响，春秋
时代各诸侯国政治上的等级制度，正是遵周朝之例，用宗法系
统中大宗小宗的隶属关系来确定的。并且，维护和巩固这一制
度，成为统治者为政的首务。基于此，他们自不能容忍任何越
礼的淫乱行为。在封建社会，统治者的思想往往是绝对的统治
思想，统治者对血亲的强调也影响及他们的子民，所以，史官、
文士和百姓才众口一词，对于上层社会的淫乱糜烂予以抨击。
借史载上层社会淫乱糜烂的生活方式说明《诗经》时代爱情、
婚姻自由，有悖历史事实。

当然，必须承认，相较于中国封建社会中后期，《诗经》时
代的人的爱情婚姻生活还算是比较自由的。就以《仪礼》中的
"士昏礼"而言，它的成套推行在汉平帝元始三年诏臣下议定之

后，宋明以来这方面的规定日趋苛细，对人性的压抑也日趋严酷，这更是某些方面尚存上古社会遗制的《诗经》时代的人所不能想象的。不过，那是另外一个问题了。而展开上述论证，是为弄清这一长期以来被误解的史实，同时也是要强调全面认识特定时代的历史环境，正确运用史料之于学术研究的重要性。

屈原的先圣观

　　关于屈原的思想归属，自来多以为并不囿于楚国的历史文化传统，而与黄河流域华夏诸国公推的道德理想，特别是儒家思想相一致。其间，王国维《屈子文学之精神》所谓"屈子固彻头彻尾抱北方之思想，虽欲为南方之学者，而终有所不慊者也"一说尤有影响。察其所以主此说，有一理由是因屈原好称先圣，推崇三王（轩辕、颛顼、帝喾）、尧、舜、禹、汤、武丁、周文王和周武王等，而这些人基本上都是儒家极力推崇的人物。其实，基于对战国时期特殊时代背景的了解，这一判断似可商榷。

　　儒家确实是尧舜文武等先圣最虔诚的崇拜者，其代表人物孔子对上古社会有无限的迷恋，曾认真探究过夏、商、周三代因革承变的历史，面对当时"礼乐征伐自诸侯出"的动乱时势，坚信上古有最完美的社会体制，故主张"行夏之时，乘殷之辂，服周之冕"（《论语·卫灵公》），要求人主效法这些先圣的"德治"，并以维护周天子的一统天下和重建文武周公的事业为己任。孟子也是同样，"道性善，言必称尧舜"（《孟子·滕文公》），借此推行"仁政"主张。可以说，尧舜文武等先圣所代表的上古社会，构成了儒家政治理想的极致。但儒家是上古先圣虔诚的崇拜者，并不等于说推崇这些先圣的人一定都是儒家。事实是，就当时的实际情况而言，还存在着别家别派推崇这些人的情况。

春秋、战国时期，中原各国共有大致相同的自然环境和生产方式，各国的道德观念和文化传统因赖以生长的客观条件相近，在精神上存在着一种息息相通的关系，它们共同拥有一个文明渊源，彼此有着一种亲切的了解。三王、尧、舜、禹、汤、文、武在当时人眼里，代表着一个稳定清明的理想社会。他们筚路蓝缕经国营都的开拓者气派，举贤授能博施于民的尚德作为，还有宽大亲和的道德力量，雅懿敦厚的君子之风，给后人树立了很好的榜样。不仅是儒家，其他各家也有受其感召、对其心存敬意的，而敢于轻加否定、一概抹倒的几乎没有。

以与儒家主张迥然不同的墨、法两家为例。墨家反对儒家严别亲疏，明分贵贱，无取其繁饰礼乐、久丧伪哀的做法，但对上述先圣却有充分的尊敬，《墨子》一书多次提及"三代圣王尧舜禹汤文武"，对他们基本上是给予肯定的。法家反对儒家迷恋三代力主复古的迂执保守，主张"法后王"，但也不轻易否定尧舜等人，如商鞅就以尧舜汤武为"万世所称"的"圣王"（《商君书·徕民》），韩非称尧舜为"千世而一出"的圣人（《韩非子·难势》）。甚至被认作操守可议的纵横家如苏秦，也称尧舜汤武为"明君"，并对他们表现出足够的敬重（《史记·苏秦列传》）。此外，其时各派各家为了要证明所持学说有一统天下、放之四海而皆准的普遍性，故大多有意消弭自己所属氏族集团的个别性特征，而代之以"整个中国民族的大公祖以为统一的基点"（见郭沫若《屈原研究》）。出于这一现实考虑，也使得其人在对待先圣的问题上，持一种博采广取的态度。倘不考虑墨、法、纵横诸家为维护自己学说的真理性、权威性，都曾抨击过儒家的事实，仅因为他们也称赏先圣，便无视其主张的特异性，将之与儒家合流，显然是有欠妥当的。

事实是，当时各家推崇先圣，各有自己的出发点，正如韩非子在《显学》中说的那样，"孔子、墨子俱道尧、舜，而取舍不同"。以儒家而言，如前所说，其代表人物大都迷恋上古社会，为了恢复这种理想的社会制度，他们打出先圣的旗帜，试图说明尧舜之所以能致国家于大治，就在于能以德治人，实行仁政，故隆礼尚仁重义，力主对邻国怀柔，反对武力吞并。孟子于此阐发最精，曾说"尧舜之道不以仁政，不能平治天下"（《离娄》），并以先圣的更禅来为自己的道统观张目，把尧舜传禹和禹传子启说成是天意，所谓"天与贤则与贤，天与子则与子"，借此宣扬父慈子孝兄友弟恭的伦理观念。万章曾问舜，流共工，放骥兜，杀三苗，殛鲧羽山，却封最不好的弟弟象到有庳去，"仁人固如是乎，在他人则诛之，在弟则封之？"他答曰："仁人之于弟也，不藏怒焉，不宿怨焉，亲爱之而已矣。亲之欲其贵也，爱之欲其富也。封之有庳，富贵之也。身为天子，弟为匹夫，可谓亲爱之乎？"（《万章》上）其好言尧舜大抵如此。

再以墨子而言，他盛赞三代圣王尧舜禹汤文武，是因为他们能任用贤能治国，"所染当"（《墨子·所染》），能以德治人，"兼爱天下之百姓，率以尊天事鬼"（《法仪》）；且"食土簋，啜土刑"，"夏日葛衣，冬日鹿裘"（《史记·太史公自序》引司马谈《论六家之要指》），符合其"兼爱""非攻""尚贤""节用"等基本思想。而就韩非子来说，他之称赏先圣，则是因他们有杰出的治国才能，熟谙法术势相结合的统治之术和"远仁义，去智能，服之以法"的道理（《韩非子·说疑》），所以书中多称"先王之道""先王之法""先王之遗言"，并在《难势》篇中，以国家为车马，将尧舜喻为古代善御的王良。显然，墨子与韩非子两人所推崇的先圣与儒家心目中的尧舜形象是大异其趣的。

那么，屈原是从什么角度出发称赏"前王""前修"和"先圣"的，这种角度是否与儒家的认识相同呢？按之其人其作，可以看到并不相同。屈原之所以钦慕和向往先圣，主要集中在其人有举贤授能的圣明上，而不是其他，他多次称道尧舜文武等人，都是以此为出发点的。

故《离骚》有"昔三后之纯粹兮，固众芳之所在"，"彼尧舜之耿介兮，既遵道而得路"，《哀郢》有"尧舜之抗行兮，瞭杳杳而薄天"。这里，"纯粹""耿介"和"抗行"者，即指先圣有"举用众贤，使居显职"，能使"道化兴而万国宁"的圣明（《楚辞补注》引王逸注语）。在《离骚》篇中，他还力数夏康的娱以自纵、后羿的游以佚畋、寒浞的贪夫厥家、浞子浇的纵欲不忍，以及夏桀的背天违道、殷纣的滥施酷刑等罪行，用来反衬尧舜禹汤文武的有道和圣明，所谓"汤禹俨而祗敬兮，周论道而莫差。举贤而授能兮，循绳墨而不颇"，明确道出这些先圣之所以了不起，在于能举用贤能，行前修之法而无倾失。又说"汤禹俨而求合兮，挚咎繇而能调"，对汤禹得伊尹、咎繇辅佐而致天下大治这样的君臣关系，表示了无限的倾慕。于此，他列举出大量君臣遇合的例子："说操筑于傅岩兮，武丁用而不疑。吕望之鼓刀兮，遭周文而得举。宁戚之讴歌兮，齐桓闻以该辅。"《惜往日》中又说："闻百里之为虏兮，伊尹烹于庖厨。吕望屠于朝歌兮，宁戚歌而饭牛。不逢汤武与桓缪兮，世孰云而知之"，"介子忠而立枯兮，文君寤而追求"，均可见其心仪之所在。

而究其之所以特别神往于上古社会这种君臣的遇合，与楚国政治昏暗、楚王忠奸不分以及自己行度清白却不被信用的遭际坎坷有关。楚国在周武王熊通代商有天下之先已经立国，武王以后开始走向强盛。子文王熊赀继位，迁都至郢，陵跨江汉间，"兼国三十九"（《吕氏春秋·直谏》）。庄王时再"并国二十六，开地三千里"（《韩非子·有度》），国力空前强盛。传至怀王，已成为一个地方五千里，带甲百万，足以与各国抗衡的强国。怀王早先也曾有过抱负，凭借强盛的国力，为六国合纵长。但晚年昏颓，不思进取，内政外交，屡遭惨败，最后客死异国，为天下笑。继起的顷襄王也平庸昏聩，非但不以天下国家为念，还好逸乐，尝与大臣饭封禄之粟，载方府之金，驰骋于云梦之中，终使国势削弱，为秦所轻。

楚国政治的昏暗，最集中地表现在奸佞专权堵塞贤路一事上。楚国历史上虽曾诞生过像楚庄王那样的明君，举用贤能，采纳夫人樊姬的意见，黜朋党为私的虞丘子，用"期思之鄙人"孙叔敖，治国三年而霸（《列女传·贤明传》），也出过不少忠直之臣和有识之士，孙叔敖之外，还有屈到、苏贾、子文等人，忠心国事，使"虽微楚国，诸侯莫不誉"（《国语·楚语》）。但此后再少有清明的气象，君主偏任谗佞，忠邪不分，于贤能不但不用，反而多有压制和迫害，致群小基于私利，遂相倾陷，以便行其奸，柱国、令尹、司马、典令任官置吏，必曰廉德胜任，实所举非人。结果"其大夫逃死于四方，而为之谋主，以害楚国"（《左传·襄公二十六年》），在在多有，如百里奚、伍子胥等人都是因为不被任用，弃楚而走的。而楚国贵族世禄制度顽固，"内姓选于亲，外姓选于旧"（《左传·宣公十二年》），庄王时虽予废弃，规定"楚邦之法，禄臣再世而收地"

（《韩非子·喻老》），但不久又恢复如故，故吴起教悼王楚国之俗，称"大臣太重，封君太众"（《韩非子·和氏》）。王室公子皆封君，并享有豁免关税等特权，真正有才能的人自然很少有机会被重用，别国来奔的贤能就更不用说了。孔、墨、吴、荀均到过楚国，不是被杀，就是被挤迫遭拒斥，是其显例。

此外，楚国少私人讲学的风气，少明时势求变通的议政空间，由此形成一种封闭保守的心理颓势和沉闷迟滞的政治生态，故《吕氏春秋·察今》以刻舟求剑与抱婴投江附比之，称"时已徙矣，而法不徙，以此为治，岂不难哉！"。在这样的环境里，上下相欺，委随贪冒必然风行；妒贤嫉能，相忌以功，欺瞒主上，邀夺以利，必然成为大部分道德水准一般的官吏很自然的选择。时日积久，变化暗生，楚国也就渐渐丧失了与敌国抗衡的能力。公元前278年，秦将白起攻破郢都，指出楚国所以惨败的原因，在"楚王恃其国大，不恤其政，而群臣相妒以功，谄谀用事；良臣斥疏，百姓心离。城池不修，既无良臣，又无守备，故起所以得引兵深入，多倍城邑……是以能有功也"，可谓切中要害。苏秦游说天下诸侯，曾到过楚国，称楚"谒者难得见如鬼，王难得见如天帝"，"王之大臣父兄，好伤贤以为资，厚赋敛诸臣百姓，使王见疾于民"（《战国策·楚策三》），也指出楚王听信奸佞，不修内政，贤臣被弃，谗佞横行，是楚国国势日减的根本原因。

屈原行度清白，志节端方，曾受怀王信任，入则与王议国事，颁号令；出则接遇宾客，应对诸侯，并曾为造宪令，公诸于众。后被奸佞构陷，为怀王怒而疏之，以后又放逐到汉北，虽当强秦来犯国事危急时曾受命出使，但不再得到信任。襄王继位，倚重子兰、上官大夫等人，屈原又被放逐江南，再未起用。正是这种亲身经历，使他对楚王为政的昏聩和楚国政治的不可为有深刻的认识，对邪曲害公谄谀蔽明的不合理有切肤的感受，并在作品中将它们表现了出来。一方面，不满君王的言而无信和昏聩不觉悟："昔君与我诚言兮，曰黄昏以为期。羌中道而回畔兮，反既有此他志"（《抽思》），"岂余身之惮殃兮，恐皇舆之败绩。忽奔走以先后兮，及前王之踵武。荃不察余之中情兮，反信谗以齌怒"（《离骚》）。另一方面，愤愤于群小的构陷与诽谤："余虽好修姱以鞿羁兮，謇朝谇而夕替"，"众女嫉余之蛾眉兮，谣诼谓余以善淫"（《离骚》）。基于坎坷的遭遇，他对古代屈死的忠臣有无限的同情，并拿自己与他们相对比，以此宽解自己："晋申生之孝子兮，父信谗而不好。行婞直而不豫兮，鲧功用而不就"（《惜诵》），"伍子逢殃兮，比干菹醢。与前世而皆然兮，吾又何怨乎今之人"（《涉江》）。

世道既然如此昏昧，清浊不分；楚王又是这样昏聩，不可信任，自己外困群奸，内被姊詈，一腔爱国之心又不可户说人告。再联想及春秋之时，屈瑕为将，屈完为令尹，屈正为申公，屈到为莫敖，屈建为驷马，屈罢为大夫，而怀襄之世，昭阳、景翠皆仕至上柱国，昭常仕至大司马，昭鼠仕为宛公，昭献相韩，昭雎、景鲤皆尝为使，昭应、景阳、景痤皆尝为将，屈姓一族显然凋落，屈原痛切地感到了前途的黯淡，要想说服楚王摆脱群小也再无可能，所以才上天入地，寻找古代的圣君圣哲，并将他们引以为自己的同类与知己。在《怀沙》篇中他说："重华不可遌兮，孰知余之从容"，认为自己欲行忠信的诚心，在世俗皆行佞伪、忠直不蒙赏识的形势下，只有像舜一样的圣明之君才能了解。因此《离骚》篇中，当欲依先圣之法行事而不见容于浊世时，他要"济沅湘以南征兮，就重华而陈词"。当楚国大势已去，复兴无望，他悲愤交加，决心以一死相殉。这时激励他的也是这些圣明之君、忠直之臣，所谓"伏清白以死直兮，固前贤之所厚"。这与孟子以不用而去为"智者"的观念俨然构成对峙。

可见，屈原推崇先圣，固然是因为其人德行可法，更因为他们能举用忠直的贤臣治理天下。他向往上古社会君臣遇合的理想境界，所以在自己的作品中反复致意，一再张扬。显然，这样一种对先圣的称赏和张扬，有当时特殊的社会背景，并见之于儒家之外的其他各家学说，而与孔孟以先圣为复古的旗帜，宣传崇德重礼的政治理想、伦理思想是不尽相同的，故不能用来作为其思想归属于儒家的理由。退一步说，不管屈原出于什么考虑推崇这些先圣，称赏尧舜文武算与儒家挨着边，但齐桓公、秦穆公和晋文公这些人却不是儒家理想中的圣王，所谓"仲尼之徒，羞称五霸"，而他仍推崇备至，这不是很说明问题了吗？

总结言之，屈原不同于孔孟，他不是大言仁义的道德家或理论家，而是一个虽不改诗人气质，但明于治乱，娴于辞令，确有治国安邦实才的人。时天下纷起，"横则秦帝，从则楚王"（刘向《战国策·书录》），"屈原与楚同姓，仕于怀王，为三闾大夫"。三闾之职，掌国中昭、屈、景三个最重要的王族，屈原"序其谱属，率其贤良，以厉国士"（王逸《楚辞章句·离骚经序》），对内主张"修明法度""举贤授能"，对外力主"联齐抗秦"，由楚国来完成统一大业。为此，替怀王"造为宪令"，想把自己的主张连同"美政"理想用法律形式肯定下来。由于审时度势，这些主张大都切实可行。即以对内政策来说，既不同于法家重法而不恃贤，又不同于儒家任贤而不尚法，而是主张律令与贤能并施，从而避免了两家的偏颇。其时怀王囚秦而死，顷襄王继位，任用奸佞，不修政治，故秦将白起得以引兵深入，多倍城邑，拔鄢郢，烧楚先王墓。屈原有"存君兴国"之志，道不同，自难得识赏。而由此不得重用，也可知其不改志节，并必不会违背自己重法度任贤能的一贯主张。如上所及，儒家扯起尧舜等先圣的旗帜，迂阔而疏于事情地空讲道德仁义，讲世卿世禄等级分殊，讲父慈子孝兄友弟恭，甚至为维护这种礼的讲究而丧失原则，任人唯亲，这些做法显然与屈原上述主张相异，有的还正相反。

至于屈原是楚人，对自己的文化有过于常人的认同与敏感，故好用楚语，传楚物。蛮荆巫俗，以动其性；叠波旷宇，以荡遥情。尽管广览各家著述，以博闻强识著称，但"楚辞未尝引经，亦未道及孔子"（皮锡瑞《经学通论·诗》），他本人未尝讲"礼"，也未赞及孔子最心仪的周公，可知于孔子及儒家学说并不太服膺。其时孔子之教虽未大行于楚，但楚庄王、太史倚相、观射父和白公子张诸人春秋时已有引经，楚臣引《诗》最早见于穆王九年，也即文公十年，不应六国时犹未闻及。再说周曾遣太史入楚，周公亦曾奔楚，楚人真正仿制诸夏在春秋中期已经开始，真正楚产的大儒如陈量、铎椒等人在他之前也已出现。他之未及儒家之教，只有上述这一个原因。

今人多引其作品用语有合于儒家之论者，以为可作一体解，如屈原好锤炼人品德行，多言"好修"，有合于孔孟处，但法家如韩非子何曾少言"修士"？再进而言之，难道他多言"规矩""法度"与"方圆"，就是法家？多言联齐抗秦，并善于应对辞令，就是纵横家？显然不能。对于他好称先圣一事，也当作如此看。又，屈原揭露世俗混浊，数斥群小构陷，每责楚王之昏惑背信，且嗟号昊旻，仰首叹息，对天问难，大胆怀疑，其长篇滔滔，不稍控驭，不唯有违儒家尊天敬祖慎终追远的信仰，也有违其优柔谲谏，寓规谏于颂美的淳厚与忠爱，后世儒者正因此斥其"露才扬己，显暴君过"（颜之推《颜氏家训·文章》），这也从一个侧面表明其思想归属与儒家有异。故其"思九州之博大兮"，但凡有合于己意，有可用以申诉求告者，皆援以为用，后人正不必强行分疏，以儒法诸家裁论之。

荀子论"道"与"法后王"

近来有研究者对荀子是否是明道、征圣、宗经说先驱提出疑问，认为荀子所讲的"道"兼有孔子政治之道与道家自然之道的内容，同时比孔孟所讲的"道"包罗要广，不仅指先王之道，还兼概后王之道，由此可证其非此说的提出者。其实这一判断浮表不切，不能成立。

的确，荀子关于"道"及"法后王"的论述，有与孔孟不尽相同的地方。因为他的学说是在新兴地主阶级政权日趋稳固，诸侯异政百家异说局面日趋破灭，统治者不再需要处士横议，而要求有一种包举各派的理论主张来维护既得利益的背景下产生的，所以必然在继承与总结前代各种思想资料的同时，有自己的新认识，带上所处时代的新特点，但要说这种认识已经构成对传统儒家学说的悖反，则又不尽然。

毫无疑问，荀子是先秦时代唯物主义色彩最浓的思想家，这种唯物精神在其宇宙观和自然观上表现得最为突出。譬如，他反对殷周以来盛行的宗教神学观念，提出"天道自然"一说，认为世界上一切事物均起因于"天地之变，阴阳之化"（《天论》）。在承认"天"也即客观存在的自然界是一系列矛盾运动的产物的同时，又提出"天有常道，地有常数"的思想，以为自然界所发生的种种怪异现象，如日月有蚀，风雨不时，皆是天地阴阳运化的结果。此时，他所讲的"道"实际是在指称一种客观的规律。这种思想或与道家自然观有一定的关系，荀子生活在滋育和产生道家思想的楚地，受老庄学说的影响不是不可能。不过他在一定程度上克服了道家自然观中的宿命思想和没落心理，明言制天命而载万物，毕竟表现出了一个正走向兴旺的新兴阶级对前途的乐观期待。

但是，正像历史上许多思想家，其宇宙观与自然观是唯物的，社会历史观却未能摆脱唯心束缚一样，荀子的"天道自然"思想也未能进入或贯彻到他的社会政治思想中去，由此"自然之道"最终变成了"君子之道"。在《儒效》中他说："道者，非天之道，非地之道，人之所以道也，君子之所道也。"他把这个"君子之道"视作可以支配人类社会的最高原则，礼义德仁等伦理规范都是这种原则的具体表现。此时，彻天彻地，在他心目中几乎已不存在一个外在于此的"自然之道"了。并且，检视《荀子》一书还可以看出，这种"君子之道"，实际上也就是儒家传统学说中的王道。

再说荀子对先王、后王的态度。关于他究竟主张"法先王"还是"法后王"，学界历来有争议。结合上述对"道"的论述作一全面的考察，可以发现荀子基本上是"法先王"的拥护者。在《非十二子》这篇带有总述性质的文章中，他就说过："不法先王，不是礼义……不可以为治纲纪。"在《儒效》篇中，又说"儒者，法先王，隆礼义，谨乎臣子而致贵其上者也"，并把"法先王"与"统礼义""一制度"并列，作为评判"大儒"的重要标准。在《大略》篇中，他更具体地解释了什么是"法先王"，明言"先王之道，则尧舜已"。《荀子》一书中用"先王"两字的地方多达20余处，远比"后王"一词为多，所有这一些都足以说明问题。

当然，他确又提到过"法后王"的话题，后人沿承杨倞的说法，以为他所说的"后王"指"当今之王""近时之王"，如魏文侯、秦孝公之类（《荀子集解》引）。可事实是，他对这些靠武力获取天下的人大都不取。其时申商苛虐，孙吴变诈，以族论罪，杀人盈城，谈说者又以慎墨苏张为宗，孔子之道几乎息绝。他继孟子之后，敷陈往古，根极理要，意在羽翼六经，增光孔氏。故到齐国，时湣王当政，自吞并宋国后国势正盛，他却劝齐相以王道治天下，因未获采纳才离齐去楚。又曾赴赵，与临武君论兵于孝王座前，游说赵王唯民心归向是求。以后再入秦会昭王和范雎，建议重用儒者，实施仁政，对昭王"儒无益于人之国"的说法予以直接的驳斥。他承认秦国强大，但更认为依凭强力断不能成事，所谓"力术止，义术行，曷谓也？曰：秦之谓也。威强乎汤武，广大乎舜禹，然而忧患不可胜校也，諰諰然常恐天下之一合而轧己也，此所谓力术止也"（《强国》）。在他看来，只有节威扬义，以仁义之术易强兵之术，以王道易霸道，才是正确的治国方术。

那么，其所谓"后王"究竟指哪种人？细按《荀子》全书，"后王"一词共出现9次，如《不苟》之"天地始者，今日是也。百王之道，后王是也。君子审后王之道，而论于百王之前，若端拜而议"；《儒效》之"不知法后王而一制度"，"言道德之求，不二后王……法二后王；谓之不雅"；《王制》之"王者之制，道不过三代，法不贰后王。道过三代谓之荡，法贰后王谓之不雅"；《非相》之"欲观圣王之迹，则于其粲然者矣，后王是也。彼后王者，天下之君也。舍后王而道上古，譬之是犹舍己之君而事人之君也。……五帝之外无传人，非无贤人也，久故也；五帝之中无传政，非无善政也，久故也"。从这里可以看出，荀子是从年代久远、无粲然详备的文物制度可据这一角度提出"法后王"一说的。

他认为近世明王之法即圣王之迹，礼法所兴在救当世之急，故当人来求，则须言当时之切所宜行之事，随时设教，正不必广说远古，拘泥旧闻。或以为君必用尧舜之道，臣必行禹稷之术然后可，是惑于理。此所谓"百家之说，不及后王，则不听也"（《儒效》）。在《正名》中，他力主"后王之成名，刑名从商，爵名从周，文名从礼"，又说"欲知上世，则审周道"，都在强调这一点。

如前所说，荀子认为"先王之道，则尧舜已"，那么相较之下，文王、武王、周公自然是后王了。所谓"法后王"，正是基于"古今一度"的事实，指对文王、武王、周公等人的学习和追仿，由此而"以近知远，以一知万，以微知明"（《非相》），故在《成相》中他又说："至治之极复后王。"这与高唱"郁郁乎文哉，吾从周"的孔子，严守仁义反对霸术的孟子在精神实质上是一致的。因此，不能依凭"法后王"的字面，就否认其对先王先贤的崇仰。与此相联系，自然也不能据此证明其思想上没有明道、征圣、宗经的成分。更何况他确乎说过："圣人也者，道之管也。天下之道管是矣，百王之道一是矣；故《诗》《书》《礼》《乐》之归是矣。……天下之道毕是矣。"（《儒效》）"故《书》者，政事之纪也；《诗》者，中声之所止也；《礼》者，法之大分类之纲纪也，故学至乎《礼》而止矣。夫是之谓道德之极。"（《劝学》）

司马迁的"先黄老而后六经"

班固在《汉书·司马迁传赞》中,承其父班彪之论,对司马迁有一段著名的评说:"又其是非颇谬于圣人,论大道则先黄老而后六经,序游侠则退处士而进奸雄,述货殖则崇势利而羞贱贫,此其所蔽也。"对此,汉以后历代有意贬抑司马迁者大多予以沿用。

在班氏父子所述三点中,最重要的显然是第一点,"论大道则先黄老而后六经"。前人对这句话作过注释,但如张守节《正义》,只解释了黄老之道的含义,而没论及其与六经的关系①;李贤《后汉书》注,只列举了司马迁对黄老与六经的不同

---

① 张守节《史记集解序注》:"大道者,皆禀乎自然,不可称道也。道在天地之前,先天地生,不知其名,字之曰道。黄帝、老子遵崇斯道,故太史公论大道,须先黄老而后六经。"

评价，而没指出他何以有此先后的原因①。本文试就这一问题，作一点分析。

司马迁《史记》一书，对老子学说确实多有推崇，《老庄申韩列传》中，特记孔子向其问礼的传闻。至于全书评赞人事，引用其语更不止一处②。然其被班固以下历代人指为"先黄老而后六经"，则还基于他在《太史公自序》中，对其父司马谈所论的照录；在撰作《史记》全书过程中，对其父所论精神的接续和发扬。

司马谈尝"愍学者之不达其意而师悖，乃论六家之要指"，对阴阳、儒、墨、名、法、道德六家，分别作了界说，指出其他五家都存有缺陷，唯有道家学说圆融周赅，几于尽善尽美。学界一般认为，司马迁对先秦学术的评判，明显受到父亲司马谈的影响，《史记》一书也因以道家学说为指导思想。对此，清人陈祖范、王鸣盛等人明确表示反对，认为司马氏父子"学述分途"，由司马谈崇道贬儒，不能导出司马迁必先黄老而后六经

---

① 李贤《后汉书·班彪传赞》注："黄帝、老子，道家也；《五经》，儒家也。迁《序传》曰：'道家使人精神专一，动合无形，赡足万物。'此谓崇黄老也。又曰：'儒者博而寡要，劳而少功。'此为薄《五经》也。"

② 《史记·扁鹊仓公列传》："故老子曰'美好者不祥之器'，岂谓扁鹊等邪？若仓公者，可谓近之矣。"《史记·酷吏列传序》："老氏称：'上德不德，是以有德；下德不失德，是以无德，法令滋章，盗贼多有。'太史公曰：信哉此言也。"

的结论。不过这种截然界划两个思想联系的做法与史实不符，在逻辑上也失之牵强，难以服人。笔者认为，司马谈思想对司马迁其人及所作《史记》确有影响，但能否将这种影响归结为道家思想的影响，则有待作进一步的分析。

关于司马谈的思想渊源于先秦哪家哪派，史无记载，《太史公自序》讲得也很简单，但称其学天官于唐都，受《易》于杨何，习道于黄子。而对于黄子，我们了解得更少，只知他好黄老之术，景帝时，曾与儒学大师辕固生争论过汤武受命问题。因此，要弄清司马谈思想，只有看《要指》一篇，以及司马迁所记其生前所说的一些话。从《要指》中可以看出，司马谈对先秦各家学说都有过一番研究，认为它们"直所从言之异路，有省不省耳"，但所要达到的目的相同，都是"务为治者"。这句话很重要，仔细研读《要指》，可以发现，司马谈正是以这个"治"作标准，来评判各家学说的长短得失的。而这"治"的内涵，则是儒家"治国平天下"的传统思想。先看他对道家的评价：

> 道家无为，又曰无不为，其实易行，其辞难知。其术以虚无为本，以因循为用。无成势，无常形，故能究万物之情。不为物先，不为物后，故能为万物主。

> 道家使人精神专一，动合无形，赡足万物。其为术也，
> 因阴阳之大顺，采儒墨之善，撮名法之要，与时迁移，应
> 物变化，立俗施事，无所不宜，指约而易操，事少而功多。

如果说前一段话于道家学说的哲学品格多少有所揭示的话，那么后一段话虽不能说与道家截然无涉，却不能算是体得要领的明断。不错，道家讲无为，并非要使国家昏乱，行政废弛，不然老子不会说"侯王若能守之，万物将自化"①。然其主张取法自然，向往上古的敦朴，厌恶一切人为矫饰和仁义礼智的虚伪讲究，说其顺应天地人事的规律可以，说其博采儒墨名法之长则不免与事实不符。对于司马谈的这种界说，人多不解。如陈柱在《诸子概论》中指出其"皆未得道家之精者"的同时，就发过如下的疑问和感慨："以司马氏世为史官，而犹不足以知道家之真，则道家之真，其霾没不彰，不亦宜哉！"其实其所说的道家，本来就不是原初意义上的道家，而是经汉初以来人改造过的黄老之术，一种实践性很强，且有利于达到儒家"治国平天下"的终极目标的理论。

---

① 《老子》三十七章。

再看司马谈对其他五家的评论，可以看到标准仍是一个"治"字。其评儒家以《六艺》为法。《六艺》经传以千万数，累世不能通其学，当年不能究其礼，故曰"博而寡要，劳而少功。若夫列君臣父子之礼，序夫妇长幼之别，虽百家不能易也"，一褒一贬，皆以能否臻天下于治为关键。儒学推崇周公，服膺六经；儒学宗师学在六经，教人以六经，六经实际上是周代各种礼义制度的记录，因此，儒家从一开始就是隆礼的。认为"礼者，君之大柄也，所以别嫌明微，傧鬼神，考制度，别仁义，所以治政安君也"[①]，"礼者，因人之情而为之节文，以为民坊者也"[②]，把礼看作是规定伦理名分以节制人情，使从家庭到社会的一切等第次序制度化、法律化，从而达到政和君安天下大治的法宝。孔子主张"政者，正也"[③]，其目的也正在依礼正名正己正人，由此而致于君君臣臣父父子子。对此，司马谈是十分赞同的，因它有益于治而称为"虽百家不能易"。他之所以批评儒家"博而寡要，劳而少功"，主要是针对儒家学说中那些烦琐的揖让之礼、俎豆之数，以及后人对六艺牵强附会的

---

① 《礼记·礼运》。
② 《礼记·坊记》。
③ 《论语·颜渊》。

解说而来。当日，汉儒正是用这些礼数和解说迷惑人，相率于欺诈之途，循迹忘本，假名悖实，丢弃了儒学的真义。所以，他上述贬抑之辞，实是有感而发，并非出于对儒学本身的否定。与儒家隆礼、以礼乐治世的态度不同，道家主张"我无为而民自化，我好静而民自正，我无事而民自富，我无欲而民自朴"①，它绝去礼学，兼弃仁义，认为礼非但不能使百姓敦朴、社稷安定，相反助成了社会的动乱，是所谓"忠信之薄，而乱之首"②。显然，司马谈的思想与以老庄为代表的道家学说有很大的距离。

他评墨家，肯定它"强本节用"的主张，但不满其不看对象、严求节俭的做法。在他看来，强本节用可以富国强兵，有益于治，固然应该肯定，但不看对象地一味讲节俭，则会使"尊卑无别"，所以他坚决反对。他还具体论及墨子"其送死，桐棺三寸，举音不尽其哀。教丧礼，必以此为万民之率"，认为这样做是混淆了尊卑的差别，有悖于礼义。"薄丧"是墨家的传统，墨子攻击儒家，有一个重要原因，就是因它"久丧伪哀以谩亲"。死葬仪式在古代属礼的范围，因此墨子还进而攻

---

① 《老子》五十七章。
② 《老子》三十八章。

击儒家"繁饰礼乐以淫人"①。这样的观点，司马谈显然是不能接受的。至于道家对此虽无专门论述，但它反对礼义的虚伪讲究，已表明了自己的立场；而庄子丧妻鼓盆而歌，更可见道家于此事的淡泊和通达。司马谈反对墨家的"薄丧"主张，认为它不符合礼义，无益于治，显然也与道家学说有别。此外，他批评法家"不别亲疏，不殊贵贱，一断于法，则亲亲尊尊之恩绝矣"，因此是"严而少恩"；但又称赞它能指导人"明分职不得相逾越"，"正君臣上下之分"，认为这是"虽百家弗能改"的至理，充分说明他对儒家"亲亲尊尊""贵贱分殊"的礼义观的重视，对儒家遵礼以达治之理想的执着。至论阴阳家之不可废在其能"为天下纲纪"，名家之所长在"正名实"，也可见出这一点。

总而言之，只要能引导人遵礼以达治，他都是给予肯定的；反之，则坚决反对。按理说，道家既被他奉为超越诸家之上的根本性学说，他之辨明是非评判高下，就该以此为准，然事实是，他时时处处都以如何由主尊臣卑、亲疏贵贱而达天下大治为准的。有鉴于这主尊臣卑、亲疏贵贱乃儒家最注重的科条，再说其思想以道家思想为主导，显然与事实相违。

① 《墨子·非儒》。

如果仅上述析论，还不足以说明问题，那么不妨再来看看他临死前对儿子的嘱咐。

> ……且夫孝，始于事亲，中于事君，终于立身。扬名于后世，以显父母，此孝之大者。夫天下称诵周公，言其能论歌文武之德，宣周召之风，达太王、王季之思虑，爰及公刘，以尊后稷也。幽、厉之后，王道缺，礼乐衰，孔子修旧起废，论《诗》《书》，作《春秋》，则学者至今则之。自获麟以来四百有余岁，而诸侯相兼，史记放绝。今汉兴，海内一统，明主贤君忠臣死义之士，予为太史而弗论载，废天下之史文，予甚惧焉，汝其念哉！

司马谈勉励儿子的话，出自儒家经典《孝经》。《孝经·开宗明义章》明言："夫孝，德之本也……立身行道，扬名于后世，以显父母，孝之终也。……夫孝，始于事亲，中于事君，终于立身。"《广扬名章》也谓："君子之事亲者，故忠可移于君。"这绝对不是巧合，而适足可见他对儒家经典的稔熟，对儒家传统观念的执着信仰。

他还曾以儒家奉为圣典的六经大义教导儿子，要他继承六经褒善贬恶传统，牢记史官明圣盛德和功臣世家贤大夫之业的责职。以为"伏羲至纯厚，作《易》《八卦》。尧舜之盛，《尚书》载之，礼乐作焉。汤武之隆，诗人歌之。《春秋》采善贬恶，推三代之德，褒周室，非独刺讥而已也"。这种对儒家经典的推崇，在道家是绝对没有的；这种对史官的要求，也不是道家所取的态度，而与儒家传统学说相一致。因此我们认为，对司马谈影响最深的是儒家思想，而非道家学说，他的社会政治理想，所持理论的现实旨向，从来就是以儒家思想为指导原则，以儒家"治国平天下"的思想为归结点的。尽管他知道道家学说涵盖天地、博洽万物，是一种陈义很深的高妙学问，但他更多地是将其视作一种不用劳心劳神就能实现大治理想的好方法，而非治国之根本；至《要指》在具体论述的措辞用语上给道家以似乎是超乎五家之上的特殊地位，多半是对汉初以来君臣上下普遍崇尚黄老的社会风气的回应，而非是一种截然无疑的学术肯定。

弄清了司马谈对儒道两家的态度，十分有助于我们对司马迁思想的了解。应该承认，司马谈推崇道家的态度对他有影响，所以他会在自己的文章中，引用和阐发道家学说。如在

《素王妙论》中高扬"天道自然"的旗帜，认为"春夏囚死，秋尽旺相，非能为之也；日朝出而暮入，非求之也"①。在《悲士不遇赋》中主张"无造福先，无触祸始。委之自然，终归一矣"的处世哲学②。在《老庄申韩列传》中，盛赞老子"无为自化，清静自正"的道德和学说。但在论社会政治与现实人事时，却大多只以儒家传统思想为准的，尽管有时也引用一两句老庄的话作由头，评赞时事，针砭时弊，但即使在这种时候，仍脱不了儒家思想的根本影响，或者说根本只是为了宣达自己的儒学思想服务的。

司马迁早年随父到长安，年10岁即研诵古文，曾问学于当时儒学大师孔安国、董仲舒。20岁起游历天下，讲业齐、鲁之都，观孔子之遗风，"观仲尼堂庙车服礼器"，"低回留之，不能去云"③，儒家思想很早就深深刻在他的脑子里。高祖继亡秦而起，建立统一的中原帝国，他热情地予以赞美，称"维我汉继五帝末流，接三代绝业"，以示汉之立国得天统。他还坚决支持中央朝廷所施行的强干弱枝政策，称诸侯谋反为"逆

---

① 《玉函山房辑佚书》卷八九。
② 《艺文类聚》卷三十。
③ 《史记·孔子世家》。

乱"，同时提醒统治者，"形势虽强，要之以仁义为本"，并引"禹圣成其太平"的业绩，"以攻当代之罪"；引孔子"导之以德，齐之以礼"之说，表示对专制决断的反对。他对儒家所讲之礼也是很重视的。老子居礼之反，薄礼而无名；庄子更以名为伪，主张去名而齐是非，他都未予肯定。相反，以为礼禁于未然之前，不像法施于已然之后，所为用者易见，所以在《礼书》中主张"诱进以仁义"为主，"束缚以刑罚"次之。在《平准书》中要求"以礼仪防于利"。在《自序》中，他直接地指出"不通礼义之旨"的后果，必"至于君不君，臣不臣，父不父，子不子"。而诸侯分裂谋乱，在他看来，就与其人不明礼义有关，故《汉兴以来诸侯王年表序》中称，倘"尊卑明而万事各得其所矣"。由于对礼的重要性有如此认识，他在《史记》中"备论君臣父子夫妻长幼之序"①，他要求士人立身处世的原则也由此奠定。《报任少卿书》所谓"修身者，智之符也；爱施者，仁之端也；取与者，义之表也；耻辱者，勇之决也；立名者，行之极也。士有此五者，然后可以托于世，而列于君子之林"，正是对儒家修身原则的真切体认。他之所以甘冒不韪，替李陵辩解，就是出于对其为人的认同，所谓"事亲孝，与士

---

① 《史记正义·论史例》。

信，临财廉，取与义，分别有让，恭俭下人，常思奋不顾身，以殉国家之急"，分明道出他对儒家表彰的理想人格的钦慕。与之相联系，司马迁对阐述礼仪大义的六经给予很高的评价，特别是《春秋》。在《自序》中，他称《春秋》为"礼义之大宗"，"上明三王之道，下辨人事之纪，别嫌疑，明是非，定犹豫，善善恶恶，贤贤贱不肖，存亡国，继绝世，补敝起废，王道之大者也"。并直陈自己写《史记》，正是继承了《春秋》的传统。事实确乎如此，《春秋》一书内容上使乱臣贼子惧的凛正，形式上不以空言见志、力求实事明理的著切，风格上直捷透达又不露锋芒的含蓄，都给《史记》写作以很深的影响。而倘究其心理动机，则从《与挚伯陵书》可知，与受传统"三不朽"思想影响，不愿没世无闻大有关系。故无论从撰作动机，还是撰作指导思想来看，他之写《史记》都与儒家传统思想息息相关。此外，他把孔子列为"世家"，给予很高的评价，论史事往往考信于六艺，言六艺则折中于孔子，也出于一样的考虑，故何焯称他"子长考信于六艺，奉之以著书，造次必称仲尼"①。

如上所述，司马迁受儒家思想的影响很深。他从不笼统地

---

① 《义门读书记·史记》。

反儒，更不反孔；他著述的动机和榜样都来自儒家经典和儒家传统学说，这些都是很清楚的。那么，班氏父子"先黄老而后六经"的指责，是从何而来的呢？结合《史记》全书来看，除司马迁照录其父所撰《要指》，并对《要指》大义多有肯定，评赞人事又每用老庄之论为取去外，主要还在于他不排斥黄老的同时，对汉代从政治到学术风气所持的批评态度，对当时儒学和习儒之士常有尖锐抨击和讽刺。因为只要深入一步去考察司马迁扬道抑儒的言论，就可以发现，这种扬抑首先并不一定是同时出现的，也就是说，它们彼此不构成对立。司马迁并不认为在所论述的问题上，道家学说正可补救儒家之失。此其一。其二，他之抨击社会风气，贬抑儒学和习儒之士，多属他"感当世之所失，愤其身之所遭"的愤激之辞。他摒弃汉儒，不是痛恨儒学，而是痛恨假儒学，是对儒学执着的表现；他有时用道家的某些言论评赞人事，也都是出于对儒学被败坏的愤懑，和对儒学传统的维护。具体而言，其之所以"先黄老而后六经"，至少有以下几方面的原因。

首先，那是出于对汉武帝好大喜功、阴夺于民政策的不满。司马迁一生，与武帝相始终。武帝是一个有雄才大略的君主，他恃汉初以来积蓄的国力，抗匈奴，通西域、西南夷，平定南越、东越，设置北方和西北边郡，大规模修建水利和宫殿，封郊祭祀，把汉王朝推向全面鼎盛。但他同时又是一个刚愎自用、好大喜功之人。五十年间，外攘夷狄，内兴功业，重用财官，滥任酷吏，着实地给国计民生造成无穷的损耗。如他推行一系列高度垄断的政策，改革币制，实行算缗告缗、盐铁官营、置平准、行均输等，虽然在一定程度上对一部分富商大贾、豪宗强右起到了裁抑作用，但笼利政策非富国强国之术，结果"因兵革而财用耗，因财用而刑法酷，沸四海而为鼎，生民无所措手足。……阴夺于民之祸，于斯为极"①。司马迁目睹武帝错误政策所带来的"选举陵迟，廉耻相冒，武力进用，法严令具"，以及"兴利之臣自此始"的恶果，疾首痛心，觉得与其以穷兵黩武、与民争利为有为，还不如无为的好，因此，转而对汉初的清静无为、与民休养生息很是向往，称其时"破觚而为圜，斫雕而为朴，网漏于吞舟之鱼，而吏治烝烝，不至于奸，黎民艾安"②，并把此政策视作一项符合历史发展趋势的措施，予以热情的肯定。所谓"故汉兴，承敝易变，使人不倦，得天统

---

① 黄震《黄氏日抄》卷四六。
② 《史记·酷吏列传》。

矣"①。他对君主和臣下的称赞，也常常是因为他们能实行宽简政策，休息于民。如《吕太后本纪》称赞"惠帝垂拱，高后女主称制，政不出房户，天下晏然"，《曹相国世家》称赞萧规曹随，"载其清静，民以宁一"。他之推崇道家，并进而对儒家学说的某些说法提出怀疑，正基于这一点。在这个问题上，晁公武《郡斋读书志》中的一段话，可谓深得司马迁的用心。他说："武帝之世，表章儒术而罢黜百家，宜乎大治。而穷奢极侈，海内凋敝，反不若文景尚黄老时人主恭俭，天下饶给。此其所以先黄老而后六经也。"

其次，是基于对汉武帝"罢黜百家，独尊儒术"政策的清醒认识。武帝继位后，出于维护统一的中央集权及尊王攘夷的现实需要，采纳卫绾、董仲舒的建议，推行崇儒政策，于建元五年（公元前136）兴太学，置五经博士，开弟子员，设科射策，劝以官禄，由此儒学大兴，一跃而成为领袖百家的官方哲学。在五经中，武帝特别重视《春秋公羊传》，因为《公羊传》讲大一统，讲君臣大义，符合他维护集权和至高皇权的需要；《公羊传》讲"复父之仇""复九世之仇"，又可以用作他攻打

---

① 《史记·高祖本纪》。

匈奴（汉初匈奴曾围困高祖达数日）、开拓疆土的依据。总之，武帝之崇尚儒学，并非出于对儒学教义的真正喜好，而只是利用儒学，把它当作实现自己私欲的门面。他口头上讲独尊儒术，实际上采用的是"以霸王道杂之"的政策；他开东阁延贤人，举布衣为官，但所任用和信赖的并不是纯正的儒士，而是如桑弘羊、孔仪、东郭咸阳那样的财官，张汤、赵禹、宁成、王温舒那样的酷吏。这些人唯上旨意是从，胡作非为，群臣有一言忤旨辄下吏诛，百姓稍有差池便遭刑罚。最终的结果是，儒家所宣讲的仁义丧失殆尽，而严刑峻法、深文巧诋之风盛行。司马迁看出武帝崇儒的真实用心不过是缘饰儒术，以便自己实行专制统治；并认识到这种崇儒在抬高儒学政治地位的同时，只会使其因沦为专治皇权的附庸，而丧失独立品格，遗落真义，走向狭隘庸俗以致变质的境地，所以他对当时儒学没多少好评，而好传信并引用包括道家在内的别家别派的论说，由此引出扬雄"爱奇"、刘勰"爱奇反经之尤"的指责；朱熹也曾指出其《伯夷列传》有违反孔子之意的地方，且说他满腹是怨，正好说明他对假儒学盛行的愤懑。联系当日汉儒为迎合上意，欺瞒百姓，杂阴阳五行之说入儒学，已使儒学真义不彰；西汉今文经学盛行后，师法传授日趋苛严，更使儒学变得烦琐芜杂，他的不满和愤懑就变得很可以理解了。他还引用当时名臣汲黯的话，指出武帝"内多欲而外施仁义，奈何欲效唐虞之治"，鉴于他很推崇汲黯，对其性格为人、道德才干有很高评价，对其敢于抨击儒学名士的虚伪也十分欣赏，我们可以说，汲黯的话可以代表司马迁本人的意见。

司马迁之"先黄老而后六经"，再有一个原因，便是由于对汉儒品学修养的鄙弃和不满。司马迁论人，素重道德操守，或许是因为个人遭遇惨烈，他最欣赏那些道德高尚、廉直耿介、有是非、敢任事的正直君子，而鄙薄趋炎附势的势利小人。如前所说，他很敬重汲黯，多次引用他的观点申述己意，就是因为汲黯"好学，游侠，任气节，内行修絜，好直谏，数犯主之颜色"①。他认为儒家代表人物，正是拥有这种高洁品格的典范。他对孔孟与邹衍作了比较：

（邹衍）游诸侯见尊礼如此，岂与仲尼菜色陈蔡、孟轲困于齐梁同乎哉？

故武王以仁义伐纣而王，伯夷饿不食周粟；卫灵公问陈，

---

① 《史记·汲郑列传》。

而孔子不答；梁惠王谋欲攻赵，孟轲称大王去邠。此岂有
意阿世俗苟合而已哉。[①]

他指出孔孟作为儒家先圣，有独立不迴的人格，而邹衍游
说诸侯而备受礼遇，是因为他苟合取容，无所执持。他之所
以鄙薄汉儒，在《儒林列传》中"不采道德之士，及其说经者
之旨"[②]，就是因为他看出这批人已根本丧失儒家先圣的道德
仁义。他们高居相位，服儒衣冠，传先王语，其实不过是持禄
保位，阿谀趋时之徒。也因此，他对当时"天下之学士靡然乡
（向）风"，"公卿大夫士吏斌斌多文学之士"盛况的记述，实
际上含有儒学已成禄利之路的深意。

司马迁对汉儒的批判，集中体现在对汉儒中代表人物的揭
露上。如记田蚡绌黄老刑名百家之言，鼓吹儒家学说，其实根
本不懂儒学，只会靠玩弄权术，干投机钻营的勾当。记叔孙通
"希世度务制礼，进退与时变化，卒为汉家儒宗"，其实是一个
靠"面谀以得亲贵"，迎合上意谄事人君的小人。[③]他对公孙

---

① 《史记·孟子荀卿列传》。
② 茅坤《史记钞》卷八五。
③ 《史记·叔孙通列传》。

弘的抨击可谓最彻底，《平津侯列传》指出他虽是儒士出身，但绝非纯儒，"年四十余，乃学《春秋》杂说，……习文法吏事，而又缘饰以儒术"，并对其虚伪品性作了揭露。如为三公而布被，食一肉脱粟之饭，施衣食于人而家无所余，目的是为"延誉广众"，"无益于俗，稍骛于功利"。公孙弘还十分嫉贤妒能，对与自己有间者，"虽详与善，阴报其祸"，如杀主父偃，徙董仲舒于胶西。对这种阳奉阴违的行为，司马迁深恶痛绝，所以在《平准书》中，说他"外宽内深"，"为人意忌"；他还指出，公孙弘之所以平步青云，年六七十以老布衣得主上知遇，以丞相终，是因为他能内示鲁钝以顺适主旨，"每朝会议，开陈其端，令人主自择，不肯面折庭争"。并引汲黯的话，揭露他"多诈而无情实"，"怀诈饰智以阿人主取容"，实际上与深文巧诋、唯上是从的酷吏是一丘之貉。清人方苞《望溪先生文集·又书儒林传后》曾说司马迁作《儒林列传》，是意在向上说明，公孙弘兴儒学，美其名曰"历贤材"，实则诱人以利禄，"由弘以前，儒之道虽郁滞而未尝亡；由弘以后，儒之途通而其道亡矣"，这的确是很有眼力的见解。

那么，是否有司马迁所取的汉儒呢？倘若有，则也可从另一侧面见出他之所以要先道后儒的些许深意。现就《史记》全书看，这样的人还是有的。最能说明问题的是他对董仲舒的态度。在《史记》中，司马迁没有为他立专传，没有收录他《天人三策》等重要著作，对他在武帝尊儒这出戏中所扮角色不作评判，而只把他当作春秋公羊学家，在《儒林列传》中略述其学行，但对其学问，特别是品行还是很佩服的。盖董仲舒"不治产业，以修学著书为事"，于学问上自成一体系。他的学说，特别是他的"君权神授论"，在当时专制统治鼎盛时期，至少在客观上起到了监临帝王、制衡君权的作用。尽管其中有一些今天看来颇为荒谬，但较之只知遵从师法、抱残守缺的耳食之徒，显然要高出许多。他为人廉直，不好谄谀之人。"是时方外攘四夷，公孙弘治《春秋》不如董仲舒，而弘希世用事，位至公卿。董仲舒以弘为从谀。弘疾之，乃言上曰：'独董仲舒可使相胶西王'"，可见他是一个率直的君子。不仅如此，他还不乏经国安邦的政治才能。如针对武帝时吏治昏乱，主张"治国者务尽卑谦以致贤"①，"赏罚用于实，不用于名"②，汉家高庙灾，高园殿火，他居家推说其意，认定灾火起于人行之不正，

① 《春和繁露·通国身》。
② 《春秋繁露·考功名》。

并指责武帝的兄弟骄扬奢侈，恣睢者众，为此险遭杀身之祸①。在对匈奴的问题上，他主张采取以利诱之的怀柔政策，对武帝大兴事功、役费无度颇有微辞②。他还要求国家归盐铁于民，去奴婢，除专杀之威，薄赋敛，省徭役以宽民力③。这些主张击中时弊，切合实际，与司马迁的主张可谓不谋而合。总之，董仲舒不好面谀，因得罪权臣而被贬胶西，欲谏武帝而险遭杀身之祸，这种耿介廉直的品性与趋时媚上如公孙弘之流不同；他"孰若反身于素业兮，莫随世而轮转"④的洁身自好，也与汉儒诡志从俗、追名逐利相异；他"识礼义之宗，达经权之用"⑤，更高出时人许多。只是，正如清人林伯桐《史记蠡测》所开列的，这样的人在景帝时有不愿曲学阿世的辕固生，在武帝朝怕只有董仲舒一人，所以司马迁不免吾道甚孤、耿耿难平，由此因鄙夷当世儒学儒士而先黄老后六经，便很可以理解了。

---

① 《庙殿火灾对》，《全汉文》卷二四。
② 《论御匈奴》，同上。
③ 《又言限民名田》，《全汉文》卷二四。
④ 《士不遇赋》，《全汉文》卷二三。
⑤ 苏舆《春秋繁露义证》。

沈约的眼光

《梁书·刘勰传》记载：

> 初，勰撰《文心雕龙》五十篇，论古今文体，引而次
> 之。……既成，未为时流所称。勰自重其文，欲取定于沈
> 约。约时贵盛，无由自达，乃负其书，候约出，干之于车前，
> 状若货鬻者。约便命取读，大重之，谓为深得文理，常陈
> 诸几案。

对沈约为何如此欣赏《文心雕龙》这个问题，前人多有推
测，大抵认为沈约《宋书·谢灵运传论》主"欲使宫羽相变，

低昂互节，若前有浮声，则后须切响，一简之内，音韵尽殊；两句之中，轻重悉异。妙达此旨，始可言文"，是所谓永明声律论的倡导者，而刘勰此书有《声律》一篇专谈此问题，有的地方谈得还更为详尽，所以为他所重。如纪昀就持此说，其评刘勰此篇，多指出它"此又深入一层"，"此确喻"；而其《沈氏四声考》更径谓"勰以宗旨相同，故蒙赏识"。今人大多采其说，再无别议。其实这种说法初看不无道理，细加分析，仍有未惬人意处。

《文心雕龙》一书写定于南齐末年，然据《梁书·沈约传》和《南史·庾肩吾传》等记载，早在齐武帝永明年间，声律论就已在沈约、王融等人的倡导下风靡天下，为文士所景慕和遵循。沈、王诸人多是出身豪门的贵公子弟，政治上与中央朝廷关系密切，举足轻重；文学上也多有建树，出类拔萃。声律论正是因为有其人得力的提倡，才得以迅速传播开去，虽有钟嵘等人异调独弹式的反对，根本不足以拂逆其势。在这种一面倒的情况下，如刘勰这样出身低微且尚未闻名文坛的人的支持响应①，显然不会使沈约有一种知音难得的兴奋。再说在声律方

---

① 王元化《刘勰身世与士庶区别问题》指出："刘勰并不是出身于代表大地主阶级的士族，而是出身于家道中落的贫寒庶族"，引此以为参看。

面，他们已有类如《四声谱》《四声切韵》那样的专著，有一套远较刘勰为具体详备的理论。所以，作为对后进的一种奖掖，沈约或能对《声律》篇称赏一番，高其身价，荣其微名，一如当年皇甫谧之序《三都赋》，却不会也没必要因此而常将之置于几案，玩味不止。

再说，如《序志》篇所说，《文心雕龙》全书是以前五篇"文之枢纽"为总纲，统摄上篇"论文叙笔"和下篇"割情析采"两部分的。《声律》只是下篇论述文章修辞问题的"阅声字"中的一篇，其重要性不能和作为基本文学思想的总纲相比，即与同属下篇的《时序》《神思》等所讨论的问题也不能相提并论。而沈约推重《文心雕龙》是因其"深得文理"，以为仅《声律》一篇就足以引起沈约对全书如此大的兴趣，由对一个非关键问题的讨论得法而给予全书如此高的评价，似非其理，也无可能。或以为，《声律》篇地位虽不能与"文之枢纽"相比，但也是全书重要的部分，这自然是没错的。我们要说的不过是，它毕竟还未重要到越出创作论中其他各篇的程度。倘不是这样，《文心雕龙》一书怎会不为盛谈四声、争吐病犯的"时流"所称？刘勰又何用"状若货鬻者"，负书干之于沈约车前？沈约博学多闻，识见出众，他既以刘勰所作为"深得文理"，倘仅为《声律》一篇而发，则不啻是说，在他看来，声律即文理，或声律可以包涵和概括文理。可文理是什么？文理者，作文之规矩理法也，用今天的话说，即文学创作的内在机理与客观规律，用声律论去等同这种规律，显然是不能的。沈约不轻许人，更不至于糊涂到这种程度。

再就声律论本身而言，沈、刘两人也不像人所说的那样如投针契，而是存在着不容忽视的分歧。如前所说，刘勰不反对讲求音律，《声律》篇中有的意见也与沈约相同，但他无意于像沈约那样，用烦琐刻板的声病讲究去规范"纤意曲变，非可缕言"的语音现象。相反，似乎看到了永明声律论的缺陷，所以文中并没有对沈约等人的观点予以全盘袭用，也未道及沈约和永明声律论一字，而是本着客观的研究态度，结合创作实际，平实地谈出自己的看法。

他以为对创作来说，讲求声律是必需的，这样可以充分发挥作为声韵材料的语言的表现力，从而增强作品的感染力，所以文中很强调作品的"和韵"和"协韵"，所谓"属笔易巧，选和至难"。但又反对于此一途过于拘泥和苛求的做法，以为"音律所始，本于人声者也"，"吐纳律吕，唇吻而已"，即音律的讲求要以便利唇吻为前提，如此而已。《章表》篇中所谓

"唇吻不滞，则中律矣"，说的也是这个意思。他还进一步提出"声明我心"的主张，要求音律为表情达意服务，以为"内听之难，声与心纷"，即语音与人的心思常不能够一致，是一个须重点讨论的问题。而以一味"好诡"，"逐新趣异"，不注意声情的谐和，为导致作品"喉唇纠纷""吃文为患"的根本原因。这些意见从某种程度上说，未始不可看做是他对永明声律理论的批评。

沈、刘两人在声律问题上的分歧，还表现在对同一作家的不同评价上。如刘勰认为曹植作品情韵兼美，是"吹籥之调"，在刘勰看来，这种调因用固定的三孔管吹出，"无往而不壹"，是为"宫商大和"，他并将这种"大和"与陆机、左思"翻回取均"的"瑟柱之和"相对比，如纪昀所评："言宫商虽和，又有自然、勉强之分"，黄侃《札记》所说："案此谓能自然合节与不能自然合节者之分。曹、潘能自然合节者也，陆、左不能自然合节者也。"但沈约却不这么看，在《答陆厥书》中，他从音律的角度，否定了除《洛神赋》以外曹植的其他作品，以为"以《洛神》比陈思他赋，有如异手之作，故知天机启则律吕自调，六情滞则音律顿舛也"。《宋书·谢灵运传论》又称"潘陆颜谢，去之弥远"，则潘岳更是不合节。之所以取去上有如此显著的区别，无非是因为刘勰是"自然声律论"一派，与沈约的"人工声律论"本就旨趣有别。说沈约称赏《文心雕龙》是因为《声律》一篇，既存在如此明显的未惬之处，怎么能叫人信从？

那么，沈约之所以称赏《文心雕龙》一书的真正原因是什么呢？我们以为主要来自以下主客观两个方面的因素。从客观方面说，是由于刘勰能运用辩证得体的批评方法，对与文学有关的一系列问题作了透彻熨帖的分析，突破了时人的陈见，对当时淆乱的文坛起到了匡正作用。从主观方面说，是由于其许多观点与自己所持有相同或相近之处，彼此虽未深交，但堪为心照。正是有了这两者的结合作用，才使得他对全书称赞不已，或窃窃焉有先获我心的惊喜，或欣欣然有所见略同的会心。

魏晋南北朝时期，随着儒家独尊地位的丧失和士人思想的解放，文学逐渐摆脱了经学的束缚，走上了自觉的道路。由于这种自觉，文士开始在儒林中为自己争取独立的地位，社会地位得到空前的提高。与此相联系，他们对文学的独立品格也日渐形成明确的体认，对文学的价值重估因此被提上了议事日程。一批自觉研究文学创作规律的专门性著作和论文，就是在这样的背景下产生的。但是，由于他们当中许多人缺乏客观的批评态度和合理的批评方法，不是贵古贱今、重耳轻目，就是信伪迷真、崇己抑人，并不能全面把握文学的特性，对种种创作现象作出平情客观的评价。

对这种乖说纷呈真义不彰的淆乱现象，当时已有人提出批评。如江淹《杂体诗序》就对世人"各滞所迷，莫不论甘而忌辛，好丹而非素"，又"贵远贱近""重耳轻目"的恶习极为不满。钟嵘《诗品序》也对王公缙绅之士"随其嗜欲，商榷不同"，以至"淄渑并泛，朱紫相夺，喧议竞起，准的无依"的现象很反感。据钟氏此序所说，他之所以作《诗品》，通过品评历代五言诗人来纠正时弊的动因，是得之于刘绘的启发。刘绘是其时后进文士的领袖，永明声律论的拥护者，可在这一点上，他和钟氏的看法完全一致。可见，对这种淆乱现象的不满，是当时有识之士共同的看法。沈约作为那个时代的文坛领袖，不可能对此无动于衷。事实上，他对新进诗人王筠说的"知音者希，真赏殆绝"①，未始不包含对当时文坛批评风气的不满。

---

① 《梁书·王筠传》。

正是在这个时候，《文心雕龙》出现了。它敏锐地抓住了当时文坛存在的诸种弊端，进行针对性的分析。同时本着"擘肌分理，唯务折衷"的原则，对各个时代文学创作的长短得失进行重新评价，既不雷同，又不苟异，"平理若衡，照辞如镜"，表现出了与时俗大流迥然不同的理性和清明，给人以全新的感受。这一点，只要拿《文心雕龙》和当时别的论著相比较就很清楚。正因为如此，沈约看完全书，会被其客观的论述与精湛的分析所打动，并许为"深得文理"。

沈约的文学主张也多有与刘勰一致的地方，它构成了沈氏称赏《文心雕龙》一书的主观因素。沈、刘两人文学主张的一致，首先表现在对文学发展历史的论述和评价上。比如刘勰《时序》篇论楚汉文学，用"虽世渐百龄，辞人九变，而大抵所归，祖述楚辞"来揭示屈宋对汉代文学的影响，这同沈约《宋书·谢灵运传论》讲的"屈平、宋玉导清源于前，贾谊、相如振芳尘于后"是一致的。刘勰《才略》篇批评司马相如"理不胜辞"，就是沈约《宋书·谢灵运传论》所说的"巧为形似之言"。刘勰《议对》篇评陆机之诗"诔辞弗剪，颇累文骨"，《明诗》称其采缛正始力柔建安，也与沈约上文所说"律异班贾，体变曹王，缛旨星稠，繁文绮合"相合。

有的地方，两人的意见基本一致，但刘勰的分析比沈约要更精辟和深入一些。如同是论说建安文学，沈约用"以情纬文，以文被质"来概括这一时期作品的基本特征，刘勰则在此基础上，进一步分析了造成这一特征的原因，所谓"世积乱离，风衰俗怨，并志深而笔长，故梗概而多气"，这就揭示了沈约所讲的"情"的由来。又如他们都不满东晋文坛"玄风独振"的现象，但刘勰能把这种文风的萎弱疏阔放到那个时代特定的环境中加以考察，揭出它"世极迍邅，而辞意夷泰"的荒唐，这就比沈约只看到"遒丽之辞，无闻焉尔"要深刻得多。沈约给予《文心雕龙》以很高的评价，表明他对这种精湛的分析和充满历史感的结论是深为折服的。

沈、刘两人的审美趣味也颇有相同之处。沈约是永明新体的代表作家，和齐梁时代大多数文士一样，对形式美有着较之前人更为强烈的喜好，尝说"雕虫小艺，无累大道"①，这一点还可以从他对作家作品的评价中看出。他是把"辞采妍富，事义毕举，句韵之间，光影相照"②，"声和被纸，光影盈字"，"古

---

① 《武帝集序》，《全梁文》卷三十。
② 《梁书·刘杳传》。

情拙目，每仵新奇。烂然总至，权舆已尽"①等形式因素，一律视为助成创作成功的必要条件。之所以倡言声律理论，也是基于这样的认识。由于生活在同一时代，沐浴着相同的时代风气，所以在理论主张和美学趣味上，刘勰与沈约就多有相同的地方。刘勰也很重视诗文的形式美，认为文有反映道的职责，还有表现美的功能。故在《序志》篇开头就说："古来文章，以雕缛成体"，在整部书中也不轻黜形式，而在《附会》篇主张"必以情志为神明，事义为骨髓，辞采为肌肤，宫商为声气"，在《定势》篇明言"若爱典而恶华，则兼通之理偏。似夏人争弓矢，执一不可以独射也"。不仅如此，他还专门写了《丽辞》《事类》《练字》《声律》等篇讨论形式问题，评赞之间很有分寸，拿捏得也很精准。这样做较之一味遵循的盲从和一概排斥的轻率，无疑高出一筹，因此很容易为沈约所接受。

不可否认，沈氏讲声律，重形式美，有时因讲过了头而陷于偏执；而刘勰对形式美的追求始终建立在雅正的基础上，因此两人的认识确有一些不同。但必须指出的是，至少是在理论上，沈约的形式追求并非讹滥无所归属，相反，他有自己的标

---

① 《梁书·王筠传》。

准，即"丽则"。他所提出的"易见事""易识字""易读诵"的"三易说"①，从某个侧面把这个标准说得很清楚。这种主张和刘勰要求用事自然，如《事类》篇所说"自其口出"，文字须平易简单，如《练字》篇"率从简易，时并习易"，也是完全一致的。

与"三易说"相联系，沈约还十分推崇自然美，对创作风格自然天成的作家作品往往给予很高的评价。何逊诗音韵流丽，语言清新，有"语语实际，了无滞色"的特点，他读了"一日三复，犹不能已"。②他还特别推崇刘杳诗的"自然十倍"③，又以"弹丸脱手"比喻王筠作品的自然圆成④；以赞许的口吻引用谢朓"好诗圆美流转如弹丸"一语，称赞谢诗为二百年来所无⑤，并在所作《伤谢朓》诗中，对其"调与金石谐，思逐风云上"的创作才能表示了无尽的怀念。以后，他读到王筠的诗，"咨嗟吟咏"，感慨"自谢朓诸贤零落以后，平生意好，殆将都绝，不谓疲暮，复逢于君"⑥，这"平生意好"显然不能将自然

① 《颜氏家训·文章篇》。
② 《梁书·何逊传》。
③ 《梁书·刘杳传》。
④ 《南史·王筠传》。
⑤ 《南齐书·谢朓传》。
⑥ 《梁书·王筠传》。

圆成一路排斥在外。凡此都表明，沈约对自然美的推崇并非一时兴到之言，而确乎出于真切的赏会。而齐梁时他与任昉一同主张"文不贵奇"，更表明他并不是一个专事雕琢的人。这种对自然美的喜好，与刘勰反对"文绣鞶帨""言贵浮诡"的不良习气，主张"不劳妆点""无待裁熔"的"纯任自然"（纪昀评语），在美学趣味上显然是一致的。

此外，沈约也不一概排斥质朴之美，如对"不尚丽靡之词"的裴子野评价就很高，并从文章的角度对其所作《宋略》给予充分的肯定，可见欣赏趣味颇广，批评态度也能客观。以前谈到沈约，既不对他的声律理论作客观的分析，更缺乏从整体自发，对其文学思想作全面把握，只贴一张永明声律论倡导者的标签，认定"四声""八病"说开了后世形式主义颓风的先河，似乎声律论可以概括他理论主张的全部，以致认定其称赏《文心雕龙》只能是出于对《声律》篇的爱好，这显然是片面的。

才子的悲剧与吟唱

"初唐四杰"（卢照邻、骆宾王、王勃、杨炯）的作品有一个共同的主题，那就是对生命不永、繁华难持的咏叹。这种咏叹有时被他们用深沉、悲凉的口吻出之，有时则以嘲讽、揶揄的口吻出之，构成了他们作品的一个重要内容。自来，人们对诸如"四杰"的生平事迹、诗歌创作成就研究较为深入，但在将"四杰"的诗、赋、文作为一个整体，综合考察其创作这一点上，做得还不够，由此，造成了他们对大量存在于"四杰"作品中这一主题的忽视。为了更全面、准确地把握"四杰"创作的思想内涵，加深对"四杰"作品的切实理解，有必要对此问题作一些探讨。

"四杰"都是少擅高名、才华横溢的美少年，志向很大，自期更高，且生性敏觉易感，哀乐过于常人，他们对时间的感受特别强烈，故作品中时时道及这一话题。那么，"四杰"对时间的敏感，对岁月流逝的感喟，乃至作品中共有的这个生命不永、繁华难持主题是如何形成的呢？结合"四杰"的生平遭际，揣摩其情志意趣，可以看到，这一主题的形成绝非偶然，它是"四杰"从现实生活得到的人生经验和真切感受的艺术再现。并且由于这种对生命不永、繁华难持的咏叹，反映了"四杰"对现实人事的切实理解，对人的存在意义的基本认识，因此具有很高的认识价值。

　　"四杰"大抵生活在唐太宗到高宗、武后这一段时间，主要活动在高宗与武后政权交替时期。此时，唐王朝正日趋巩固，政治安定、经济繁荣带来的国力强盛，鼓励了世人。并且，由于门阀制度的衰落，一般士人入仕之路较为通畅，故建功立业成为时人共同追求的目标。唐代门阀制度的彻底被打破，是在武则天手上完成的。李唐皇室本出于关陇军事集团，自高祖、太宗到高宗经国前期，其将相、文武大臣大抵承西魏、北周及隋以来的世业，故有门阀观念。太宗修《氏族志》，对以山东士族为代表的旧贵族势力是一个打击，但其目的在维护以关陇为中心的新的士族集团，故门阀观念在当时仍有相当的影响。高宗后期，武则天揽权，她改《氏族志》为《姓氏录》，起用寒素，破格选材，打破了唐立国以来的政治格局，这种政策不啻是对一般士人的鼓舞。武则天还"颇涉义史，好雕虫之艺"，永隆中始以文章选士，及永淳以后，君临天下二十余年，时时提倡，致使"当时公卿百辟无不以文章达，因循日久，浸以成风"（《通典·选举》引沈既济语）。"四杰"虽多出身于士族，祖上也曾有过显赫的时候，但随着整个社会门阀制度的衰落，到他们祖父、父亲一辈相继转入消沉，故没有什么大的政治基础，从实质上说，他们已属于庶族地主阶级，因此有这一阶层所特有的积极向上的进取精神。当然，"四杰"中有的未能活到永隆，更未见永淳之事，但武则天不尚门第、好文重才的做法，是从显庆以来她参决大政之时就开始施行的，所以总的说来还是生逢其时的。也因此，他们几乎都还未步入成年，便已慨然以天下为己任，指陈朝政，激扬清浊，因过人的才华而名闻天下，声达宫禁。以后或列官朝廷，或任职王府，可谓一帆风顺。如王勃以少年应幽素举得第，沛王闻其名，招为修撰，恩宠有加（见《旧唐书》本传）；杨炯举神童后即被授校书郎，充崇文馆学士，迁詹事司直（见《旧唐书》本传）；卢照邻初授邓王府典签，王甚爱重，比作相如（见《旧唐书》本传），"府中书记，一以委之"（《朝野佥载》卷六），且结为"布衣之交"（《旧唐书·高祖诸子传》）；骆宾王则入道王李元庆幕府（见《新唐书》本传）。但由于他们恃才傲物，加之所执持的又于时人不合，还好上书言事，故难免违逆当道、触犯权贵。至于平素直情径行、行为放达，被人目为"浮躁衒露"（这一点下文还要谈到），也在很大程度上阻碍了他们在仕途的发展，故紧接着入仕之初一帆风顺之后，相继转入困顿。王勃因作鸡檄文，被高宗斥出王府，接着因杀官奴曹达几于获罪。以后经不少人推荐，才做到虢州参军。杨炯坐从祖弟神让犯逆，被贬出京师，左转梓州司法参军，秩满选授盈川令。卢照邻曾因横事被拘，为群小所使，将致之深议，幸友人求免得免，最高官位是新都尉。骆宾王则因仪凤三年上疏言事触怒武后，被诬坐赃下狱，最后也只不过是临海一丞。这对才高自负且哀乐过人的"四杰"来说，不啻是一个沉重的打击。他们原以为凭自己的才华，可以"拾青紫于俯仰，取公卿于朝夕"（王勃《上绛州上官司马书》），未料想露重风多，前路坎坷，等待他们的并不是一朝青云出将入相，而是屡遭贬黜，一再受挫，所以愤懑不平，发出深沉悲凉的感叹。"天地不仁，造化无力，授仆以幽忧孤愤之性，禀仆以耿介不平之气。顿忘山岳，坎坷于唐尧之朝；傲想烟霞，憔悴于圣明之代，情可知矣"（《夏日诸公见寻访诗序》），王勃的话很大程度上是"四杰"愤懑不平的内心情绪的写照。由此，他们眼见岁月流逝，年光暗换，想到亲友故交奄然物化，自己年齿渐增而事业未就，于是"抚穷贱而惜光阴，怀功名而悲岁月"，将这岸然自命之心，愤懑不平之气，连同"殷忧明时，坎壈圣代"（王勃《春思赋》）的悲凉之情全都借这宇宙天地、山川草木发泄出来，也就是很自然的事了。所以，他们的集子中感叹光阴倏忽、生命不永的作品特别多。并且，由于有切身感受作基础，所出之言较一般忧世伤时、叹老嗟卑之作要来得更真切、更感人。

另一方面，他们又常常以此来安慰自己。既然年光易逝，浮生倏忽，那么即使天遂人愿，让你居显宦、享高名，也同样不能长久，因此用不着栖栖惶惶、孜孜以求。更何况，这种功名的获得常须赖降志逢迎、曲意应承，而非凭倚才学，不足企羡。故他们在作品中又常常用讽刺、揶揄的口吻，表达自己洞明仕途黑暗、不慕富贵荣华的旷达情怀。所谓"人生贵贱无终始，倏忽须臾难久恃"（卢照邻《行路难》），"昔时金阶白玉堂，即今惟见青松在"（卢照邻《长安古意》），"春去春来苦自驰，争名争利徒尔为"（骆宾王《帝京篇》），说的正是这个意思。或以为，"四杰"这种不慕繁华只是有志难伸，欲取而不得之人的自慰之辞，这种说法不能说全无道理。但是必须看到，当他们在宦海中几经沉浮后，这种感受确乎逐渐占了上风，并在他们的行动中得到了体现。如王勃一直渴望成就功业，即使被斥出王府，仍不能释然于怀。但到官奴曹达一案发生后，就泯灭了过去积极进取的热情，以致弃官沉迹，一去不返。最典型的是骆宾王，他早年经历"贞观之治"，深为唐王朝的强盛所鼓舞，渴望建功立业，并相信自己必有一番作为，故不欲傍求，不事干谒，拒绝自我吹嘘，结果三十多岁仍任掌记官，且十年不调，寄人篱下，由此方始认识到自己的幼稚。以后四方奔走，以求当道垂顾，至麟德元年才为奉礼郎。不久贬谪到西域从军，又转西南姚州，后做了几任县主簿，仪凤三年才升为侍御史，但不久又因议事下狱，一年后斥放临海，怏怏失志，至此彻底放弃了仕进的念头，弃官而去，所谓"年来岁去成销铄，怀抱心期渐寥落"（骆宾王《畴昔篇》）。

必须指出，前面所引的诗、赋、文，并非都作于"四杰"晚年心期寥落、绝意仕进之时，相反，有的正作于他们想有一番作为的进取时期，这又如何解释呢？纵观"四杰"的全部作品，我们发现，原来他们那种富贵不足恃、繁华难长久的感受，不仅得之于绝意进取后所有的清醒认识，还有更深广的客观原因的长久激发。我们认为这种激发是"四杰"从隋、唐两代的现实人事中得到的。当时，隋炀帝承父业统治一个日益走向繁荣的国家，但他性好猜忌，不能容人，当时为隋定天下立过功的旧臣如高颖、贺若弼等都因此惨遭杀害。他还纵情声色，穷奢极欲，不但大兴土木，起广宅大厦以自处，且好巡游，三下江都，伐木造舫，凿山通道，一路龙舟连属，纤夫数千。以后眼见大势已去，江山不保，还以"贵贱苦乐，更迭为之"自慰，不但不废奢华，反而变本加厉。结果喜极悲来，在位十二年即为臣下所杀。一边是位极人臣，声名显赫，顷刻首身异处，化为空无；一边是贵为天子，不可一世，朝为人主，暮成灰土。这似乎是毫无理性的大起大落，使得对功名曾有过热切向往的士人，看到了他们孜孜以求的荣华富贵的虚妄。"四杰"就是如此，隋之亡国在义宁二年，离"四杰"中最晚出的杨炯只三十二年，前朝史事对他们的影响无疑是巨大的。不仅如此，这样的事在他们身边仍时有发生。如前所说，"四杰"生活在高宗、武后交替时期，武则天是一个颇有见地和手腕的人物，她为了确立自己在朝中的地位，乃至独掌大权，对太宗朝旧臣和朝中其他保守势力予以严厉的镇压和打击。长孙无忌是李世民的妻兄，被称为"佐命之勋"（《旧唐书》本传）；褚遂良辅佐太宗十余年，备受信赖，太宗比作"汉武寄霍光，刘备托诸葛"（《旧唐书》本传），两人在朝中享有绝对的权威，但当初在立后问题上得罪过她，以后被她联合庶族官僚李义府、许敬宗贬官流放，长孙无忌因此被迫自杀。上官仪也是唐初大臣，太宗生前对他十分敬重，可以说历练深厚，但永徽时因事见恶于武后，也被扣上与废太子李忠谋反的罪名，下狱而死，并籍没全家。而对叛王逆臣，武则天更是不惜用酷吏、毒刑，给予从重惩治。这些事大部分是"四杰"亲见的，有的虽发生在他们身后，但其端倪却已显见于他们身前。正是这种宦海生涯中祸福相倚和政治情势的险恶多变，使得"四杰"对荣华富贵的长久性起了怀疑。所以，他们在渴望成就功业积极进取的同时，认识到富贵不足恃、繁华难长久的道理，并进而以嘲讽、揶揄的口吻，在自己的作品中讥笑那些"朱邸抗平台，黄扉通戚里"，"剑履南宫入，簪缨北阙来"的权贵，并以他们"当时一旦擅豪华，自言千载长骄奢"的自鸣得意为痴妄。

"四杰"对生命不永、繁华难持的认识，乃至对功名利禄的鄙弃，还和他们不同程度地受佛、道思想的影响有关。"四杰"常学仙经，博涉道记，特别是王勃和杨炯，这从他们写的有关道观和佛寺的碑碣文中可以看出。卢照邻晚年则更笃信佛法，"于山间营建，所费尤广"（《寄裴舍人遗衣药直书》）。

道家思想，特别是道家清静持正的人生态度，对"四杰"作品中这一主题的形成也有很大的影响。由于长期以来困顿下僚，受尽权贵的冷遇、同僚的嫉恨和群小的构陷，使他们对官场的污浊有了深切的体会。既然自己有美才而不为人重用，干脆摒去功名的念头以保全人格的高洁，所以他们在作品中常常借用老庄的话来表达自己视功名为粪土的高旷情怀，不但袭用庄子的话很多，以老庄之意融入诗赋、散文，以此张扬自己不被外物所累、不为俗务所系之人格的也不少，如王勃在《江曲孤凫赋》中对"独泛单宿，全真远致"的孤凫的赞美，杨炯《青苔赋》对"违燥居湿""背阳即阴"、自甘寂寞的青苔的称赞，还有卢照邻《对蜀父老问》中对"周冕夏屋"的鄙弃，以及骆宾王《与程将军书》中对见机绝机、无用有用的强调，从总体立意上皆是用老庄的言论，再加上自己的理解，发挥铺衍成文。这种因道家思想而激发出的达观、通脱的人生态度，使得他们较易看到外在于生命本体的功名富贵的虚妄，从而在热衷追求的同时，从情感上拉开了他们与这些东西的距离，并促使他们最终否定这些东西，这也是他们的作品之所以时时道及繁华难持这一主题的一大原因。

另外，儒家天命论对"四杰"作品中这一主题的形成也有影响。"四杰"在仕途困顿、遭遇挫折时，常把失败归结为天命的操纵。固然，天命观念是不能说明"四杰"仕途坎壈的根本原因的，"四杰"也不至于真的将自己的不幸全归之于冥冥中的神灵。认命只是无奈之人最后的选择，因为借此他多少可以获得一点平静，哪怕这平静很虚幻、很短暂。"四杰"正是这样，他们高唱"贵贱任于天，穷通由于命"（杨炯《益州温江县令任君神道碑》），"风霜但自保，穷达任皇天"（杨炯《骢马》），认为"亦有朝为伊周，暮为桀跖。当其时也，袭珩珮之锵锵，失其时也，委沟渠而喀喀"（卢照邻《对蜀父老问》），目的正是借此使自己摆脱缠人的痛苦，换回清空的心境。因此，这天命论和道释思想一样，都像是一帖镇静剂，给历尽风浪的他们以一种精神上的滋养，教会他们能经受住失败，正确认识失败，并由急切的功名渴念反激出高旷的达观来。也正是有这些思想的影响，他们在咏叹生命不永、繁华难持这一主题时，不仅有追悼时光的感伤，还有适性顺势的安详。

最后，顺便谈一下"四杰"的人品问题。前面已经提到，

"四杰"在当时被人目为浮躁衒露，故影响了仕途的发展。这一评价，最早来自裴行俭。《新唐书·裴行俭传》云（裴）"善知人，在吏部时，李敬玄盛称王勃、杨炯、卢照邻、骆宾王之才，引示行俭。行俭曰：士之致远，先器识，后文艺。如勃等，虽有才，而浮躁衒露，岂享爵禄者哉？炯颇沉嘿，可至令长，余皆不得其死。"《大唐新语》卷七、《唐会要》卷七十五、《通鉴》卷二百三以及《旧唐书·裴行俭传》中均有相同的记载，后世论者往往据此论定"四杰"浮躁衒露之病。但自明清以来，裴论不断引起人们的异议。这里还存在可商榷的地方。"四杰"浮躁衒露是否就是不存在了呢？事实上它还存在，这一点我们可从"四杰"本人的诗文中看出。当时目"四杰"为浮躁的不只裴行俭一人，上自天子、下至公卿百官都这么认为，所以王勃说自己"海内少徒"（《绵州北亭群公宴序》），骆宾王说自己"天子不见知，群公讵相识"（《夏日游德州赠高四》）。而从他们众多的愤激之言中，更不难察觉出他们当时所遭受到的社会重压。如前所说，他们早擅高名，才智过人又少年得志，所以不免恃才傲物，这些都见载于史，如王勃目朝官为"麒麟楦"（见《太平广记》卷二六五），自己却以屈、贾自命（见《秋日登洪府滕王阁饯别序》），杨炯也"恃才凭傲"（《唐才子

传》），"气陵秋霜，行不苟合"（宋之问《祭杨盈川文》），故
张说尝戒其"勿骄吝"（《赠别杨盈川炯笺》）。卢照邻则"俯
仰谈笑，顾盼纵横，自谓明主以令仆相待，朝廷以黄散为经"
（《释疾文·粤若》），全不以他人为意。至于骆宾王更是以狂
狷自励，不齿"觍容冒进，贪禄要君"（《自叙状》），再加上他
们直情径行，行为浪漫，声誉一直不怎么好，所以尽管李敬玄
对他们多有汲引，但行俭终以浮躁衒露、不能致远拒之。这里
还牵涉这样一个事实，那就是在掌铨选一事上，李敬玄与裴行
俭是有矛盾的，据《旧唐书·杜易简传》言："咸亨中，（易简）
为考功员外郎。时吏部侍郎裴行俭、李敬玄相与不叶，易简与
吏部员外郎贾言忠希行俭之旨，上封陈敬玄罪状。高宗恶其朋
党，左转易简为开州司马。"或许李敬玄以"四杰"为全才，但
裴行俭却只以为他们文才可称，为偏胜，傅璇琮先生在其《卢
照邻杨炯简谱》中所举《上吏部裴侍郎启》等文可证明的只在
这一点。另外，还必须注意这样一个问题，那就是要联系当时
的社会现实，用当时人的眼光、标准来看"四杰"是否浮躁衒
露这个问题。当我们做到了这一点，便会发现"四杰"之浮躁
衒露确乎存在。譬如总章三年，王勃写鸡檄文，被高宗以"交
构之渐"斥出王府，便与当时特定的政治情势有关。因为自太

宗以来，唐统治集团内部斗争十分激烈，高宗既亲历兄弟相残的宫廷争斗，自然对王勃的鸡檄文很敏感、很反感，可能认为他逞才使气，日后会唆使沛王谋反，所以将他斥出王府。唐铨选制规定，倘是罢官，先应"投状于本郡或故任所，述罢免之由，而上尚书省"（《通典·选举三》），以备检查。王勃被斥出王府乃高宗之命，选司不能不有所顾忌，因此他仕途坎壈、困顿不进是很自然的事。再如，骆宾王早年有志宰辅，颇以气节自励，但实际上并非做到，集子中今存的十五篇书启，就多为求仕干谒而作，且语气卑下，全无自爱自恃之心。本来，唐科举制度沿魏晋及隋之习，试卷不糊名，主司取人，不单凭试卷，还很重视名人的推荐。影响到铨选，也多需名人推荐，故士人为求得地方贡举和朝廷取录，常游宦京师，投谒名人，一时成为风气。骆宾王既不能免俗，却好作高论，言行不一，自然要取怨当道，不免猖狂自彰、行己不谨之嫌，所以时人要以躁进目之。同样的情况，在王勃等人身上也可以见到。这里所举的只是两个显例，考"四杰"一生之行迹，此类事不少，因此依当时的标准，说他们浮躁衒露是不奇怪的。在这一点上，我们用不着去为"四杰"讳饰，需要注意的倒是，应该对之作公正的评价，不能仅因当时统治者和当道者的评价论定"四杰"为无足取，而要看到这种恃才傲物本是一个才高志大、桀骜不驯之人欲一申抱负的必然举动；至于浮躁衒露，有的自然不足称道，有的则在一定程度上说是一个不安于现状之人对沉寂保守的社会道德氛围、政治环境的挑战。因此指出"四杰"当时曾被人目为浮躁衒露的事实，与给予他们充分的肯定是不矛盾的，并且揭出这一点，对我们更深入地了解"四杰"作品中所有的这个生命不永、繁华难持的主题很有帮助。

"风骨"非"风格"辨

作为古代文论中重要的理论范畴，风骨指称的是一种基于创作主体丰沛生命力和郁勃志气的作品风貌，它雄强峻爽、真力弥满，代表了一种刚健挺特的美学品格。对这一点，学界的看法渐趋一致。然而，在对此范畴逻辑归属的理解上，一些似是而非的说法依然通行。其中之一是把风骨归属于风格序列[①]，认为它实际上指一种明朗刚健的作品风格。自刘勰以来历代人提倡风骨，正着力在提倡一种健康向上的雅正文风。细加推究，这种说法并不能成立。

---

① 如罗根泽即以风骨为"文字以内的风格"，见其所著《中国文学批评史》第一册第234页，上海古籍出版社，1984年。

盖风格指称的是作家、艺术家在创作中所表现出的创作个性和艺术特色。不同的作家、艺术家受各自气质才性与生活经历的制约，必然会使自己的操作从整体上透发出一种迥异于他人的特征，因此从本质上说，风格是一种基于创作主体个性规律之上的艺术想象力与独创性的形式表现，它体现在从题材处理、形象描绘到手段选择等一系列要素的有机展开中，体现在一个作家、艺术家的全部作品中。它相对于他人来说是独一无二的，有独异性；相对于自己则始终如一，有一贯性。古人称它为"体"或"体性"，判定它既基于不同文章体制体式的特点制约，又基于创作主体气质才性等一系列主观因素的内在规定。

由于古代理论家、批评家往往同时又是诗人、艺术家，有的在这方面甚至还很有成就，这使得他们极富艺术敏感性，极善于把握不同时代不同作家的创作特点，由此作出相应的理论归纳。从曹丕、陆机一直到叶燮、刘熙载等，在这方面都有突出的贡献。显然，在文学创作中，有作者主观志趣和创作才能高下造成的艺术风格的优劣之别，而不可能存在没有风格的作品。只要创作主体个性的差异性在艺术创造中继续被允许，创作主体主观情志和与之相应的表现方式就永远是构成作品的必要条件，对这两者的不同处理也就必然会造成一种相应的美学效应，风格正是这种美学效应最集中最直接的体现。

以此来看风骨就不同了。作为一个传统的理论范畴，它肇始于东汉末年日渐风行的人物品鉴，到南朝齐梁间，成为书法、绘画和诗歌创作等多个艺术门类共同遵信的美学原则。它对文学和艺术创作的规范是，文艺作品（在当时还包括文章等实用性作品）应该是刚健有力的，体现为无涉绮靡轻艳的峻爽磊落的征象。只是鉴于创作者主观志趣和个人喜好的不同，还有创作才力的高下，并不是每一个作家都能达到这个要求。也就是说，它并不像风格那样是一种必然有的东西，而只具有可能有的或然性。

这里不妨以刘勰《文心雕龙》对历代创作的批评，作一验证。如晋代以陆机、潘岳为代表的太康作家，轻绮密丽，自来被人视为不尚风骨的典型，刘勰称其"采缛于正始，力柔于建安"，即以其风骨萎弱，不足称道，但他并不因此认为此派诗人一无可取，更不否定其在创作中确实形成了自己独到的风格。《明诗》篇所谓"或析文以为妙，或流靡以自妍"，以及《体性》篇所列"八体"中"繁缛"一体，就是对其独特风格的概括和总结。如果说刘勰所谓风骨就是风格，便无法理解他的上述评价了。

再以宋齐诗人而言，刘勰也颇多微词，且着眼点同样与风骨有关，但他也不认为当时代表作家的作品因此就没有风格可言，"八体"中"轻靡"一体即与其诗风相应。自然，他没有在这两者之间做直接的对应性说明，但从《文心雕龙》一书的写作宗旨和固有体例可以推断，"八体"来自对当时诗坛创作状况的归纳是无可置疑的，它不落实在具体的作家作品及相应的具体风格上，又能落实在哪里呢？可见，说刘勰风骨论是一种风格论，实际是没有分清楚两者的界限，从逻辑上和理论上说都是不能惬洽人意的。

更何况，其一，刘勰重《易》理，《文心雕龙》全书50篇，49篇论列各题，1篇《序志》总述全书，隐隐然取《周易·系辞》"大衍之数五十，其用四十有九"之意，其结构严谨为古文论之最。有关风格的问题既已在《体性》篇中作了详备的讨论，就不可能自乱体例，在他处再辟一章，重复申述。其二，在《风骨》篇中，刘勰对"风骨"一词的含义详加诠释，并无讨论"八体"时说的那类话，且他以风骨与辞藻对举，实是以作品的品格与实现这种品格的物质手段对举，倘风骨是一种风格，则拿它与辞藻对举殊属不伦。其三，即就"八体"而言，"熔式经诰，方轨儒门"的"典雅"，"馥采曲文，经理玄宗"的"远奥"，

"核字省句，剖析毫厘"的"精约"，"高论宏裁，卓烁异采"的"壮丽"，乃至"辞直义畅，切理厌心"的"显附"，其包孕的意蕴均与他所说的风骨内涵部分相通，如果说风骨是一种风格，那它与"典雅""壮丽"等体的区别又在哪里呢？

或说，"八体"指具体的文章风格，风骨则是对一切体制、一切作家提出的一个风格方面的总要求[①]，可这无论在理论上还是在实践上都说不通，因为作为理性精神直接体现的诗学理论，只可能为创作确立一些基本的美学原则，而不可能规划设计出一种统辖各种风格的总风格；更何况，刘勰本人在《定势》篇中也明确表示不赞成"必雅言慷慨"的强同，而要求人们各依自己的性之所近和兴趣所在，臻作品于美境，毕文事以全功。因此，风骨不是风格，作为一个美学范畴，它代表了刘勰对艺术美本质的一部分认识，是刘勰对创作提出的一个基本原则，它具有较大的概括性和较强的理论涵盖力，但不具有划一风格的作用。

如果再统观古代诗歌美学风骨论的整个发展历史，可以更清晰地看到这一点。历代诗人、批评家论风骨，基本上都是以

---

① 郭绍虞主编《中国历代文论选》（第一册）认为："《风骨》是在《体性》的基础上提出他对风格更高的要求，树立一个更高的风格的标准。"

其与性情或辞采相连言对举，指称一种雄强有力的作品风貌，而与作品风格区别对待。如唐杨炯、陈子昂论当时文风，都不满时人创作徒尚艳丽而风骨匮乏，但却不否认他们各有自己独到的风格，杨炯《王勃集序》所谓"糅之金玉龙凤，乱之朱紫青黄，影带以徇其功，假对以称其美"，陈子昂《与东方左史虬修竹篇序》所谓"彩丽竞繁""逶迤颓靡"，皆是对这种秾妍风格的描述。宋·陈俊卿论诗，称"浮浅者喜夸毗，豪迈者喜道警，闲静之人尚幽眇，以至嫣然华媚无复体骨者，时有取焉，而非君子之正论也"①，文中结合诗人性情论风格，所谓"夸毗""道警""嫣然华媚"等，也均是对不同风格的称谓。他以为有的诗人只追求诗风妍美而不重植骨，不是作诗的正道，可见在他的知识域里，风骨与风格并非一回事。明·何景明评王维诗"大篇句语俊拔，殊乏完章；小言结构清新，所少风骨"②，"结构清新"正是王维短诗的风格，何氏既赞其"清新"，又惜其少骨，取意一如陈俊卿，并不把风骨与风格混为一谈。他如明·胡震亨评沈亚子诗"意尚新奇，风骨未就"③，清人朱彝尊评姜玄诗"沉

---

① 《碧溪诗话序》。
② 《唐音癸签》卷九引。
③ 《唐音癸签》卷七引。

思韵语，具襄阳孟六之体，所欠筋骨"①，纪昀评宋景文"体近香山，而风骨胜之"②，杨际昌称陈维崧诗"风华是其本色，惟骨少耳"③，也是如此。这里的"体"指风格，"清奇""风华"是对风格的描绘，都是至为明显的。至于冒春荣谓"学诗者每作一题，必先立意。不能命意者，沾沾于字句，方以避熟趋生为工。若知命意，迥不犹人，则神骨自超，风度自异"④，将两者区分得更加清楚。这里的"风度"即风调体度就是指作品的风格，他认为倘作者能知命意，即知风骨生成之本；迥不犹人，则是风格形成之始，而如果做到了这两点，那么作品必定风骨振起，风格不凡。风骨与风格在他那里界限是何其之清楚。

风骨非风格的理由已陈述如上。那么，何以今人会对两者关系有如此浑涵的认识呢？笔者以为这与汉语中"风格"一词的原始意义，以及作为传统诗学范畴的风骨自身逻辑形态不稳定带来的意义歧出有很大的关系。

"风格"一词就其本义而言，与今人所理解的并不一致，它原指人的韵度格量，常见于东汉末年以来特别是东晋以后的人

---

① 《明诗综》卷十一。
② 《〈瀛奎律髓〉刊误》。
③ 《国朝诗话》。
④ 《葚原诗说》。

物品鉴，如葛洪《抱朴子·行品》中就有"士有行己高简，风格峻峭"之语。以后刘义庆《世说新语·德行》称李元礼"风格秀整，高自标持"，沈约《宋书·谢弘微传》称谢混"风格高峻"，均沿用其意。到了唐代，类似的品评仍不时可见到。如房玄龄等人所修《晋书》中，就多有以称人，《和峤传》所谓"少有风格，……厚自崇重"即此意。

"风格"由品人向论文谈艺转化，大抵是在盛唐以后，至于较频繁地在诗人、选家和批评家论著中出现，则在宋元以后。察其所指，大抵在作品的风调格力，并且偏重在格力这一要素。如元人郝经《与撤彦举论诗书》谓："昨得足下诗一卷，瑰丽奇伟，固非时辈所及。然工于句字而乏风格，故有可论者。"这里"乏风格"显然不是说友人所作没有风格，而是指其只瑰丽于字句，奇伟于间架，缺少峭拔的韵格或格力。在该文中他还提及诗须有"沉郁顿挫之体"、"清新警策之神"、"震撼纵恣之力"、"喷薄雄猛之气"和"高壮广厚之格"，这些正可拿来与他说的"风格"相发明。明人陆时雍对之则有更直接的注释，其《诗镜总论》有谓：

> 石之有棱，水之有折，此处最为可观。人道谓之"廉隅"，

> 诗道谓之"风格"。世衰道微，恃此乃能有立。东汉之末，
> 节气辈生。唐之中叶，诗之骨干不顿，此砥世维风之一事也。

所谓"廉隅"本指棱角，衍伸以喻人品的端严和正直；"风格"与之并论比配，显然指一种与柔靡萎随无涉的诗歌品格，更确切地说，是指磊落劲直不同凡俗的品格，譬之于物，如石棱之锋锐，激水之波折。他如清人沈德潜《说诗晬语》论梁代文学，"君臣赠答，亦工艳情，风格日卑矣"，其"风格"一词所指一如陆氏。

由于"风格"一词源于人物品鉴，又是有风调格力的内涵，它与同样源于人物品鉴、推尚雄强有力的"风骨"范畴自然就容易发生联系，以至论者品评作家作品，每每连言这两者。如张谦宜《絸斋诗谈》称"苏子美诗，丰骨矫矫；梅圣俞风格遒上，自是作家"，毛先舒《诗辩坻》称王维诗"气骨顿弱，已逗中唐。……极欲作健，而风格已夷"。一正一反，明确地道出了两者之间存在的密切关系，即"风格遒上"的诗歌必然是有风骨的雄强之作；倘"风格已夷"，则简正端直已谈不上，更毋庸说真力弥满和刚健雄强了。持风骨即风格论者仅基于两者在古代多有联系，内涵部分相通，而未及细按"风格"本义与

今人所讲的美学意义上的风格尚非一事，且古人是从风调格力的意义内涵出发，将"风格"与风骨连言的事实，这是其作出错误判断的原因之一。

由于古人不热衷于博大精深的理论探索和边界稳定的概念构造，而好用圆通灵便的言语表达自己对事相的深刻领会，注重精到而不尚严密，注重即时即刻的证悟而不尚条分缕析式的定量定性，因此在对审美经验的普遍化予以语言固定，即借助语言赋予其规定性和明确性方面，往往做得不够，由此造成概念或范畴的义界不清和运用随意，一些概念或范畴的内蕴可以是十分深刻的，但其逻辑形态却不够稳定。

如"风骨"范畴，尽管早在一千四百多年前就已萌生并确立，在以后漫长的发展过程中不断为人所运用，并借以肇成理论批评的日趋深入，但却始终未得到最终的逻辑固定，在某种程度上可以说，它是一个结构既能动又松散的范畴。所以以它为中心，在它周围，形成一意义相同的范畴序列，如"骨""骨气""气骨""骨力""筋骨""体骨""骨干""风力"等；倘拿它与诸如"风神""神韵"等概念、范畴结合，又可造成"神骨""骨韵"等新的范畴序列。并且，就它本身的意义而言，在指称作品所拥有的那种基于主体生命活力与丰沛志气基础上的雄强风貌的同时，也并不能彻底消除别的意义的阑入，由六朝而至明清，不时会有人从风格的意义上运用它进行艺术批评。如北魏·祖莹谓："文章须自出机杼，成一家风骨。"① 宋《漫斋语录》谓："大率诗语出入经史，自然有力。然须是看多做多，使自家机杼风骨先立，然后使得经史中全语作一体也。"明·费经虞《雅伦》谓："古人风骨，不可强同，而远致宏词，通微涵妙，各有其本，别为标目，故序品衡为第九。"清·田雯《古欢堂集杂著》称松陵两君子七绝"别具风骨，不屑雷同"，等等。今人不察，以为古人等同其意，将两者视为一体，这或许是他们有此错误判断的又一个原因。

① 《魏书·祖莹传》。

司空图诗论与《二十四诗品》

　　《二十四诗品》为晚唐司空图作，是学界通行的说法。然追溯文献，从司空图去世到明万历末七百多年间，此书从未为人所知，也不被典籍征引。其出世大概在明亡前夕，明人未说明版本所据，引以为证的苏轼《书黄子思诗集后》中一段话，其实与该书无关。上述文献学一途的考证，可见陈尚君先生与笔者合作《司空图〈二十四诗品〉辨伪》一文（载《中国古籍研究：第一卷》）。这里拟结合其生平思想，对其所作论诗杂著与《二十四诗品》在哲学观、文学观，以及理论形态等方面的不同再作论证，以使上述考证能得到内在的逻辑印证。

　　《诗品》虽专意论诗，但具有浓重的哲学意味。从其全部品目架构的思想基础，到具体每一品的措辞用语，都流露出极为明显的道家色彩。以老庄为代表的道家学说，将道视为宇宙本原和精神实体，以为天道自然，无所不在，人效而法之，也应生而不有，为而不恃，长而不宰，以守真抱朴为务，顺天而动，无为无不为，由此在一种平和安详的原始状态中，超越有无祸福，趋于饱满和真久。因此"道""真""素""自然""虚无"等，是他们最常用的概念。"道法自然"，"以灭为宗"，成为道家学说的理论基础。《诗品》受此影响，通篇皆以老庄学说为准的，并以其所论为话头，铺衍对诗歌独特境界的体认。不但偏于清虚一路的《冲淡》《自然》《疏野》《超诣》和《旷达》等品是如此，即便偏于华壮一路的《雄浑》《劲健》《豪放》和《悲慨》等品也如此。

　　具体而言，如《自然》《委曲》《悲慨》《形容》诸品所论"俱道适往""道不自器""大道日往""俱似大道，妙契同尘"，皆本老庄"道为天下之奥"[①]，"夫道，……自本自根，未有天地，自古以固存"[②]之说；《疏野》《实境》所论"倘然适意，岂必有为""性情所至，妙不自寻"。皆本老庄"道常无为

---

① 《老子》。
② 《庄子·大宗师》。

而无不为"①，"无为也而尊"②之说；《雄浑》《纤秾》《含蓄》《缜密》所论"真体内充""识之愈真""是有真宰""是有真迹"，皆本老庄"其精甚真"③、"若有真宰，而特不得其眹"④、"谨守而勿失，是谓反其真"⑤之说；《高古》《流动》所论"泛彼浩劫，窅然空踪""超超神明，返返冥无"，皆本老庄"有之以为利，无之以为用"⑥，"始于玄冥，反于大通"⑦之说。他如《诗品》中"天钧""天放""体素""玄宗"等词，所多次提及的"畸人""幽人""高人""可人"、碧山人，其淡如菊之人，也或原出老庄，或可从老庄著作中找到原型。对此，论者揭发已多。英人翟理斯（Herbert Allen Giles）著《中国文学史》甚至将其称为"一篇哲学的诗，包含显然不相联结的二十四篇，适足以表现纯道家主义侵入学者心理的形式"，"道家思想是每则诗品的主旨，也是诗人思想的主导"。后弗伦奇（French）编《荷与菊》，选入翟氏译文，总题径写作《道家》。

---

① 《老子》。
② 《庄子·天道》。
③ 《老子》。
④ 《庄子·齐物论》。
⑤ 《庄子·秋水》。
⑥ 《老子》。
⑦ 《庄子·秋水》。

　　许多论者以为，司空图晚年所持的消极避世思想，正是以道家学说为底里的。他们以此与《诗品》相对照，证明这两者之间契然默会，原为一体。那么，司空图晚年思想是否一直以道家学说为主呢？笔者的回答是否定的。

　　综观司空图一生，以五十岁为界，确乎存在积极用世与消极避世之区别。但是其一，这种区别的界线并非如一般论者以为的那样截然分明；其二，其消极避世也非一以道家思想为准而无涉其他。就前者言，在退居华阴和归栖中条期间，他啸傲林泉，寄情诗酒，固然不同于壮年时的奋发有为，但要说全然忘怀于昔日的入世豪情，摒弃儒家的用世传统则不尽然。因为他之退隐，原属情非得已。作于五十岁那年的《丁未岁归王官谷》诗，将他迫于时势，为避横死而抽身引退的苦衷说得很分明。其实，两年前，他撰《迎修十会斋》文，称自己"非才非圣，过泰过荣。一举高第，两朝美官。遭乱离而脱祸，归乡里而获安"，已透露出这一消息。他在《说鱼》一文中，羡慕来聚华下的游鱼，"宅幽而远害"，更将这种心态暴露无遗。或以为他之退隐是留以有待，然据王禹偁说，当其时，人多以"四皓""二疏"目之，唯虚中赠诗谓："道装汀鹤识，春醉钓人扶"，言其操履检身，意非傲世；又云"有时看御札，特地挂朝衣"，言其尊戴存诚，也非邀君。他读后至为感激，称"十年太华无知己，只得虚中两首诗"，可知其原无以退求进之心。既不想邀君，也非傲世，匆忙中避迹山林，只能是出于"苟全性命于乱世"。由于退隐情非得已，说此时其思想已有一根本转变，他是安妥好自己全部的情绪和价值观，在一种自然状态下作出人生选择的，不免不合情理。而事实上，即使在这个时候，他也并非忘却时事，直到去世前，他都是身退而心未退，忧心忡忡地关注时局的发展，期待唐王朝的重新振起。在他的诗集中，《避乱》《乱后》《即事》《有感》一类诗题占去三分之一，那都是用以抒发对时事的感怀的。他还有些诗如《新岁对写真》《歌》《戏题试衫》等，对藩镇任强、群臣无耻和官场腐败，均有尖锐的抨击。他固然有"此生只是偿诗债，白菊开时最不眠"[①]"樽前且拨伤心事，溪上还随觅句行"[②]这类诗句，似以作诗为脱略尘世的手段，且兴趣也只有诗意锤炼和文字斟酌，而"看看万里休征戍，莫向新词寄断肠"[③]"诗中有虑犹须戒，莫向诗中著不平"[④]云云，更为人耳熟能详。然而正如他所

---

① 《白菊杂书》。
② 《喜王驾小仪重阳相访》。
③ 《漫题》。
④ 《白菊》。

说，"诗人自古恨难穷"①，在强权当道奸臣恃重之时，"乱后人间尽不平"②，他欲跳出三界外已无可能，故莫寄断肠莫著不平云云，根本不能代表他诗歌创作和论诗主张的全部，也不能代表他做人原则的全部。如果说，他在晚年有太多的深自韬晦，坚卧不起，这些诗已足以见出他不能遗忘世情的人生态度。他闻辉王遇弑于济阴，不食而死，这种对生命的最终处置方式，更可证明他对儒家忠君体国原则的服膺是至老不改的。也正因此，《新唐书》将其列入《卓行传》。

就后者说，在肯定司空图晚年有消极避世倾向的同时，还要据实指出，这种思想并非全然建立在道家学说基础上。诚然，在迭遭变故饱看世事以后，他于现实功名看淡许多，而老庄"不为而成""无为故无败"思想，对为出处矛盾困扰的他来说不啻是一种精神安慰，故他在《自戒》中明言"取训于老氏"，在《释怨》中，对至人"物我俱遗"的达观表达了由衷的倾慕。《旧唐书·文苑传》还记其"预为寿藏终制。故人来者，引之圹中，赋诗对酌"。人或难色，便以达人大观幽显一致之旨相规劝，是真正契近道家混一生死的境界。然而，平抑他那颗饱受

---

① 《重阳山居》。
② 《南北史感遇》。

时事煎熬之心的法宝，不止道家一个。佛教义理，特别是禅宗思想，也是他十分信奉的，并且退隐以后，他受此影响似更大一些。唐自武宗会昌灭佛后，诸学尽衰，然禅宗，尤其是南宗一派，在晚唐五代有很大的发展。唐末文士出家不乏其人，喜好佛理者更为普遍。司空图亦复如此，凤信"泛洒六尘，摄持万行。宁俟空林宴坐，方为解脱之门；必令大地周游，皆诣清凉之境"①，以为"禅乃诱劝之宗"，"其道至隐，其功至博，不可废也②"。避居华下和退归王官期间就与名僧高人相往还，远如湘西栗城寺的虚中，近如伏牛长老及华山诸寺院僧侣，还有日本遣唐僧如东鉴禅师等，都与他有交往和唱酬。《司空表圣文集》《诗集》中，留有许多他与佛子交往的踪迹。如《狂题十八首》之七谓"老禅乘仗莫过身，远岫孤云见亦频。应是佛边犹怕闹，信缘须作且闲人"，《偈》诗谓"人若憎时我亦憎，逃名最要是无能。后生乞汝残风月，自作深林不语僧"，均流露出他归心禅机的心绪。他六十七岁自号"耐辱居士"，也是受了佛教的影响。佛教有所谓"六波罗蜜"，意即六法，《法华次第》有"乘此六法，能从二种生死彼岸，到二种涅槃彼岸"

① 《为东都敬爱寺讲律僧惠确化莫雕刻律疏》。
② 《泽州灵泉院记》。

之说，其中"忍辱"，即为六法之一。

由此观之，司空图晚年确乎受到道释思想影响。但一举高第两朝美官赋予的匡世责任感，也终使他不能忘尽时事。由此既不以道家思想为主，故执着于进退出处是非曲直的辩究；也不以佛教禅宗为主，"情知了得未如僧"[①]，并不取白居易"晚将心事著禅魔"[②]，而是两者彼此亲和，交互为用，始终贯彻其间的则是儒家思想。他在《文中子碑》中曾说过，"道，制治之器也；儒，守其道者也"，晚唐藩镇割据，宦官专权，士族擅政，武人跋扈，凡此种种，在他看来皆因"儒失其柄，武玩其威"所致，故《将儒》一文，他因以有"吾道益孤"的叹息。所以，与其说司空图晚年道释思想交织，不如说这种交织是在儒家思想的基调和背景下展开的，其与《二十四诗品》并非具有相同的思想基础。说《二十四诗品》是其晚年消极虚无的哲学思想与人生理想的流露，两者之间契然默会为一体，不能成立。

笔者以为，不但《二十四诗品》与司空图并非共有一思想基础，即前述司空氏兼取佛道的世界观对其诗学理论的影响也并非直接。今天可确定无疑的是司空氏作的论诗杂著中，并未

---

① 《偶书》之一。
② 《修史亭》之二。

见有道释思想直接乃或间接的流露即为显证。为了便于说明问题，不妨对其《与李生论诗书》《与王驾评诗书》《与极浦书》《题柳柳州集后》等几篇具有代表性的论诗之作具体撰作年代，逐一作一考索。

司空图生于唐文宗开成二年（837）。光启三年丁未（887），五十一岁的他撰《山居记》，并编《一鸣集》，同时作《中条王官谷序》，序云"知非子雅嗜奇，以为文墨之伎，不足曝其名也。……乃以中条别业'一鸣'以目其前集，庶警子孙耳"，这是他第一次自称"知非子"，按《与极浦书》署名为"知非子狂笔"，可知当作于此时或稍后。而《与王驾评诗书》有"吾适又自编《一鸣集》"，又可知此文亦作于同一时期。两年后，也即龙纪元年（889），五十三岁的司空图被召为舍人，未几以疾辞，时河北乱起，他不得已退居华阴。《题柳柳州集后》有"今于华下方得柳诗"，此文作于其时无疑。《与李生论诗书》的撰作时间最晚，文中他标举所自负的诗句若干联，末一联"殷勤元旦日，歌舞又明年"两句，出于天复四年（904）六十八岁时作的《元日》诗，可知具体撰作时间在天复四年后。这四篇几乎概括了司空氏论诗主张全部的专文，均作于其五十岁退隐之后，依前述论者的习惯推测，该有消极避世思想流露，乃或有道释思想的痕迹，然而在司空图，论诗就是诗论，论诗不同于作诗，并没有什么微言寄托。反观《二十四诗品》则不同，各品字里行间，充斥着道家思想和道家学说特有的玄远气息。倘若它是出于司空氏之手，这两者间迥然有别的情况就很难解释得通。

司空图晚年退隐，心境确实颇为萧瑟，但其对所作诗论影响并不直接已如上述，与《二十四诗品》清空玄虚的语境不相关涉，更是至清至显。断言司空图晚年消极思想必会在诗论中有所反映，故将《诗品》清冷语境与其萧瑟心境相连言的论者，常举出《旷达》品之"人生百岁，相去几何。欢乐苦短，忧愁实多"，《含蓄》品之"语不涉难，若不堪忧。是有真宰，与之沉浮"，还有《清奇》品之"可人如玉，……载行载止"，《高古》品之"畸人乘真，……窅然空踪"以为例证。而《悲慨》品之"百岁如流，富贵冷灰"，"壮士拂剑，浩然弥哀"，更被指实为他晚年悲愤无奈心境的表白。其实，《诗品》以道家思想为准，无非是用形象的物事，烘托和渲染各种特定的诗境。既论旷达，自然要述及勘破生死，论者不能只注意其中忧多乐少的表述，而忘了其后尚有"倒酒既尽，杖藜行歌"的从容；既论含蓄，自然要推尚文外曲致，不极言忧患而令读者不胜其忧，论者也不能只论及其中忧难之辞，而无视其后尚有"如渌满酒，花时返秋"的安雅。至"可人如玉""畸人乘真"，在《诗品》中皆为有道之人的化身，其勿轻为情撽，遗世高尚，弥散着道家学说特有的气息，根本与忧患孤寂无关。《悲慨》一品也同理，全品"从可引起悲慨之境说起，最后仍以可引起悲慨之境作结"①，所谓"壮士拂剑"云云，只是悲慨之情的象喻，而不能指实为特别的表征。倘一定要坚执以境象的冲漠荒寒与所谓司空图萧瑟心境相印证，那么，《纤秾》品"采采流水，蓬蓬远春"，如此满目明丽之景，《绮丽》《精神》品"月明华屋，画桥碧阴"，"碧山人来，清酒满怀"，如此富华雅赡之境，其与司空氏晚年心绪，又当如何联系？

因此，硬是将《诗品》清冷语境与司空图晚年心绪牵涉捏合在一起，持论难免不能圆转无碍。司空图晚年虽未放弃儒学信仰，但饱看时世，心绪变得十分灰败确是事实，转而投身艺事，在诗文创作和诗艺探讨中寄托聪明销磨精神，或许正是他平息身心的一种方法，因此，他作诗渐少关注现实（但并非彻底遗落现实），论诗不阑入现实人事。这种心境心态，在他的

---

① 郭绍虞《诗品集解》。

诗中有不止一次的流露，我们也因以可从这些诗中印证上述判断。而《二十四诗品》原是老庄哲学境界与诗艺境界混一的产物，基于老庄推尚守拙抱朴、清静无为，其作者对萧萧淡淡，可与天侔的真久生命有特别的期待，老庄推崇如婴儿之未孩，如初民之浑朴，与世糊涂，与物为春，其作者在极言清冷的同时，才复由此而有月明酒满的繁富之辞，有"青春鹦鹉，杨柳池台""如觅水影，如写阳春"之喻。"春，譬之人生，乃婴儿阶段；譬之社会，乃初民时期"[1]，这便是其既有荒寒萧疏，又复有生意盎然的道理。而倘我们强以这种情境按于晚年的司空图身上，就扞格难通了。

司空图论诗，注重诗歌韵味的创造与把握。在《与李生论诗书》中，明确提出"辨于味而后可以言诗"，"近而不浮，远而不尽，然后可以言韵外之致"，"倘复以全美为工，即知味外之旨矣"。《与王驾评诗书》和《与极浦书》与之旨趣相同，前者概论唐初以来诗歌发展历史，总结性地提出"五言所得，长于思与境偕，乃诗家之所尚者"；后者更引戴叔伦"诗家之景"一语，要求诗歌写出"象外之象，景外之景"。这三篇专文，基本上反映了

---

[1] 李戏鱼《司空图诗品与道家思想》，《文学集刊》1 辑，1943 年 9 月。

司空图诗论的主要倾向，宜逐一与《诗品》对照，以显其区别。

其一是司空图"韵味说"之源出及其与《诗品》的区别。如前所说，司空图世界观对其诗学思想的影响并不直接，其基本诗学主张的真正源头，应是先秦以来日渐发展成熟的关于"象"和"味"的论说。"象"最初是作为哲学上认识论范畴出现的，魏晋以来，随着文学走向自觉，开始被刘勰等人引入文学及绘画批评。到了唐代，不但王昌龄提出"搜求于象，心入于境"[①]，今本《诗格》列有"象外体"和"象外比体"，殷璠《河岳英灵集》所谓"旨远兴僻""惟论意表"，也触及此义。而皎然《诗式》之"假象见义"，《诗议》"绎虑于险中，采奇于象外"，韩愈《荐士》之"象外逐幽好"，刘禹锡《董氏武陵集纪》之"境生于象外"，更将此理论推至成熟阶段。此外，今天可断为晚唐五代人所作诗格类著作，也多有相关讨论。如署名虚中的《流类手鉴》有"诗人之言应于物象"之说，署名白居易的《金针诗格》有"内意欲尽其理""外意欲尽其象"之说。可以说，自刘勰以下，一直到唐人所论"象"与"象外"，皆已脱尽玄学或佛学义理的色彩，纯然表现为一种拥有恒定内

---

① 王昌龄《诗格》。

涵和自身逻辑发展的文学理论。倘若坚执其所源出，判定上述论者都是受到玄学或佛教的影响，显然与事实不符。司空图论象，正沿此传统文论之余绪。对其在前人基础上所作的进一步深入展开，也当作如是观。

再说司空图的诗味论。"味"之义，原指五味或人对五味的感觉。先秦以来，已有人将之用以形容音乐或文学作品的美感作用。到魏晋南北朝，陆机《文赋》以之论文章之病，有"阙太羹之遗味，同朱弦之清泛"一说，葛洪《抱朴子》论文章赏会，也称"鲜知忘味之九成，雅颂之风流"。其后，刘勰《文心雕龙》论宗经与物色，钟嵘《诗品序》论五言新体，萧绎《内典碑铭集林序》论文章华实之弊，颜之推《家训》论诗之功用，皆以"味"作譬。唐人承此，不但有皎然《诗式》辨体十九字，称"括文章德体，风味尽矣"，徐寅《雅道机要》论诗之体格，要求"语多兴味"，遍照金刚《文镜秘府论》之"诗不可一向把理，皆须入景，语始清味"，"意熟语旧，但见诗皮，淡而无味"，更把情景与理致、继承与创新问题与之相联系，以此指称诗歌作品特有的美感。因此，较之"象"的理论，诗味论的来源更为简单，它一开初即与道释思想无关，而仅呈现为文学批评初起阶段常见的由事理判断向文理判断的自然趋进。司空图承续这一理论传统并加以发展，不但重视诗味的创造，还进而要求作者存此诗味于文旨之外，论者善辨其味而领会诗之全美，从而摆落了儒家以讽谕比兴论诗的窠臼，为宋元以来审美派诗论的发展开了先河。

司空图韵味说自有其理论渊源，而与道释思想无涉已如上述。反观《诗品》则异是，尽管二十四品品目中，间有一些概念。如"超以象外，得其环中""意象欲出，造化已奇"，与司空氏论诗杂著所论相类，但因思想基础大不相同，整篇文辞虽如许印芳跋语所说"教人为诗，门户甚宽"，所列二十四品虽如《四库提要》指出的，似"诸体毕备，不主一格"，实际上"相似者甚多"①，即都以道家思想为旨归，如杨廷芝《二十四诗品小序》所谓"无往不归于自然"。《冲淡》《疏野》等十三则所渲染的境界和宗旨大体如此自不必说，即偏于华丽的《纤秾》《绮丽》诸品，与偏于壮美的《雄浑》《劲健》诸品间也颇有相类的，且旨趣几与上述十三则相同。至于其中提及的重要理论，如形神问题、万取一收问题，论者每以为与司空图韵味说意义贯通，属同一理论序列，其实大谬不然。《诗品》所

---

① 林昌彝《海天琴思录》卷七。

论"脱有形似，握手已违"，"离形得似，庶几斯人"，皆本《庄子·知北游》之"油然不形而神，万物畜而不知，此之谓本根，可以观于天矣"，《庚桑楚》之"以有形者象无形者而定矣"，意在言不能太过拘执形迹，其目的在保持笃守真宰、生气弥满的生命状态。"万取一收"说也一本老子"道生于一"和《庄子·齐物论》"道通为一"，《庄子·天道》"通于一而万事备"之说。道家以为，道兼于天是为一，德寓于物是为万，物事至繁，然通而为一。一者不变，是与天合；万者常变，是与人合。达者圣人，由动见静，守一驭万，以不变统万变，则虽自然人事变化无常，也可得之一原，以应无方。所谓"万取一收"列在《含蓄》一品，意在不着一字而得风流，如此举一统万，使浅探聚散一一来效，正是受老庄之说的启发。其间"一""万"与"象"或"象外之象"，并不能构成对待，察司空图对"象"的要求，对得"象外"之美的诗人的评价，再结合其所自负的诗作境象繁富简淡不一，可以分明看出这一点。至于《雄浑》品之"超以象外，得其环中"，是用《庄子·齐物论》"彼是莫得其偶，谓之道枢，枢始得其环中，以应无穷"，强调的是作者要超然物外，使自己如处圆环之中，掌握道之中枢，如此虽中空而实包容万有，具备万物，这是使雄浑之气洋溢于诗篇的最好方法。究其所论，与司空图论象也非一事。司空图追求"象外"，意在诗韵诗味的实现，这诗韵诗味自然不能说仅指王、韦一路的趣味澄谈，但也决不专指雄浑壮大一途至为明显，论者不察其间的区别，一味糅合两说，使其对接，以此证明《诗品》与其论诗杂著一体连贯，所论实在空脱而浑涵。倘循此论述思路，有人以其重点讨论的"辨味"问题、"思与境偕"问题何以未见于《诗品》二十四则相责，不知将何以解答。

其二是司空图其他论诗主张与《诗品》的区别。应该说，除"韵味说"之外，司空图其他诗论，更与《诗品》异趣。

在《与李生论诗书》中，有一段话常被人忽视。"诗贯六义，则讽谕、抑扬、淳蓄、温雅，皆在其间矣"。诗有六义，乃《诗大序》明教，以比兴寄托和讽谕主文谲谏，乃或平准是非，本是儒家文论的传统，对此，司空图是有继承的。尽管他论诗无取力劲气屡，思与境乖，即禀六义之教，也要求有淳蓄温雅出之，但毕竟未弃讽谕抑扬。不仅如此，他对如杜甫、杜牧这样能以诗补世的诗人多有好评，称"诗家通籍美，工部与司勋"，并以为"高贾难敌"①。对在创作中寄寓郁愤哀怨，表现

---

① 《退居漫题》。

"词人之愤"的卢献卿也予肯定。卢氏词藻为同流所推，所作《愍征赋》数千言，辞悽情婉，论者以为庾信《哀江南赋》之亚，然连不中举，最后投于客地，他抱着极大的同情，亲为其赋作注，对其感于身世不平而鸣颇多肯定。自己也曾写过"撑霆裂月，挟之而共肆"的作品，并欲"喀出肺肝，以示千载"①。此外，他论诗还颇重作者人格，故《与李生论诗书》有所谓"直致所得，以格自奇"，"澄澹精致，格在其中"。《与台丞书》以"于诗颇工，于道颇固"称人，《书屏记》论书法体格与作者才性为人之关系，明言"视其笔迹，亦足见其人矣"。尽管我们不能同意有的论者所作"司空图的诗论属于中国传统的言志说"的论断，但要说他尽着意于诗歌审美品格的实现，而于传统教化派诗论无所取，则不免绝对了些。反观《诗品》二十四则，从置辞措语到意义内核，均未见儒家传统论说踪迹。这是一点区别。

司空图论诗旨趣或偏在"趣味澄复，若清沇之贯达"一路，由此对王、韦诗风大有好评，对陶渊明心存敬意，但他对那些渊密深致沉郁遒逸之作也是每有好评的。故韩愈诗"驱驾气

---

① 《绝麟集述》。

势，若掀雷揭电，奔腾于天地之间，物状奇变，不得不鼓舞而徇其呼吸"，"皇甫祠部文集，所作亦为遒逸"，"杜子美祭太尉房公文，李太白佛寺碑赞，宏拔清厉，乃其歌诗也。张曲江五言沉郁，亦其文笔也"①，他皆以极为敬佩的口吻予以肯定，他如称"沈宋始兴之后，杰出于江宁，宏肆于李杜，极矣！"②称卢献卿赋"雅调之清越""遒逸之壮冠""遒壮凄艳"③，并有"看师逸迹两相宜，高适歌行李白诗"④诗句。可见其对宏肆壮大清奇遒逸诗风（包括文风）的推崇，是一以贯之且不遗余力的。与此相联系，他并不认为"象外之象，景外之景"一说可概尽所有诗歌，"题纪之作，目击可图，体势自别"，既"不可废也"，自不当以此为限。⑤而《诗品》二十四则，述景清淡，造境逸雅，即论壮美也复如此，其总的审美取向恒定而统一，以至于略显偏狭，与司空图所主大有距离，历代论者有《诗品》是对陶潜、王维山水田园诗创作经验总结的判断，并非没有来由的臆测，这是第二点区别。

---

① 王润华《从司空图论诗的基点看他的诗论》，《从司空图到沈从文》，学林出版社1989年8月版。
② 《与王驾评诗书》。
③ 《注愍征赋述》《注愍征赋后述》。
④ 《赠蜀光》。
⑤ 《与极浦书》。

司空图论诗，追求"不知所以神而自神"的全美和圆融。在他看来，这种圆融并非一从自然中来，而假诗人的刻苦锤炼，故论诗杂著颇尚"专工"①，强调"深搜""渊密""抗精极思"，以为如此"既专则搜研愈至，故能炫其工于不朽"②。在《与王驾评诗书》中，他还称赞作者"浸渍益久""其勤亦至"。《注〈愍征赋〉述》中，对"泛铺轻绮""八音叶畅""五色相鲜"的形式追求，以及作者"才情之旖旎也，有若霞阵叠鲜"，也予充分的肯定。《擢英集述》中，不但不排斥作者"演致于全篇"，"标工于偶句"，更以为创作本应"兼搜于笔海"，"间掇于兰丛"，"思慰穷津，用征逸藻"。而《诗品》二十四则，所求在意境的含蓄幽渺，风格以清淡为主，技巧重自然朴素，且本道家无为之教，每言"真宰不夺""妙造自然""若其天放，如是得之"，而无取人为的刻缕和雕造。其与司空图所论分际宛然，不可忽视。这是第三点区别。

今人研究司空图诗论，多就其独创之论精设之辞详加分析，原不为错，但只重一端，不及上述其他方面的主张，不免有违其本意。再拿这不全面的东西与《诗品》相连言对比，得

---

① 《与李生论诗书》。
② 《题柳柳州集后序》。

到结论难以成立便不可避免。

这是判定《诗品》非司空图作的重要依据。结合唐以来，特别是晚唐五代论诗专著综合考察，这种差别可谓至清至显。

《诗品》实为二十四首四言十二句韵语构成的连章体论诗诗，它隔句押韵，一韵到底，论者以为"气味可步柴桑四言后尘"①。然唐自杜甫以来，各家论诗诗多用五、七言，尤其是七言，而鲜见有四言者。中唐以降直至五代，更多以无韵的散体文讨论作法评赞作者，这样的例子不胜枚举。司空图亦复如此，其谈艺论诗，多见诸所作书序题跋，而无专门的论诗诗。《司空表圣诗集》除有二十种四言体铭赞外，一首四言诗都没有。其中《诗赋赞》一篇虽是论文，但体属赞辞，且其置辞措语如"涛怒霆踶，掀鳌倒鲸，镵空擢壁，峥冰掷戟"，近于他一贯钦佩的韩愈奇崛险奥格调。《注〈愍征赋〉述》褒奖《愍征赋》艺术成就也多用四言，如"缥渺鸾鸿，翩翩媚空""鳌抃沧溟，蓬瀛倒舞"，格调一如《诗赋赞》。而《诗品》二十四则，指事类型，涉笔成趣，置辞清隽，风格逸畅，一望而知与司空图所作体调风格大不相同。并且铭赞之体与四言诗也不能相提

---

① 何文焕《历代诗话考索》。

并论。韩国学者车柱环以为，司空图诗集虽无四言诗，其文集却收有二十种四言体铭赞，据此可知他有相当丰富的四言体写作经验，并举其所作《蒲帅燕国太夫人石氏墓志》第三铭以为说明①。今察司空氏该铭，所谓"五家邑里，五子封疆。通衢赐第，异姓称王"云云，虽皆用四言成句，但意在张扬盛大，彪炳功德，自属铭赞一体惯常格套，与《诗品》并不相类。据以成说，似过于轻率。

再就论诗所用具体方式而言，《诗品》二十四则，如许印芳《〈二十四品〉跋》所指出的，多"比物取象，目击道存"，这种象喻式的品评方式得之于汉魏人物品评，自然是源远流长的。但自东晋·孙绰评潘陆文风，刘宋·汤惠休、鲍照论颜谢诗风以下，历代人以象喻论文，大抵皆用"如（若）……""似……""譬之……"等方式展开，显得比较着实。如钟嵘《诗品》论谢灵运诗"譬犹青松之拔灌木，白玉之映尘沙，未足贬其高洁也"，评范云诗"清便宛转，如流风回雪"，丘迟诗"点缀映媚，如落花依草"。唐人对此方式基本予以沿用，如《旧唐书·杨炯传》载唐初张悦与徐坚论当时文士，中唐·皇甫湜《谕

---

① 《司空图的〈二十四诗品〉》，《唐代文学研究》（第三辑），广西师大出版社 1992 年 8 月版。

业》品诸家文章即如此，前者称李峤等人文"如良金美玉，无施不可"，后者论张说文"如梗木枡枝，缔构大厦"。中唐·皎然《诗式》"品藻"条论诗"其华艳如百叶芙蓉，菡萏照水；其体裁如龙行虎步，气逸情高。脱若思来景遏，其势中断，亦须如寒松病枝，风摆半折"；晚唐·李商隐《容州经略使元结文集后序》统称元结诗文"其详缓柔润，压抑趋儒，如以一国，买人一笑，如以万世，换人一朝"也复如此。有的虽未用上述句式，如韩愈《醉赠张秘书》、杜牧《李贺集序》等，但用一连串形象比喻并列喻示诗文风格特征，则与上述诸人如出一辙。司空图论诗杂著，如称韩愈文"若掀雷揭电"，并引戴叔伦"诗家之景，如蓝田日暖，良玉生烟"，称卢献卿赋"若霞阵叠鲜，金缕晴天"，凡所发挥，一如六朝以来人声口，与同时论者并无二致。《诗品》则不同，它不像上述论者包括司空图的象喻式品评，仅以单句并列作譬，而无整体意境营造，其罕譬而喻，寄兴无端，且旁征曲喻，触类引申，摹神取象，极意形容，用意在构建一完整意境，标明所在诗品的境界和风格，故用语措辞不拘实义，不落言筌，其不粘不脱，超玄入化，与前人所论迥然不同。

最后从诗论标目与展开方式作一比较。《诗品》二十四则论二十四种不同的诗歌境界，其中包含不同的风格，还间或关涉诗人的生活修养、思想情趣，诗人与自然的关系，以及作品论、作法论等多方面内容，它们都被纳入大致用并列结构组成的两字标目下。这种形式虽早见于魏晋以来文学批评，但在其时，都是基于不同文体类型与所能造致的风格联系展开的，且其标目并非一例为两个字。曹丕《典论·论文》所分四科八类，即分别以一字标目。陆机《文赋》在此基础上，以十体论文，始用两字。上述所论，均只有标举而无释辞。后刘勰《文心雕龙·体性》提出八体，察其所作解释可知，实指修辞风格。

唐代诗歌创作繁荣，许多理论著作热衷于诗歌体式风格的分类，因"体者诗之象，如人之体象"①之故，也多用"体"字来规范所论。如李峤《评诗格》列有"十体"，每体之下系以释辞，不过说得非常简单，如释"直置"，"谓直书其事可置于句也"，释"宛转"，"谓屈曲其词宛转成句也"，大抵皆意在以具体的诗歌作法授人，因专在论诗，自非关文体，也不专意于诗歌风格意境的显示。王昌龄《诗格》谓诗有高格、古

---

① 徐寅《雅道机要》。

雅、闲逸、幽深、神仙等"五趣向"，实际是在论诗的风格，但他只附以前人诗句，一无论理的展开。此后，皎然《诗式》列出"辨体十九字"，谓"体有所长，故各功归一字"，上承曹丕，又以一字标目，每目之下系以单句释辞，十分简单，且如"忠""节"等目偏于诗中所发抒情感之性质，所谓"体德内蕴"，而"高""逸"等目偏于诗的艺术表现，所谓"风律外彰"，两者不甚统一，显得有些淆乱。晚唐·齐己《风骚旨格》论诗有"十体"，每体后附例诗两句，亦无展开，就所列品目而言，"高古""清奇"之属与"覆妆""阖门"等不相类，显非同一层面的范畴归并，其随意漫散，自是晚唐诗格类著作之习气。以后，徐寅《雅道机要》有"明体裁变通"，共列十种，皆抄齐己"十体"，可知在徐寅看来，其与诗歌不同体式相关。他另有"叙体格"论诗之"十一不"，如"不质朴""不细碎"之类，似又与风格有关，不过也说得很简单。在皎然《诗式》之后，殷璠《河岳英灵集》之前，《文镜秘府论》还收录佚名所作的文章"六体"，即"博雅""清典""绮艳""宏壮""要约""切至"，作者从思想内容和语言修辞两方面论证六体特征，如以"敷演情志，宣照德音，植义必明，结言唯正"释"清典"，且对"苟非其宜"的情况一一作了说明。由其所谓"语清典则铭赞居其极"等语可知，不脱当时诗格类著作重视技巧的特点，其间六朝文体风格的影响痕迹也颇为明显。

以上是魏晋以来传统文论以专门范畴标目体式风格的大致情况，凡所作展开性论列皆十分简单，乃至并无一字展开；而所展开的论列，也都不脱文体风格论和具体写作技巧两端。倘落实到具体时代，则唐以前以前者为主，唐及唐以后两者兼有而又以后者居多。由于今天可见到的司空图论诗杂著中，并无此类文字，具体情况也就不得而知。《二十四诗品》则不同，它每品用两字标目，品目后皆有字数恒定的诗句作具体阐释和发挥，且就其所阐释和发挥而言，十二句诗一意连贯，象喻也好，论理也好，既关涉诗人修养、情趣和诗歌结构、语言，也当以显示一种统一的诗境为务，与魏晋南北朝和唐五代人结合文体或技法论风格均不同，似不能仅依有些品目用字间见于前代或时人所论，断定其必为生活在该时期的司空图所作。更何况，唐人上述论诗论文，无论是单篇序跋铭赞，还是专著，大都以具体作家作品为对象，王运熙先生曾敏锐地指出过，象喻式批评方式"从六朝到中唐的皇甫湜，比喻语句还比较简括，而且往往同时评论几个作家。到晚唐时代，则比喻语句发展得更为丰富具体，而且集中评论一个作家"①。即就司空图而言，虽提出"韵外之致""思与境偕"等重要理论命题，被论者视为唐代审美派诗论的杰出代表，其诗论并有《诗歌哲学》之称，然从其论诗杂著来看，也同样是结合对唐初以来各家创作，包括自己的创作展开的。但《二十四诗品》则脱略具体作家作品的批评而专论诗美，其与司空图诗论之区别，关涉唐代文学批评全局，以彼例此，颇有超前之嫌，其间差别，实不容忽视。

---

① 王运熙读《司空图〈注愍征赋述〉〈注愍征赋后述〉》，《中国文化》，1993年第8期。

宋人尚淡趣味的根底

　　"淡"是指称一种素朴自然、平和淡远，无涉于刻意雕造的艺术风格和境界。作为文学范畴，始见于六朝。如钟嵘《诗品》称郭璞"始变永嘉平淡之体，故称中兴第一"。钟氏以为永嘉人普遍贵黄老，尚虚谈，"于是篇什，理过其辞，淡乎寡味"。乃至江左孙绰等人袭此风气，更"平典似道德论"，不值得推荐。故他所说的"淡"指"淡乎寡味"，即一种平典虚淡。

　　中唐以后，传统文学观、审美观都发生了重大的改变，如韩愈、白居易等人已开始标举"古淡""闲淡"。前者《醉赠张秘书》有"张籍学古淡，轩鹤避鸡群"，后者《与元九书》评韦应物五言诗，有"高雅闲淡，自成一家之体"。同时郑谷《读故许昌薛尚书诗集》也有"淡薄虽师古，纵横得意新"之句。不过总的说来，还远未形成一个整体的气候。

宋代处在封建社会鼎盛期的结尾，因着国力的贫弱、内忧外患的侵扰，对晚唐五代以来社会的长期动荡有深切的体验。当此积贫积弱之际，朝廷内外各色人等外倾性的心理普遍被一种内倾性的忧患人格所代替。士人外在的拓展减少，内心的自省却在增加。或者说，正因为外在行为的减少，一种搜讨靡涯之心灵的能力得到了大大的发展，由此造成了一个冷静的思考时代的到来。"在这样一个由积极行动转向深入思考的时代，人们的精神面貌变得幽淡沉静了。"① 开始脱去浮躁的对外在声华的趋附，走向了一种内心的丰实和平和。正所谓"少年爱绮丽，壮年爱豪放，中年爱简练，老年爱淡远"②。或以为，如果真可以对一个朝代世相作如此观，那么，宋代似更接近于封建社会的中年，但问题是这个处于中年的宋人特别纤敏和成熟，因此他的思致在很多时候其实已步入了老年。

具体地说，他好静。如道学家周敦颐就如此，称"圣人定

---

① 蔡钟翔等著《中国文学理论史》第二卷。
② 叶炜《煮药漫钞》。

之以中正仁义而主静，立人极焉"[1]。心学家陆九渊也说："此道非争竞务进者能知，惟静退者可入"[2]。文学家于此也下了很多功夫。当时，皎然《诗式》已列此为文之一体，释以"非如松风不动，林狖未鸣，乃谓意中之静"。时人于此更津津乐道。如王安石因欣赏南朝人王籍的"鸟鸣山更幽"诗，为其配句"风定花犹落"，即引来沈括、范晞文和曾季貍等人从不同角度作出讨论，言谈间，辨析之精微令人兴叹。他们还引道释义理于其中，如苏轼《送参寥师》之"欲令诗语妙，无厌空且静。静故了群动，空故纳万境"。与老子所说"归根曰静"、僧肇《物不迁论》所说"必求静于诸动，故虽动而常静"显然存在内在的联系。

由于主静，必然尚虚。道家讲"唯道集虚"，佛教和禅宗要求"心如虚空，不著空见"[3]，理学家如张载则说"道要平旷中求其道，虚中求其实"[4]。文学家受此影响，继皎然《诗式》提出"可以偶虚，亦可以偶实"，宋人更讲虚心极物精微入神

---

[1] 《太极图说》，《周子全书》卷二。
[2] 《语录》，《象山全集》卷三十四。
[3] 《坛经·机缘品》。
[4] 《正蒙·太和》。

之理，并赏及"庄子文章善用虚，以其虚而虚天下之实"[①]。而范晞文《对床夜语》卷二所说"不以虚为虚，而以实为虚，化景物为情思，从首至尾，自然如行云流水，此其难也，否则偏于枯瘠，流于轻俗"，要人写景而不为堆积，情思由景物化出而非滥情，直将诗歌送入了至虚的妙境。

又好远。"远"在魏晋时与"玄"字同义，故有"玄远"一词。引入诗文批评以后，已为皎然、司空图等敏感的诗论家所赏识，故《诗式》特释以"意中之远"，司空图《与李生论诗书》提出"近而不浮，远而不尽"，力求使一种不执着情旨的意蕴美得到充分的展示。宋人于此可谓尤有会心，如苏轼不但用以论书，《跋颜公书画赞》有"字间栉比，而不失清远"之语，还引以论诗，其《书黄子思诗集后》称"李、杜之后，诗人继作，虽间有远韵，而才不逮意，独韦应物、柳宗元，发纤秾于简古，寄至味于淡泊"，突出了"远韵"的特质。而文末提及司空图诗论，颇让人思及其所论与司空氏之说的意脉联系。他如《李希声诗话》称"古人作诗，正以风调高古为主，虽意远语疏，皆为佳作，后人有切近的当、气格凡下者，终使

---

① 李涂《文章精义》。

119

人可憎"，叶适称"魏晋名家，多发兴高远之言，少验物切近之实"[1]，正可为其所论下一注脚。而严羽《沧浪诗话》直将之与"深""长""飘逸"等并列，举为诗的九种品格之一。

此外便是好闲。"闲"者，本指悠闲无事，后指人性情的清闲。如《淮南子·本经训》所谓"质真而素朴，闲静而不躁"。中唐起引入文学领域，皎然《诗式》、齐己《风骚旨格》和桂林僧□淳大师《诗评》或列其体，或有尚"闲"之意。宋人因尚虚好静，推崇悠眇高远，所以也经常谈"闲"。如吴莘即说："诗所以吟咏情性，乃闲中之一适，非欲以求名也。"因此，他们每将人的性情之"闲"相连言，由"人物高远，有出尘之姿"，而想及其作品多"从容闲暇处"[2]。最典型的自然是对欧阳修文章的评论了。当时，曾巩曾从义理的角度，在《上欧阳学士第一书》中，称其"根极理要，拨正邪僻，掎絜当世，张皇大中，其深纯温厚，与孟子、韩吏部之书为相唱和，无半言片辞蹐驳于其间，真六经之羽翼，道义之师祖也"。然苏洵以一蜀地布衣，抱才求用，当上书陈意之际，直然切入欧文内质，其《上欧阳内翰书》称："执事之文章，天下之人莫不知之，然

---

① 《水心文集》卷一七《徐道晖墓志铭》。
② 《说郛》卷八八引吕本中《紫薇诗话》。

窃以为洵之知之特深，愈于天下之人。"在比较了孟子、韩愈文的语约意尽或浑灏流转之后，他指出："执事之文，纤徐委备，往复百折，而条达疏畅，无所间断，气尽语极，急言竭论，而容与闲易，无艰难劳苦之态。"很准确地道出了欧文的特点，千百年来一直为人沿用。

而综观"静""虚""远""闲"，可以看到它们其实有着共同的内质。"静"必由"虚"，"虚"定能"静"。一个人倘能做到"虚""静"，则处己必"闲"，置物必"远"。而作为文学创作的主体发动者，他们的性情既已"虚"而"静"，处己置物既已"闲"且"远"，由此沉静而内省，他写出的作品也就必定是有"淡"之美的。唯其如此，故不但这四者交互勾连密切，如倪寿峰所谓"远则闲暇"①之类，且这四者所表现出的那种趣味，合人生与艺术、理性与情感为一体的趣味，都一齐把人引向对"淡"之美的欣赏乃至礼拜，且似乎也只能由"淡"，才能载得起这种生命之趣的投托。

崇尚"淡"美的理想，也正是在这种沉静自省中，在这种静虚闲远的文学创造和审察中，被宋人牢牢地确立了起来，

---

① 黄昇《玉林诗话》引。

"淡"范畴的内质，也因以日渐得到明确的肯定。

它首先是一种平易自然，故称"平淡"。宋初梅尧臣说："作诗无古今，惟造平淡难"，又说："因吟适情性，稍欲到平淡。苦辞未圆熟，刺口剧菱芡"①。当然，这平易自然绝非缓散慢弱，如皎然《诗式》所谓"以缓慢而为淡泞"；也非枯淡，枯淡是"淡而少味，令人无一唱三叹之意"②。倘因其外相朴素而一定要称其"枯"，那也应该如朱熹所说，是"枯淡中有意思"，或黄庭坚所说"平淡而山高水深"③。它从怀情者角度而言大有思致，包蕴着逸趣，"其意优游而不迫切"④，如吕本中《童蒙诗训》称《左传》"文章不分明指切而从容委曲，辞不迫切而意已独至"，"亦是当时圣人余泽未远，涵养自别，故词气不迫如此。"所以吴可《藏海诗话》说："如说华丽平淡，此是造语也，方少则华丽，年加长渐入平淡也。""年加长"则人褪去浮华，归向真纯，性情由此一变，诚中形外，这才有文字的平淡。

而落实到手口，则是一种繁华刊落后的浓后之淡、老熟之淡。如楼钥《答綦君更生论文书》所说，似"水之性本平，彼

---

① 《依韵和晏相公》，《宛陵先生集》卷二十八。
② 张嵲《读梅圣俞诗》。
③ 《与王观复书二》，《豫章黄先生文集》卷十九。
④ 《王直方诗话》。

遇风而纹，遇礜而奔，……皆非有意于奇变"，故无须刻意以求。包恢说得真切，"诗家者流，以汪洋淡泊为高，其体有似造化之未发者，有似造化之已发者，而皆归于自然，不知所以然而然也"[①]。张表臣更说文要"以平夷恬淡为上，怪险蹶趋为下，如李长吉锦囊句，非不奇也，而牛鬼蛇神太甚，所谓施诸廊庙则骇矣"[②]。他如朱熹称"对今之狂怪雕锼，神头鬼面，则见其平；对今之肥腻腥臊，酸咸苦涩，则见其淡耳"[③]，说的也是一样的意思。倘不够自然，语虽奇险，仍不以为美。

当然，排斥奇险怪诞之语，不等于说平淡之美无须锤炼，不假人为。如前所说，它是一种浓后之淡、老熟之淡，实际包含着创造过程中的刻意追求，故苏轼会在力主"冲口出常言"的同时，又说："大凡为文，当使气象峥嵘，五色绚烂，渐老渐熟，乃造平淡"[④]。葛立方也说："大抵欲造平淡，当从组丽中来，落其华芬，然后可造平淡之境"，"今之人多作拙易语，而自以为平淡，识者未尝不绝倒也"[⑤]。这也就是"平淡"为什么

① 《答傅当可论诗》，《敝帚稿略》卷二。
② 《珊瑚钩诗话》卷一。
③ 《答巩仲至》，《朱文公文集》卷六四。
④ 《竹坡诗话》引。
⑤ 《韵语阳秋》卷一。

不是"枯淡"的道理。

其次，它还是一种高古疏简，故又称"简淡"。如吕本中《童蒙诗训》称《论语》《礼记》"简淡不厌，非左氏所可及也"。又如陆游《幽兴》诗之"身闲诗简淡，心静梦和平"，说到底，它其实是一种古朴的粹美，当然也关乎人的性情，故陆游要拿它与人不同的情志比较，以见出其不同凡响。其《曾裘父诗集序》说："古之说诗曰言志。夫得志而形于言，……固所谓志也。若遭变遇谗，流离困悴，自道其不得志，是亦志也。然感激悲伤，忧时闵己，托情寓物，使人读之，至于太息流涕，固难矣。至于安时处顺，超然事外，不矜不挫，不诬不怼，发为文辞，冲澹简远，读之者遗声利，冥得丧，如见东郭顺子，悠然意消，岂不又难哉。"只有心淡如水，视外物如空无，过一种简单的生活，似乎才比较能接近这份纯粹，倾听到内心的声音，由此笔下自然脱去声华，刊落浮词。此所以"事无心处却成功"和"诗到淡中方有味"可以并举也。①

由于简淡是一种单纯的粹美，在时人看来有古人的风派，故它又常被拿来与"古"连言，是谓"古淡"一词的由来。盖

---

① 俞文豹《吹剑录》引姜梅山诗。

古人任性而动，不事雕琢，其作诗因以淳古淡泊，这在宋人以为是很高的境界，故每用以称人。如欧阳修《梅圣俞诗集序》中，就对梅氏"简古纯粹，不求苟说于世"大加赞赏。苏舜钦在《石曼卿诗集序》一文中反对"以藻丽为胜"，也曾提倡"会将取古淡，先可去浮嚣"①。宋人向往粹美，主张"择阴阳粹美，索天地精英"②，称赞"清道粹美"③的人格和文品，大半与他们对"简淡""古淡"的喜好有关。

当然，与"平淡"非"枯淡"一样，"简淡"也非内涵的单薄或风格的贫弱。刘克庄《赵寺丞和陶诗序》所谓"擎敛之中有开拓，简淡之内出奇伟"，说尽了它似简淡实丰饶有致的特点。刘克庄说："诗岂小事哉！古诗远矣，汉魏以来，音调体制屡变，作者虽不必同，然其佳者必同。繁浓不如简淡，直肆不如微婉，重而浊不如轻而清，实而晦不如虚而明，不易之论也"④。谁又能说汉魏古诗的简淡背后是空空如也呢？

高古者离俗，疏简者离陋，文学作品能离俗离陋，就能造成一种清洁的品性，此所谓"清淡"，它也是"淡"范畴的内

---

① 苏舜钦《诗僧则晖求诗》。
② 邵雍《诗画吟》，《伊川击壤集》卷十八。
③ 王十朋《蔡端明公文集序》引，《梅溪王先生文集》后集卷二十七。
④ 《跋真仁夫诗卷》，《后村先生大全集》卷九十九。

旨之一。"清"与"淡"早在先秦道家那里已结合成一体了，故庄子说："淡而静乎，漠而清乎。"以后又融入佛教的"般若清静"，道教的尚清观念，当然还有儒家"思无邪"的清心寡欲之"清"，对历代人论文产生了深刻的影响。中唐以降，刘禹锡、齐己等人已有对它的标举，乃至列为诗格。宋人因之，每将之与"淡"范畴相连言。如范温《潜溪诗眼》以柳宗元《晨诣超师院读禅经》"至诚清洁之象，森然在前"，并以为此类诗淡而有味。葛立方论平淡"当自组丽中来"，但要求"落其华芬"，这"落其华芬"就是"清淡"。他并引李白"清水出芙蓉，天然去雕饰"诗，称"平淡到天然处，则善矣"，实是将"清"与"淡"联系在一起了。他如陈必复爱晚唐诗，也因其"清深闲雅，如幽人野士，冲淡自赏，皆自成一家"。

高古疏简，清洁拙朴，又必然给作品带来一种质而野的况味。自孔子称"质胜文则野"以来，"野"这一范畴多被用以指陋卑粗俗，如刘勰《文心雕龙·明诗》以"直而不野"论古诗。但至唐以来，尽管仍有人在如此意义上用"野"，但或受《庄子·寓言》"一年而野，二年而从，三年而通"之说的影响，它在文论中的意义开始有了改变。殷璠《河岳英灵集》将"野体"与"鄙体"分列，表明时人已不以此为非，而皎然《诗式》释

"闲"一体，更用"情性疏野"四字。宋人力去肤廓圆熟，于此"野"字自然也每有推崇。如包恢《书侯体仁〈存拙稿〉后》就说："予观圣贤矫周末文敝之过，故礼从野，智恶凿。野近于拙，凿穷于巧。礼智犹然，况诗文乎？"

他们还将这种"野"与"淡"联系在一起考虑，如陈知柔《休斋诗话》即如此。他指出："人之为诗要有野意。盖诗非文不腴，非质不枯。能始腴而终枯，无中边之殊，意味自长。风人以来得野意者，惟渊明耳。如太白之豪放，乐天之浅陋，至于郊寒岛瘦，去之益远。"底下还要谈到，宋人发现陶诗的好处，正在于其平淡。陈氏将"野意"与这种枯淡之美联系起来，并结合自己的趣味，谈及自己"尝欲作野意亭以居"的人生理想，让人想及这种由"野"而及"平淡"的追求，决非仅是对诗美的追求，还是一种智者达人的人生观的体现。这种人生观，如李白、白居易不可能有，贾岛、孟郊也不可能有，只有到了宋代，它才被人从传统中国人审美理想的深层唤出。

与作为一种思维方式和人生理想的体现，"静""虚""远""闲"四者联为一体一样，这"平""简""清""野"也是密切相关的，是宋人眼中"淡"范畴相关侧面的分列。当然，诚中而形外，这"静""虚""远""闲"与"平""简""清""野"

也不可判然两分。唯此，类似"清闲""简静""清虚""淡远""简远"等概念、范畴，才会在时人的文论中屡屡出现。它们指向的都是一种刊落浮华的内美，其绰有余味，令人枨触无穷，含玩回味不尽。对此，他们常用食橄榄和苦茶作譬。前者如欧阳修称梅圣俞诗"又如食橄榄，真味久愈在"①。此后《王直方诗话》《古今诗话》多为所用。后者如杨万里称"至于茶也，人病其苦也，然苦未既，而不胜其甘，诗亦如是而已矣"②。应该说，中晚唐诗人也开始放弃对朗声艳色的追求，并开始回归内心，但因为没有宋人长久反省后养成的沉思功夫，没有底下还要说到的庄禅及理学、心学义理的深刻滋养，所以仅以琴棋僧鹤和茶酒竹石作为走向内心的桥梁。宋人的追求，正构成了对这种纤弱抒写的超越，它虽也不能称壮大，但绝不贫弱；它不是向上的飞升，但也绝不是平面的铺展，而是向内里和深处的归返。

正是在这种情形下，他们发现了陶渊明，发现了那种寄大音于沉寥之表、存至味于淡泊之中，非具眼者不能识赏的大美。

最著名的自然是苏轼《评韩柳诗》和《追和陶渊明诗引

---

① 《六一诗话》。
② 《〈颐庵诗稿〉序》，《诚斋集》卷八十三。

（子由作）》中所作的两段议论，前者指出其"外枯而中膏，似淡而实美"，并引佛教所谓"如人食蜜，中边皆甜"之语，称"人食五味，知其甘苦者皆是，能分别其中边者，百无一二也"。后者直称"渊明作诗不多，然其诗质而实绮，癯而实腴，自曹、刘、鲍、谢、李、杜诸人，皆莫及也"。评价之高之确切，前所未有。

盖陶渊明在整个六朝颇不为人所重。《宋书·谢灵运传论》和刘勰《文心雕龙》对其只字未提；提及者如萧统《陶渊明集序》以为"其文章不群，辞采精拔"，此外如钟嵘、阳休之等人皆叹其质直。唐中后期，情况有了一些改变，如白居易、韦应物已对其人其诗多有推重，并仿作了不少陶体诗。但总的来说，还是受冷落的。清人沈德潜《说诗晬语》卷上称唐诗人中，"王右丞有其清腴，孟山人有其闲远，储太祝有其朴实，韦左司有其冲和，柳仪曹有其峻洁，皆学焉而得其性之所近"。其实，上述诸人诗风在某一点上近陶，是因性情所近，旨趣暗合，并没有明确举其以为法，即如韦应物，也并非尽用陶体，还出入二谢。

陶诗的真正被发现是在宋代，在苏轼。除上述两段议论外，苏轼又指出陶诗"初看若散缓，熟读有奇趣"，"才高意远，造语精到"①。而所谓"外枯而中膏，似淡而实美"正道出了他"精到"之"奇趣"的审美内涵。从陶诗那里，他找到了自己可以欣赏的美，可以追步的人，也为宋人找到了一条可以在这样一个特定的时代，让身心自由，让才艺透发，让唐诗真正成为过去，让自己开拓出不乏本源的未来的通径。此外，如杨时称："陶渊明诗所不可及者，冲澹深粹，出于自然，若曾用力学，然后知渊明诗非着力之所能成。"②朱熹说："作诗须从陶、柳门庭中来乃佳。不如是，无以发萧散冲淡之趣，不免局促于尘埃，无由到古人佳处也。"③他们从人论到诗，表现出深悉那个时代人们精神世界的思想家特有的敏感。确实，陶诗在此时的被推崇，绝非仅出于陶诗本身的原因；宋人所欣赏的陶诗的平淡，也绝非仅仅是陶渊明本人的平淡，还有他们属于自己时代的审美品性在里面。

至于一般文人，则纷纷指出其不假雕造的平朴自然之美，如"五言古诗，句雅淡而味深长者，陶渊明、柳子厚也"④。"陶渊明天资既高，趣诣又远，故其诗散而庄，澹而腴，断不容作

① 惠洪《冷斋夜话》卷一引。
② 《语录》，《杨龟山集》卷二。
③ 《与程允夫书》，《朱熹遗集》卷一。
④ 杨万里《诚斋诗话》。

邯郸步也"①。大多承苏轼所论，阐扬其"平淡"美的特点。当然，如晁补之《书鲁直题高求父扬清亭诗后》所谓"陶渊明泊然物外，故其语言多物外意，而世之学渊明者，处喧为淡，例作一种不工无味之辞，曰：'吾似渊明'，其质非也"，并不仅就文论文，他特别指出"处喧为淡"者之于陶诗的隔膜，足证"平淡"的真髓和精神，已深深地烙在整整一代人的心上。因这是他们急切寻找的东西，不得不作的选择，故在理解和阐释它时，他们是用心的，很少出错的。

综上所述，"淡"及其同序概念、范畴在宋代成为一个时代审美的核心。尚淡理想风靡文坛，是与整个时代的社会环境，以及由此形成的创作风尚密切相关的。吴可尝说："凡文章，先华丽而后平淡。如四时之序，方春则华丽，夏则茂实，秋冬则收敛，若外枯中膏者是也"②。宋代正处在中国封建社会开始走向衰落的当口，比之人是由青春走向壮岁，由壮岁渐趋暮年；比之四时则是经春夏而凛秋，由凛秋而渐趋于严冬，实在有不得不然和自然而然的势运在。

这种"淡"之美与魏晋六朝的绮采密丽不同，与盛唐的高

---

① 姜夔《白石道人诗说》。

② 《藏海诗话》。

浑华硕不同，即与中晚唐司空图所标举的"如清沆之贯达"的澄澹精致也不同，它以深刻的思理为内核，以人格美的追求为基础，在揭示作为创作主体的人的精神自由的同时，赋予文学作为人心深层的自然流露，人德性和修养的适切表暴的功能。尽管其时，因各体文的成熟，各种创作方法和技巧的讨论正方兴未艾，艺术形式日渐获得其本体意义，但因有这种意识和追求作基础，他们反而将这一切的讲究给超越了。当司空图在《题柳柳州集后序》中致赏于柳诗，"味其深搜之致，亦深远矣"，他们只愿意更亲近淡泊，看到他的淡泊和清远，并进而将这种对"淡"美的喜好，传给了他们的金元后学，使之不致在一片崇唐声中，在一味的高华安雅中，失却了一个诗人对个体生命存在方式及艺术存在方式更本质实在的思考。

尚"淡"之所以在宋代形成风尚，除本文一开头即指出的社会情势的变化外，还有文化与学术交织作用这个更本质和内在的因素在起作用。

中唐以降，一直到宋元，以儒家为主的理性主义传统在很大程度上减弱了它的影响力。晚唐五代，尚谈不上有太多的学术建设。至宋代，先是禅宗结合道家乃至道教义理，对士人思想进行了强有力的改塑，接着是作为传统儒学的修正，理学与心学的崛起，给其时文学创作和理论批评都带来了一系列新的变化。

　　道家本就尚"淡"，《老子》第三十五章说："道之出口，淡乎其无味。"这"无味"实指一种味之至，联系三十一章所谓"恬淡为上"，可知他是将此作为"道"之象征，在里面投托了十分深长的意思的。以后庄子《应帝王》主张"游心于淡，合气于漠"，认为这是顺适自然的达治之方；《刻意》又说："澹然无极而众美从之，此天地之道，圣人之德也"，也以之为有"道"的象征。在同一篇中他还说："圣人休休焉则平易矣，平易则恬淡矣，平易恬淡则忧患不能入，邪气不能袭，故其德全而神不亏。"似圣人得道皆平淡是守。老庄的这种思想后来为禅宗所吸收。

　　禅，意即"思维修""静虑"，本指止观，强调的是心灵的入静体悟。它认为宇宙万物皆由心生，是呈现于我心的物相，唯心才是真实，是谓"自性"，"自性迷，即众生；自性觉，即是佛"[1]。故讲人的自性本自具足，人以"无念为宗""无心于事""无事于心"，便能"虚其心而实其照"[2]，从而拥有万物。

---

① 《坛经·疑问品》。

② 《般若无知论》。

禅宗的这一思想，深深地契入了正处苦闷彷徨而又纤敏易感的宋人的心灵。借着对禅宗义理的研修，他们不但发现了一片开阔平和的精神世界，而且也发现了这个世界之于文学创作的无穷助益。如果说，唐·戴叔伦《送道虔上人游方》不过是说"律仪通外学，诗思入禅关"，皎然《酬张明府》也不过是说"爱君诗思动禅心"，他们则运用禅理和禅宗的思考方法，讨论作诗和赏诗等一系列问题，讲究"悟"和"悟入"。当时，普觉禅师说："须得这一念子'嚗'地一破，方了得生死，方名悟入"①。他们则退而求其次，为这一刹那的开悟，要求"悟入必自功夫中来"②。所谓"后山论诗说换骨，东湖论诗说中的。东莱论诗说活法，子苍论诗说饱参。入处虽不同，然其实皆一关捩，要知非悟入不可"③。严羽更受僧肇"妙悟自然"④、智𫖮"诵文者守株，情通者妙悟"⑤等说的影响，创"妙悟说"以为自己说诗之关键。

如前所说，处在封建社会衰落期的宋人精神面貌较汉唐

① 《大慧普觉禅师语录》卷二十六。
② 吕本中《童蒙诗训》引。
③ 《艇斋诗话》。
④ 《长阿含经序》，《出三藏记集》卷九。
⑤ 《摩诃止观》卷十。

人变得深邃而幽静，禅宗的入静体悟，讲"内见自性不动"[①]、"安静闲恬，虚融澹泊"[②]，使他们大有先获己心的欣喜和感动。也正是在这一接点上，他们为自己力主的"悟"和"悟入"找到了适切的对象，或者说，正是禅宗的这种重"悟"使他们发现并确立了"淡"美的高上地位。因为只有表象的东西不用人花心思去"悟"，唯此外似枯淡内藏精微者才要人投入地去"悟"，不唯是"悟"，还要"妙悟"。诚如有论者指出的那样，这种"以自我感受为主追溯领悟艺术品中的哲理、情感的欣赏方式及自然、简练、含蓄的表现手法三合一的艺术思维习惯"，使得一种"偏爱宁静、和谐、澹泊、清远，而蔑视冲动、激烈、艳丽、刺激"[③]的审美趣味得以最终形成。

　　落实到严羽来说，他推崇汉魏盛唐诗，于晋人就多称陶渊明，《诗体》中列有"陶体"，《诗评》中称陶诗"质而自然"，高出一时；于唐人则推崇柳宗元，于宋人不忘点出"梅圣俞学唐人平淡处"。鉴于他以径山名僧、临济宗宗杲禅师自比，又直接援禅理论诗，其《诗辨》讲"兴趣"、《诗品》主"高

①　《坛经·坐禅品》。
②　《景德传灯录》卷五。
③　葛兆光《禅宗与中国文化》，上海人民出版社 1986 年，第 204 页。

古""深""远"，论《诗法》要求除俗，"语忌直，意忌浅，脉忌露，味忌短，音韵忌散缓，亦忌迫促"，他的这种趣味与禅宗自不无关系。当然，表现得更为典型的还是苏轼。他迭遭变故，饱看世事，故而从儒家的入世学说中急突出来，归于庄禅。他深知"学佛老者本期于静而达，静似懒，达似放，学者或未至其所期而先得其所似，不为无害"①。所以，仅借以休息身心，反省人生，审视艺术，并不因此颓唐，堕入狂禅一道。假此对禅宗的了解，他发现了陶渊明；柳宗元诗"深远难识，前贤亦未推重"②，也是他发明其妙，天下人方如梦觉。

他如黄庭坚以语约意深为文章法度，要求"句法简易，而大巧出焉，平淡而山高水深，似欲不可企及"③，又推崇陶诗，称为"不烦绳削而自合者"④，也与禅宗的影响有关。他对禅学耽溺之深，不下乃师东坡，与禅师如圆通法秀、晦堂祖心皆关系密切，对临济宗更是甚为偏好，尝以"似僧有发，似俗无尘，作梦中梦，见身外身"⑤自赞，故颇重一体之"悟"，由即心即

---

① 《答毕仲举书》，《东坡集》卷三十。
② 范温《潜溪诗眼》。
③ 《与王观复书二》，《豫章黄先生文集》卷十九。
④ 《题意可诗后》，同上卷二十六。
⑤ 《写真自赞》之六，同上卷十四。

佛而求立处皆真。他在《赠高子勉》中称："拾遗句中有眼，彭泽意在无弦"，某种意义上与其用玄觉水月之喻所说的"无人知句法，秋月自澄江"是一致的。论者每以为他多言法度，讲究布置经营，不知这一切的精心安排，在他只为了实现一个自然浑成而平淡粹美的理想，既钩深如神，又和光同尘，此所以他说："故学者要先以识为主，如禅家所谓正法眼者。"[①]这一说法在韩驹、严羽等人那里都可以听到回应。

以后，杨万里、姜夔论诗重"悟"和"活法"，也重禅理。如杨氏反对《金针诗格》所谓"落句要如高山转石一去无回"等死板讲究，而要求领会其神味，对陶、柳诗"句雅淡而味深长"[②]大有好评。显然与其"万事悟活法"[③]有关。姜氏《白石道人诗说》谓："学有余而约以用之，善用事者也；意有余而约以尽之，善措辞者也。乍叙事，而间以理言，得活法者也。"无取逞才漫肆，任意无归。联系他还要求"语贵含蓄""句中有余味，篇中有余意"，反对"雕刻伤气，敷衍露骨"，推崇陶诗"散而庄，淡而腴"，可见趣味与苏黄有相近处。他引禅宗之"悟"

---

① 范温《潜溪诗眼》引。
② 《诚斋诗话》。
③ 周必大《玉堂杂记》。

和"活法"，其实皆可假以求得诗歌"淡"之美的实现。

如果说，"悟"是宋人借禅理指称对诗歌创作规律的切实把握的话，那么，"参"则是一个关于审美体验的重要概念，指一种钻研和体味作品审美意趣的过程。它同样取诸佛理。佛学有游访问禅和打坐禅思，是为"参学"与"参禅"；宋人引入文学批评，主要取后者内省和体验之意。"参"不是解，不是具体而落实的分析剖解，正可被时人用来表达对作品字句和境界作整体直观的涵咏玩索。如苏轼《夜直玉堂携李之仪端叔百余首读至夜半书其后》中，就有"暂借好诗消永夜，每逢佳处辄参禅"之说。他如叶梦得、韩驹、吴可、龚相等人皆有相关论述。由于禅宗以为"参"的目的是"悟入"，唯有"悟入"之"参"，才算得上真正有意义的修炼功夫，时人论文遂也将此两者指为"皆一关捩"①。当然，要做到"悟入"之"参"十分不易，故一时"遍参""饱参""熟参"之说纷纷出现。以后，严羽更将之抬升为一个诗学批评的根本性方法，并将这种"熟参"视为达到"透彻之悟"的唯一途径。当然，也是达到对"淡"美真切把

---

① 《艇斋诗话》。

握的正确途径。

相比之下，同是以禅论诗，晚唐五代诗人只偏好论"势"论"法"，没有对创作主体能动的控驭作用的强调，因而也就不可能赏及这种深邃的粹美。质言之，如论文用"势"由来已久，但自中唐以后，受佛教特别是禅宗影响，它成为批评界一大话题。皎然《诗式》开宗明义即为《明势》，晚唐五代人更将之分出许多名目，如文或《诗格》中就分出"龙潜巨浸势""惊鸿背飞势"等十种，明·钟惺《钟伯敬先生砆评词府灵蛇二集》将它们集中起来，归为二十势，实际远不止这些，其间又以齐己《风骚旨格》所列"十势"影响最大。齐己对禅宗沩仰宗门风颇为谙熟，仰山有分列诸势以示学人的传统，齐己受到启发，用来论文，惜乎大多琐屑，谈不上精切。宋人则不同，虽以禅喻诗，大多不愿讲"势"，或以为光有势于外，未有韵在内，未见得是诗美，故转而论"味"和"悟"。"势"与"法"是求外在之象，"味"和"悟"才可指向作品的内质，其间区别至清至显。由此，即使讲"法"，也是"活法"，并最终导向"去词""去意"的"无法"，这种"活法"和"无法"实际上间接或直接地，都是在为"淡"美张目。

宋人尚淡理想还与理学、心学在其时的确立和发展有关。

理学与心学本是儒学在特定历史条件下的变化发展形态。它兴起于隋唐以后社会纷乱、意识形态亟待重新收拾的宋代，实在是势属必然。汉儒拘执名物考据、章句诂训，并以为禄利之路；唐儒重疏不破注，以疑经为背道，都失去发展的生机。至其在与释道两家竞争中所表现出的迂阔粗鄙，更使广大的社会人群对其产生深重的失望。一方面，纷乱的时世中人心需要一种统一的思想来救治；另一方面，通常扮演这一角色的儒学自身千疮百孔，根本力不从心，故应和着唐后期以来儒学渐趋复兴的思潮，宋人开始疑经改经，别出心裁，在前人未及钻研的本体论方面，尤作了特别用心的探索。既申言其"所当然"，又究明其"所以然"，并以"道体"为核心，或标举"理"，如程朱；或揭出"心"，如陆九渊，前者性与理合，后者心与理为一，务求穷理尽性，贯通"理""性""命""心"诸端，最终达到"道通为一"。"明于庶务，察于人伦。知尽性至命，必本于孝悌，穷神知化，由通于礼乐。辨异端似是之非，开百代未明之惑"[1]，由此完成了儒学向灵警思辨方向的转化，同时也使道统在一个新的层次上得到了恢复。

---

[1] 程颐《明道先生行状》，《河南程氏文集》卷十一。

由于理学以心性为核心，然后才谈治国平天下，所以很重视体认和存养这心性本体。所谓"存养"的功夫，于他们而言，主要是一种涵养省察的功夫。"涵养"指心性本原的培养；"省察"则指时时识察心中之理。与此相联系，他们又讲"主敬"和"居静"。前者由周敦颐提出，所谓"圣人定之以中正仁义而主静"①，心纯而无欲是其"静"的主要内容。在这方面，他颇注意吸取道释的影响。对此，二程很不满意，提出"敬"字予以修正，所谓"涵养须用敬，进学则在致知"②。以后，朱熹"恐人差入禅去，故少说静，只说敬"③，并释之以"整齐严肃"，要旨在让人心中有一定主宰，不像主静者一味反观内省，失了操持。

　　不过，这不等于说二程、朱熹就绝对排斥"静"，与整个理学对道释之学实际上多有汲取一样，他们的存养理论也每每揽入两家主静之旨。朱熹即以"至伊川方教人就身上做工夫"，比"至唐六祖始教人存养工夫"④，程颢更多讲"静坐""静观"，程颐更说："有欲屏去思虑，患其纷乱，则须是

<hr>

① 《太极图说》，《周子全书》卷二。
② 《河南程氏遗书》卷十八。
③ 黄宗羲《明儒学案·白沙学案》。
④ 《朱子语类》卷一百二十六。

坐禅入定。"①

以对敬静存养功夫的重视，复追求性情的怡悦和人格的完善，理学家也间有从事创作或论及艺事的，其中最著者，除对作家人格修养以及作品道德内容的强调外，就是对静淡醇和的文学风格和自然浑成的审美境界的张扬了。如程颐认为诗能"兴起人志意"，而这"兴起"有赖人的静观，此即其《秋日偶成》诗所谓"万物静观皆自得，四时佳兴与人同"之意。邵雍提倡"情累都忘""因闲观时，因静观物"，并进而分观物为"以我观物"和"以物观物"两种，提倡"反观"，不主己见②，故在《谈诗吟》中对"人和心尽见，天与意相连"这种洋溢意趣的境界充满向往。

如果说，上述两家所论尚局限在理学范畴内，那么朱熹的文论则真正开辟了心性观念与文学整合的道路。他在《答林峦书》中尝说"古之立言者其辞粹然"，这"粹然"即平淡醇厚之意。在《朱子语类》中，他又说："大凡物事须要说得有滋味。""作诗间以数句适怀亦不妨，但不用多作，盖便是陷溺尔。当其不应事时，平淡自摄，岂不胜如思量诗句？至如真味

① 《伊川学案·语录》。
② 《观物内篇第十二》。

发溢，又却与寻常好吟者不同。"由此对风格自然的作品多有好评，称"古人文章大率只是平说而意自长""渊明诗平淡出于自然""后人文章务意多而酸涩"，如"宣、政间，则穷极华丽，都散了和气"，并不足取。

基于这样的观点，他能指出"李太白诗不专是豪放，亦有雍容和缓底"，又说："《国史补》称韦（应物）'为人高洁，鲜食寡欲，所至之处，扫地焚香，闭阁而坐'。其诗无一字做作，直是自在，其气象近道，意常爱之。"他还比较韦应物和陶渊明的不同，说："陶渊明诗人皆说是平淡，据某看，他自豪放，但豪放得来不觉耳。"陶诗"有力，但语健而意闲。隐者多是带气负性之人为之。陶欲有为而不能者也"。如韦应物"则自在，其诗直有做不著处便倒塌了底"，表现出独到而深刻的赏会。

朱熹之后，理学家魏了翁谈及艺事，对朱氏批评过的苏、黄等人也多有好评，在《杨少逸不欺集序》中，称他们"根于性，命于气，发于情，止于道"，《黄太史文集序》中，又称其"落华就实，直造简远"，"虑澹气夷，无一毫憔悴陨获之态"。偏向陆氏心学的包恢，论学主不倚他物，静坐而自作主宰，尝说："今之学者，则终日之间，无非倚物、倚闻见、倚议论、倚文字、倚传注语录，以此为奇妙活计，此心此理未始卓然自立也"[1]。故论诗无取掉弄书袋，以为"果无古书则有真诗，故其为诗多自胸中流出，多与真合"[2]。他认为如陶渊明"冲淡闲静"，即达到了这种"真"。在《答傅当可论诗》一文中，他说："诗家者流，以汪洋澹泊为高，其体有似造化之未发者，有似造化之已发者，而皆归于自然，不知所以然而然也。所谓造化之未发者，则冲漠有际，冥会无迹；空中之音，相中之色，欲有执著，曾不可得而自有。尸居而龙见，渊默而雷声者焉！所谓造化之已发者，真景见前，生意呈露，混然天成，无补天之缝罅；物各付物，无刻楮之痕迹。盖自有纯真而非影，全是而非似者焉！故观之虽若天下之至质，而实天下之至华；虽若天下之至枯，而实天下之至腴。如彭泽一派，来自天稷者，尚庶几焉，而亦岂能全合哉！"关于"未发"与"已发"，本是理学家、心学家常用的话头，程颐、朱熹均曾论及。程氏要人于涵养未发之前寂然不动，已发而中节，此说经罗豫章而李纲，传至朱熹，故其也讲"未发固要存养，已发亦要审察"[3]。心学

---

[1]　《与留通判书》，《敝帚稿略》卷二。
[2]　《石屏诗后集序》，《石屏诗集》卷首。
[3]　《朱子语类》卷六十二。

家陆九渊也说，"未发"，即指存在于主体的寂然不动之性，性"已发"，是为情。他把这"未发""已发"合为一体，"苟此心之存，则此理自明"①。包氏援引以入诗论，其所谓"造化未发"，即指存在于主体的寂然不动之性，性"已发"是为情，他把这"未发""已发"与诗的枯腴结合起来，以陶诗为得性情之正，是有道者气象。不过，因如朱氏所指，在其"未发"阶段有"带气负性"之意，不能算中节，故诚中形外，所作也就未及全合。

总上所说，理学家、心学家的文学观，普遍好尚作诗存性、观物养心，要求作者心意平和，作品安雅从容，理要说得畅，情性要表达得透脱洒落，创作原是人格修养的表征，而非才情澜翻笔底无拘忌的放任，故对通过平淡自摄达到真情发露，含蓄中渗透道旨的作品品格有特别强烈的喜好。又由于如黄绾所说，"宋儒之学，其入门皆由于禅"②，故禅宗讲求内心的空灵洁净、随缘自适和淡然无为，对其均产生深刻的影响。两者相交接，构成了对宋世文人精神世界的巨大冲击。由此，俯仰古今，纵想未来，发为文章，吟成诗歌，"包含欲无外，搜抉欲无秘"

---

① 《语录》，《象山全集》卷三十四。
② 《明道编》卷一。

之外，还要"思致极幽眇"[①]。有一种截然不同于汉唐人的气象。

落实到文学批评，它化为欧阳修的"会意说"、苏轼的"空静说"、黄庭坚的"妙心说"、杨万里的"去词去意说"、吕本中的"悟入说"，并影响元·郝经的"内游说"、方回的"治心说"。落实到文学范畴，则是"虚静""自然""简远""闲""趣""野"等同序、邻序范畴的大量涌现。而其中"淡""平淡""淡泊""雅淡""清淡"这一序列尤为受人尊崇，它的意义幽微而丰富，并因代表着宋世一代士人的趣味和理想，构成了对汉唐文化的真正超越。

---

① 罗大经《鹤林玉露·丙编》卷三。

明诗的清算

明代自中期以后，专制制度造成士人对现实的疏离，思想界背弃伦理反对传统的思潮冲击着人们的价值观和道德意识，造成了整个社会凝聚力下降，学界空疏学风蔓延。其时，士人精神空虚，对前途普遍感到迷惘，带连到明末诗坛，虽流派林立，新论迭出，乃至意气凌驾到"手批其颊"的动粗地步，但因时人一味复古而陷入模拟，造成思想僵化、个性丧失；或因片面追求性灵，导致私欲横溢、俗情泛滥，终于缺乏沛盛的创造性。

种种迹象表明，明代诗坛经过多种尝试和努力，已经走到了它的尽头，对过往的反思和对未来的探索，已经迫在眉睫。其实，早在明末已有识见高明者发出改革的呼吁，但因势寡力单，其声音往往被门派间的争吵所掩盖。而当经历了"地坼天崩日月昏"的巨变后，许多人才从意气之争中逃脱出来，由此对过去进行认真的反思与总结，被作为一项分内的职责，这项工作是由清初人自觉地承担起来的。他们虽也各有宗尚，不同派别间的辩难有时也激烈，但却少了明人剑拔弩张势同水火的凌驾与攻讦；并不再有唯我独尊、不容他人置喙的专断，表现出一种历尽沧桑后的成熟气象。

清初诗坛对明末诗风的反思，主要围绕以下三个方面展开：一是对诗坛门派之争的认识；二是如何处理复古与模拟的关系；三是如何认识诗歌创作中的才与学问题。而对与创作相关的其他问题的讨论，诸如诗人的学问、品行、性情，诗歌的格律、音调、句式、用字，诗歌与现实的关系，等等，无不统摄在这三个方面之下。此外，要特别说明的是，基于以下两方面的因素，一是从当时政局看，随着三藩的平定和台湾收复，清廷根基已稳，反清复明事业已成明日黄花，康熙盛世已现端倪；二是从诗坛实际情况看，由明入清的诗人相继谢世，而由他们开创的新诗风正在形成，并为新朝诗人所发展，特别是号称清诗第一人的王士禛已开始主持诗坛风会，可以表征清诗的确立，故本文把所谓清初界定在顺治元年至康熙中叶约50年这段时间内。

一

如何看待诗坛门户之争，是清初诗人首先着力解决的问题。明代自中期后，先后主持诗坛的前后七子、公安、竟陵等派，理论主张往往各守一隅，欲纠人失，辄堕偏失，甚至家立一职，人自为城，父子兄弟，嗜好不相侔。这种封疆画界的极端做法，产生的影响是极为不良的，以至直到清初，诗坛作者仍然争角门户，呶呶王李钟谭不已。最早对此做出反应的是钱谦益。钱氏早年追随李、王之学，后转向归有光和唐宋派，诗歌推崇李东阳，出入初、盛及中唐钱刘元白诸家，更兼及剑川、遗山。对上述诸派包括云间之失，认识较为深刻，故对此作了深刻的剖析和批判，有时议论虽刻薄，乃至不脱明季党社之习，但强调转益多师，广采博取，又以诗坛盟主身份导夫先路，对消除门户陋习，确实有摧陷廓清筚路蓝缕之功。

其后，王夫之也对此屡致批评，指出其人弊端是"才立一门庭，则但有其局格，更无性情，更无兴会，更无思致，自缚

缚人"。他对各派追随者入主出奴剽窃影附的讽刺可谓一针
见血：

> 所以门庭一立，举世称为"才子"、为"名家"者有故。
> 如欲做李、何、王、李门下厮养，但买得《韵府群玉》《诗
> 学大成》《万姓统宗》《广舆记》四书置案头，遇题查凑，
> 即无不足。若欲吮竟陵之唾液，则更不须尔，但就措大家
> 所诵时文"之""于""其""以""静""澹""归""怀"
> 熟活字句凑泊将去，即已居然词客。①

有感于明末流派之争给诗坛造成的恶劣影响，他奋起而欲
做矫正，尽管对文学发展中分流别派的否定有些绝对，但把立
门庭者归纳为本无才情，仅借此以为安身立命之本，与才情固
自足用，但因立门庭反自桎梏者两类，说明他对立门派者是能
区别对待的。也唯此，他才对李梦阳和谭元春的才华有充分的
肯定，对他们自困于门户深感惋惜。

黄宗羲虽不专以论诗著称，但相关见解也十分独到精辟。

---

① 《夕堂永日绪论内编》。

他在学术上"颇泛溢诸家",主张博综贯通,诗学思想上也主张打破门户界限,融汇古今百家,故鼓励诗人发挥自己的个性,不"墨守一家以为准的"。其时,诗坛宗主各执一见,"同者标为珠玉,异者訾为土炭",而以偷窃为功夫的佞妄之徒也乐得影附以为庇护。对此,黄宗羲极为反感,称:"此如奴仆挂名于高门巨室之尺籍,其钱刀阡陌之数,府藏筐箧所在,一切不曾经目,但虚张其喜怒,以哃喝夫田驺纤子,高门巨室顾未尝知有此奴仆也。"对于"未尝取某氏而折旋之,亦未尝取某氏而赤帜之,要皆自胸中流出,而无比拟皮毛之迹"[①]的创作则推崇备至。

强调诗歌独创性,反对门户模拟的不仅止于三大家,他如师从钱谦益的昆山二冯,在转益多师不拘守一家方面也有很好的见解。冯舒《对酒偶作》之六曰:"李何与王李,钟谭及袁徐。妖氛既荡涤,坛坫皆污潴。"《放歌》中模仿妻子口吻,更对七子、公安、竟陵甚至钱谦益十分尊重的汤显祖都一概予以否定。冯班对钱氏编《国朝诗选》以斥七子的做法表示赞同,对竟陵派的钟惺,甚至不承认其为诗人,所论不无偏激,但对

---

① 《李杲堂文钞序》,《南雷文约》卷一。

明末诗风弊端所表现的批判精神是值得肯定的。再如清初"四布衣"之一的朱鹤龄，其《传家质言》称"文必学秦汉，诗必学汉魏，犹言治而必欲复井田封建也"。他在创作理念上主张"理本六经，法宗八家，而秦汉六朝诸史之菁华，皆供我熔铸"，"先探骚雅源，徐整建安辔。六朝与三唐，锤炉总一致"①。强调只有广采博取，才能有所成就。以至除唐以前诗外，对江西、西昆两体也多有肯定。周亮工的持论相对温和，但在批评各执门户方面同样旗帜鲜明。《与陈琪园书》一文中，他以《诗经》风格的多样化来说明拘执门户之不可取，对出入各家汇而能通的诗人表示由衷的赞美。此外，申涵光、屈大均、贺裳、贺贻孙等人，对此也都从理论和创作两方面作了探索。可以说，清初破除门派汇通百家的风气，正是在这些人的共同努力下取得的。

在清初对明末门派之争的反思中，还出现了选辑诗集的热潮。据今人统计，现可考见成于清康熙20年前的清诗选本逾30种②，收录明以前诗歌的选本还不包括在内，数量之多为历代所不及。这些选本的序跋和凡例保存了许多珍贵的资料，借此可见时人对明末诗歌的论定与思考。如被施闰章许为"绝

---

① 《吴弘人示余汉槎〈秋茄集〉感而有作》，《愚庵小集》卷二。
② 参见谢正光等编著《清初人选清初诗汇考》，南京大学出版社1998年。

不依傍门户"①的黄传祖编《扶轮续集》《扶轮广集》《扶轮新集》，收顺治间诗人多至千家，在《自序》中，他具体分析王李钟谭诗歌的偏失，认为"一隆诗之格，一抉诗之情"。一重形式，一重性情，"皆未及诗之用"，严重脱离现实，可谓深中其病；又称"合则成家，离则两憾"，意欲矫正两家偏失的用心可谓昭然若揭。

号称"无体不备，无径不该"的陈祚明在所编的《国门集初选》中，对济南、竟陵诗派"分镳异驱""互相讥弹"的做法多有讥嗤，尝谓：

> 设使言诗唯取一途，则自河梁十九首，下视曹谢，已为异物。何许沈宋高岑，辄强作解事语。杜陵早朝诸什，凌王钺贾。一时诸公，亦相为推许。至若舂陵五言，正是靡靡末调耳。而工部捧颂服膺，形之篇咏。且如萧梁文选，后人侪之小儿解事。工部则云，熟精文选理。足明古人恢恢，取径旷远。所谓沧海泰山，不辞细流寸壤，故能成其高大也。②

---

① 施闰章《扶轮新集序》，黄传祖《扶轮新集》卷首。
② 陈祚明《国门集初选·序》。

他以诗歌发展史实为据，指出取径狭隘者的谬失，言之凿凿，令人信服。

另一选家曾灿取诗以风格沉雄雅正为准，而不论派别，其《过日集·凡例》说："余所选诗，去纤巧，归于古朴；去肤浅，归于深厚；去滞涩，归于宛转；去冗杂，归于纯雅。不论其为汉魏六朝、初盛中晚、宋元明之诗，而要归于沉雄典雅。"受当时诗坛尊唐抑宋风气的影响，他也表现出对唐诗风格的偏爱，但尊唐的同时，对宋诗并不一概否定，"今人论诗，必宗汉唐，至以道理议论胜者，斥为宋诗，虽佳不录。此亦过也。宋诗到至处，虽格调不及，亦自天地间不可磨灭"。又说："予谓作诗选诗，不必横据二家（指七子、竟陵）于胸中。如学道家，不必横据朱、陆于胸中。"持论要比明人公允得多。

除清诗选本外，唐宋元明历代诗歌的选本也纷纷出现。较早的有钱谦益《列朝诗集》，随后又有朱彝尊《明诗综》、吴之振等《宋诗钞》、陈焯《宋元诗会》、顾嗣立《元诗选》等多种。如朱彝尊《明诗综》选诗不以门户相标榜，对诗歌的品评也多公允，对一些选家挟私人爱恶多作匡正。吴之振等《宋诗钞》则以选诗来矫正明季诗派的"钩棘涂饰之弊"。可以肯定，这些以突破门户局限为追求的选本的出现并流传，对扭转明末颓势风气、开拓一代新诗风所起到的积极作用是不可估量的。

二

　　与明末门户划分如影相随的是弥漫诗坛的模拟剿习之风。就时人的模拟对象来说，大要有如下两类：一曰拟古；一曰模今。拟古之病源于复古，模今之疾起于门户。而两类之中，又以前者为最常见最顽固。

　　对今人的模拟，主要因于诗派内的声气互应，以为诗坛正道唯在于己，由此排举国之说，守一先生之言。这种仰他人鼻息而承其余气的表现，明末各诗派都有。坛坫甫立，应者蜂起，久之万人一途，诗路愈窄，所谓"今说诗者，每祖祢王、李，既则訾之。旋效袁、徐，渐为钟、谭，后则又訾之"①。"始也，厌王李者入钟谭，久之；厌钟谭者，复入王李，交讦互诟，几如南北分宗，洛蜀聚党"②。如此顺风之草，哪里还有个性可言。诗人的个性不断丧失，诗坛的风气也就越加颓靡。同一诗派内

①　张缙彦《扶轮广集序》，黄传祖《扶轮广集》卷首。
②　《陆次云辑·自序》，《皇清诗选》卷十二。

部相互模拟，从根本上说是为了扬威造势，扩大影响，这是执守门户者的故态与通病。对此上文已有论及，兹不赘述。

对古人的模拟是复古派最大的毛病。本来，此派提倡以学古来矫台阁体冗弱之病，出发点是好的，"诗宗盛唐"也无可置疑，但因在具体理解上过于拘执古人声调句法和单一的风格，片面强调循古而无视时代的发展和主体的才性表达，终于汩没了创作的激情，造成理论上的偏执和作品的僵化。对此，吴乔在《答万季野诗问》中曾深致感慨：

> 明人以声音笑貌学唐人，论其本力，尚未及许浑、薛能，而皆自以为李、杜、高、岑。故读其诗集，千人一体，虽红紫杂陈，丝竹竞响，唐人能事渺然，一望黄茅白苇而已。

至此派末流徒袭古人声貌，尽遗古人精神；只求句式格调的雅正，而悉忘个人的性情，就难免被人讥为偶人刍狗、徒有其表了。对此，明末也有人提出批评，但往往出于门派之争和个人好恶，所论不仅失诸公允，还往往导入另一歧途，公安、竟陵的反复古正是如此。不仅清算拟古的流弊，且要找出拟古的病源，为诗坛另辟康庄的任务，历史地落在了清初人的肩上。

在这方面，钱谦益和"清初三大家"乃是其间贡献最大者。钱氏曾说复古模拟者为诗为文的病症有三：曰僦，曰剽，曰奴。并解释说："窭人子赁居廊庑，主人翁之广厦华屋，皆若其所有，问其所托处，求一茅盖头曾不可得，故曰僦也。椎埋之党，铢两之奸，夜动而昼伏，忘衣食之源而昧生理，韩子谓'降而不能'者类是，故曰剽也。佣其耳目，囚其心志，呻呼噭呓，一不自主，仰他人之鼻息，而承其余气，纵其有成，亦千古之隶人而已矣，故曰奴也。"[①] 可谓深触其弊。有感于学古而赝的毛病，他特别拈出杜甫"别裁伪体"，认为以"横空排奡，奇句硬语"为杜诗衣钵，是只学到杜诗皮毛，走上了旁门小径。他开出药方：一是转益多师。学习前人不能取径太狭，盛唐之外还要兼及中晚与宋元。他推出李东阳作为疗病的良药，正因为李学古而能博综，有自己的面目。二是张扬性情。要有为而作，不仅"直吐胸怀，实叙景象"，而且要反映现实，有补于世。如此内有真情，外有感触，不能不发，才能写出好诗。三是要博学，也就是要以经史百家作为充实学养的根本。

黄宗羲、顾炎武、王夫之对明末模拟之病的批判有着惊人

---

① 《郑孔肩文集序》，《牧斋初学集》卷三十二。

的一致，但又各有侧重。黄宗羲关注的重点在诗人的创造性。《陆珍俟诗序》中说："昔人云：吾辈诗文无别法，但最忌思路太熟耳。思路太熟则必雷同。右军万字各异，杜少陵千首诗无一相同。是两公者，非特他人路径不由，即自己思路，亦必灭灶而更燃也。"他甚至认为，不仅对别人，就是对自己已有的创作也不能蹈袭。又说学习古人不在于习其家数，而要学其性情，这样才能"不必泥唐而自与唐合"。顾炎武以诗文的代变和个性的重要作为拟袭之病的针砭，在《日知录·诗体代降》中他说："诗文之所以代变，有不得不变者。一代之文，沿袭已久，不容人人皆道此语。今且千数百年矣，而犹取古人之陈言，一一而摹仿之，以是为诗，可乎？故不似，则失其所以为诗；似，则失其所以为我。李、杜之诗所以独高于唐人者，以其未尝不似，而未尝似也。"王夫之则将批判的针芒对准古人的诗法，称这种法为"死法"。这样做并非是对古人总结出的一整套作诗方法的断弃，而是反对把它们当做绝对的教条来使用。因此他多次强调要突破法的局限，所谓"大圆不规，大方不矩"，并以为"死法之立，总缘识量狭小"①。

---

① 《夕堂永日绪论内编》。

除三大家之外，清初诗坛还有一些人的见解也值得重视。如冯班强调"诗无定体"，随兴而发，不否定学习古人，更注重诗人个性，主张"作书须自家主张，然不是不学古人"。吴伟业告诫人"毋使才而碍法，毋袭貌而遗情"①。周亮工反对把古人诗法当做"金科玉条，凛不敢犯"，对如出一手的创作现状感到忧虑，要求诗人"卓然自立，能成一家言"②。申涵光感慨"近世人人雷同……遂成生吞活剥世界"，推崇"不无故为啼笑，横臆而出，肝胆外露，摧坚洞隙，一息千里"的"真诗"，希望把人们的关注引向真实的性情，都很有见地。此外，屈大均、贺裳、吴乔、毛先舒、贺贻孙等人的诗论中，强调品行个性，提倡抒写真情，或追求古诗真精神，都透露出不因袭贵创造的新的时代精神。

与上面所说相同，在清初反对模拟的声浪中，一些选家也发表了很好的见解。比较典型的如黄传祖在《〈扶轮新集〉自序》中强调："大抵诗贵乎传，不贵曹好群趋，以乘一日之运。"认为能够流传下来的诗歌，多出自特立独行的孤特之士。又说："不信今，并不信古，自信者也。乘运者，炫奕者也，雷

① 《致孚社诸子书》，《梅村家藏稿》卷五十四。
② 《西江游草序》，《赖古堂集》卷十三。

同者也。不自信，不信古而信今，究为今所厌薄者也。"指出盲目崇古和模今的人，"其术全寄于虚。捕影捉空，东补西凑，秦晋可加于吴越，草莽不别于缨緌。欲从烟墨间考其何事何人，茫同泛海，此非风雷之虚，而岚雾埃尘之虚也。然且万口一声，家弦户诵，岌岌乎殆哉。"可谓深悉其病脉之论。朱之臣更是以"真"作为反模拟的武器，其《〈诗慰集〉序》称：

> 夫真诗之在天地间，如日月之光、花草之色，与夫禽鱼之动荡活泼，俱生生而不能自止者，精神为之也。每见攻诗者徒言格调，惟古是摹，是舍自己之精神，以求合于人之面貌。譬之枯骨一具，号曰"人"耳。人耳将取笑于骷髅矣。

他还结合自己早年作诗的体会谈模拟的危害，"余前在万历、天启间，惑于曩说，偶一吟言，字摹而句拟，小有出入，悉抹杀以规规于古人之格。今覆视之，不觉愧汗浃背"。认为"若死守一法，以猥仿邯郸之步，则诗可不作"，说理实在，颇有说服力。

正是经过清初人在理论和实践上的共同努力，当时诗歌才逐渐摆脱明末模拟风气的影响，开始朝着多元化的方向发展，一种重个性、贵创造的新诗风才得以渐渐地形成。

三

对才与学关系的讨论，也可见出清初人对明末诗歌创作的反思。后人总结明代学风的特点，多概括为"空疏不学"。这与明代心学兴起后的时代风气有密切的关系。明中期以后，思想界普遍排斥程朱理学，信奉陆王心学，把认识建立在对"良知"的体认上，以至日渐脱离了正常的求知过程，这对明代学风产生了一定的消极影响。特别是当它与禅学结合后，做学问简直成了释家的坐禅悟道，外界的一切不再引动时人的关心，书本由此变成了体悟心性的障碍。其末流更沦为束书不观，游谈无根，仅靠几句语录，随风顺势，招摇撞骗。尽管实学思潮在当时暗暗涌动，但终未能造成影响。此外，八股选士制度也在客观上促成了诗坛的衰落。吴乔《答万季野诗问》认为"明代功名富贵在时文，全段精神，俱在时文用尽，诗其暮气为之耳"，正道出了这方面的原因。

　　有鉴于明人的清谈误国，清初人重新祭出汉儒"通经致用"的大旗，倡导经世致用和实证考据的朴实学风。对明代诗坛空疏之习进行清算，自然也就成为清初诗坛的重要任务。李梦阳引据唐以前书，纰缪挂漏不一而足，其后袁宏道认为诗趣得之自然者深，得之学问者浅；竟陵派更追求所谓"幽清单绪"，把人的心灵从现实生活引向幽僻封闭的世界中去。对此，钱谦益分析了造成这种风气的根源："近代之文章，河决鱼烂，败坏而不可救者，凡以与百年以来学问之缪种，浸淫于世运，熏结于人心，袭习纶轮，酝酿发作以至于此极也。"①他以挽救世风为己任，提出："仆以孤生谫闻，建立通经汲古之说，以排击俗学，海内惊噪，以为稀有，而不知其邮传古昔，非敢创获以哗世也。"②强调创作与学问的统一，必"根于志，溢于言，经之以经史，纬之以规矩，而文章之能事备矣"③。

　　顾炎武《与友人论学书》也揭出学风败坏的现状，指出："百余年以来之为学者，往往言心言性，而茫乎不得其解也。……舍多学而识，以求一贯之方，置四海之困穷不言，而

① 《赖古堂文选序》，《牧斋有学集》卷十七。
② 《答山阴徐伯调书》，同上卷三九。
③ 《周孝逸文稿序》，同上卷十九。

终日讲危微精一之说。"《日知录》中并以博学为作文之本，"君子博学于文，自身而至于家国天下，制之为度数，发之为音容，莫非文也"。受心学影响的黄宗羲在《诗历题辞》中说："盖多读书则诗不期工而自工。若学诗以求其工，则必不可得。读经史百家，则虽不见一诗，而诗在其中；若只从大家之诗，章参句炼，而不通经史百家，终于僻固而狭陋耳。"主张把六经、《史》、《汉》直到唐宋韩欧诸大家都纳入阅读的范围中。钱澄之也认为："不读书，则词不足以给意；不穷理。则意不足以役词。[①]"方以智《诗说》论写诗诀窍："读书深，识力厚，才大笔老，乃能驱使古今，吞吐始妙。"朱彝尊批评竟陵派专以空疏浅薄诡谲是尚，便于新学小生操奇觚者，不必读书识字，斯害有不可言。在《栋亭诗序》中斥责严羽"诗有别才非关学"一语为后世空虚不学诗风的根源，大声疾呼"天下岂有舍学言诗之理"，都表达了相同的立场。

清初士人中有许多是诗人兼为学者，系当时学界倡导实学风气的领袖，正是由于他们的努力，学养之于作诗的重要性开始为人广泛认识，由此读书的风气逐渐确立了起来，"不读书，

① 《陈椒峰文集序》，《田间文集》卷十三。

则不但率易无诗，即苦思力索亦无诗也"①成为时人共识。如冯班《钝吟杂录》就说：

> 余不能教人作诗，然喜劝人读书。有一分学识，便有一分文章。但得古今十分贯穿，自然才力百倍。
>
> 多读书则胸次自高，出语皆与古人相应，一也；博识多知，文章有根据，二也；所见既多，自知得失，下笔知取舍，三也。

邵长蘅《答贺天山》说："诗文忌俗。然医俗无它法，惟平日多读书，则俗气自除。"王士禛虽提倡妙悟，也以读书为根基，《师友诗传录》所谓"诗未有不能达而能工者，故惟达者能工。达也者，'读书破万卷，下笔如有神'，则无不达矣"。何世璂《然灯记闻》更是将读书清单也一一开列出来："为诗须博取群书，如十三经，廿一史，次及唐宋小说，皆不可不看。所谓取材于《选》，取材于唐，未尽善也。"

值得注意的是，其时不管诗歌宗尚如何，在对学问的强调

---

① 杜濬《交勉篇应蒋子》，《安雅堂遗集·文集》卷五。

上，清初人有惊人的一致。如与王士禛论诗有分歧的施闰章在《〈诗原〉序》中，就曾讽刺作诗不根植学问的人是"适燕而南辕，如粤而北指者"。反对王士禛的赵执信在《谈龙录》中也说："文章原本六经，诗亦文也"，这都是非常典型的例子。

四

如上所述，清初人对明末诗坛的反思可以说是全方位的，既有宏观的鸟瞰，也有微观的透视。宏观上的总结，已见于上文三个方面的论述，而微观上的解析，实质上也在这三方面的统摄之下。譬如，他们既注意到了诗歌的主体性因素，如才学、品行、性情的规范，又涉及体式因素，如格律、音调、句式、用字的讲求。此外，还兼顾诗歌的现实意义，如美刺的作用、反映现实的深度，等等。

必须指出，清初人对一些具体问题的认识并非整齐划一，有时甚至尖锐对立。但这与明末门户之争有本质的不同，在系统总结明末诗歌以造成一代新诗的大方向上，他们是一致的。比如对各派诗的评价，虞山诗派对前后七子，一如对公安、竟陵，基本上取否定态度，而云间派及受其影响的西泠派则对七子多有推崇。单个诗人中，周亮工对明末各派均有肯定，申涵光独对七子有好感。赵炎《莼阁诗藏·征启》称前、后七子为"天作高山""人钦学海"，吴乔《围炉诗话》却贬其为"牛哞驴鸣"。虽好恶殊致，大抵有各自成立的理由。有的更进一步，能将议论建立在对对象的深刻了解上。如王尔纲《名家诗永·杂述》之论"王李李何之于盛唐，几于步亦步趋亦趋矣。徐、袁诸公，欲破三唐，不免入宋元之窠臼。钟、谭一派，力翻七子，未尝出中晚之藩篱"。毛先舒《诗辩坻》称："原夫前后七子，做法匪凉，徒以后起守文，职成拘蔽。假令钟、谭能涤荡尘滓，斟酌古原，因其羽毛，树之骨鲠，则上可崇汉唐之绝轨……而惜乎驰骋小慧，河伯自欣。"又说："予悲耽溺者既不见其丑，而攻瑕者将并没其好。"肯定中有批判，否定中有接受，重点在于纠末流之弊，而不在弃绝个人，所谓："吾非恶夫竟陵也，恶夫学竟陵之流失也。"[1]

这显然是一种理性公允的态度。

诗法、句法和格律方面，明末诗歌普遍以唐人为榜样，复

---

[1] 王尔纲《名家诗永·杂述》引吴次尾语。

古派末流更是几于亦步亦趋，不稍逾越。清初人反对这种掠夺剽剥的做法，主张诗体形式上的自然融通。在此大前提下，诸家理解上又各有特点。如顾炎武反对一切程式格律的严格束缚，追求行文表达的相对自由，《日知录》提出"文章无定格"，"毋拘之以格式"，音律上只要协于音顺于耳，能准确表达文意就行，"疏密适中为上"，不用死抠平仄，"凡诗不束于韵而能尽其意，胜于为韵束而意不尽"，"文能发意，则韵虽疏不害"。王夫之则认为格律往往"钳梏作者"，故《唐诗评选》卷四称所谓诗眼、句眼为"如蚓已断而粘以胶，两头自活，著力处即死"。朱之臣认为好诗"如日月之光，花草之色，与夫禽鱼之动荡活泼"，皆自然而然，随真情流露，反对"徒言格调"。毛先舒虽强调法式的重要，认为"标格声调，古人以写性灵之具也。由之斯中隐毕达，废之则辞理自乖"，不过在《诗辩坻》卷一中又说："诗固不可率尔下字，然当使法格融浑，虽有字法，生于自然"。其时，有倪匡世作《振雅堂汇编诗最》，有感于"声调必取高朗。自钟、谭二公，专取性灵，不取声调。后之学者，非流单薄，即入俗俚。气既不满，学又不足"，特从声调角度，"采其高朗者推为上乘。用以式靡，用以训世"，尽管如此，对过于拘执起承转合和练字练句之法者却"弃而不论"，可见其旨趣仍在格律与内容的浑融圆转。

关于性情，清初人一方面对明末复古派汩没个性表示不满，一方面又对公安、竟陵滥用性灵失于鄙僻表示反对。从时人的意见中可以见出两个方面的特点，一是强调性情的主导作用，二是强调性情的雅正特性。就前者而言，虽不过是重复了前人的论说，但对扭转当时模拟风气却起到了非常大的作用。如王夫之《古诗评选》卷四评李陵《与苏武诗》说："诗以道情……诗之所至，情无不至；情之所至，诗以之至。"黄宗羲《黄孚先诗序》认为"情者，可以贯金石，动鬼神。"归庄《顾伊人诗序》并提性情与学问两者，强调"古人之作，大抵出于学问性情，舍是无诗矣"。田茂遇《观始集序》引述魏裔介的观点："诗以言性情者也。性情之不存，而组织烟云，缀缉卉木，虽工亦奚以为？"这可以说是清初诗人的一种共识。后者主要是针对明公安、竟陵的诗论而发。公安派以"独抒性灵"为反模拟的武器，为求"性灵"，不惜"宁今宁俗"，造成以"市井附耳之情为情"的鄙俚化倾向。清初诗人指这种"无论市儿村姁骂街谇室俚鄙之说，皆强取而韵之，谓之为诗"是"风雅道丧"①。

---

① 姜宸英《汪中允秦行诗略序》，《湛园藏稿》卷一。

至于其中突出的反伦理倾向，则被人看做是明代道德沦丧和亡国灭家的原因之一，由此，其性情论在一定程度上就具有了很浓厚的传统伦理色彩。如黄宗羲肯定"情至之情"之于创作的意义，并分其为"一时之性情"和"万古之性情"两类，轻视前者而强调后者，但《马雪航诗序》同时把"万古之性情"界定为"必当以孔子之性情为性情"，不脱对儒家理想人格和精神境界的依归。顾炎武强调"六经之旨"的绝对权威性，坚持论学要"弗叛于道"，对违背礼教、伤风败俗的诗歌深恶痛绝，对晚明文学中的"淫辞艳曲"主张悉予焚毁以正人心术。归庄作诗虽学问性情并重，但又要求以学问规范性情，而所谓学问，不过是忠孝仁义等儒家伦理。申涵光要求性情"愤而不失其正"，强调"忠孝之道"。毛先舒提倡性情而更重"理"，认为"情统于理则情不溢"，也都在强调对儒家道德规范的遵信与执行。当然，这种对伦理的过分强调，有明显的保守的一面，如冯班认为过于激切愤激的情感要受到裁制，《陆敕先玄要斋稿序》所谓："忠愤之词，诗人不可苟作也。以是为教，必有臣诬其君，子讼其父者，温柔敦厚其衰矣。"但所谓责命所在，时代使然，对正统道德观念的提倡和对明末诗坛反传统弊端的修正，今人是应该统一起来加以理解和评价的。

在诗歌与现实的关系上，明末各派虽也强调诗歌对现实的反映，但具体实践中，情感的抒发和现实的关怀往往屈从于形式的模拟。以后，随着明政权摇摇欲坠，国事不可收拾，以陈子龙为首的云间派以复古相号召，力图恢复诗歌"导扬盛美，刺讥当时，托物联类而见其志"的功能，惜乎其人不克寿终，影响不能深远。清初人不管是出于总结历史的责任感，还是出于新诗建设的需要，都自觉地从实践和理论两方面强调反映现实的重要性。其时诗歌内容上"言不出帷薄，事不离井巷"①的现象仍很严重，"纨绮子弟不知户外有何事，而矢口谈兴亡，如蜩螗聒耳"②。故顾炎武《日知录》提出"文须有益于天下"，"文之不可绝于天地间者，曰明道也，纪政事也，察民隐也，乐道人之善也"，宣称"凡文之不关于六经之旨当世之务者，一切不为"③。钱谦益也认为："古人之诗文，必有为而作。或托古以讽谕，或指事而申写，精神志气，抑塞磊落，皆森然发作于行墨之间。"④冯氏兄弟强调诗歌的比兴美刺，归庄重视诗歌对时代变迁和社会不幸的反映，申涵光主张诗歌要抒写愤世嫉

① 贺贻孙《康上若诗序》，《水田居集》卷三。
② 冯班《叶祖仁江村诗序》，《清代文论选》上，人民文学出版社 1999 年，第 41 页。
③ 《与人书》三，《亭林文集》卷四。
④ 《题吴太雍初集》，《牧斋初学集》卷八十六。

俗慷慨不平的激越情感等，都表现出了强烈的现世精神，这与清初反映现实诗作的大量出现构成对应。

清初对明末诗风的反思，从具体内容来看，多能切中要害；所提出的补救措施，也大都中肯合理。其间或也存在着偏激与保守的成分，但无论如何，其努力是有成效的，也有足以传久的理论价值。正是他们的理论呼吁和成功的创作实践，清初诗坛才得以一改颓势，出现了理论和创作彬彬之盛的大好局面。清人严沆《溯洄集序》说"夫清兴，息马投戈，渐渍于文教。二十年以来，学士大夫，家握灵蛇之珠，人怀隋氏之璧，穷巷掘门之徒，抱膝而行吟歌声，若出金石者众矣"，言语虽不无夸张，但确是一时诗坛兴旺局面的写照。诗歌的发展既需要对前代成果的继承，又要有对时代精神的反映和新特色的开创。上述清初人对明诗的反思和清算，将这两个方面很好地结合在一起。系统认识和评价清初人的这项工作，对今人全面了解清代诗歌创作和诗学理论成就，无疑具有重要的意义。

朱彝尊的诗学批评

　　清初著名文学家朱彝尊，是一位在诗、词、文各领域都作出实绩的杰出人物。他的创作成就为当时及后世历代人景仰，他在文学理论特别是诗学理论一途所作的贡献，也日渐受到人们的重视，但对他在诗歌批评方面的重要建树，向来少有人论及。为了全面地把握其诗学思想的实质，评价其对清代诗学理论建设所作的贡献，笔者欲对此作一比较系统深入的论述。

一

　　朱彝尊是清初为时人共称的大学问家，读书重考求事实，而不喜无根之游谈，其《曝书亭集》所收诸序跋碑传，大多是他通过广搜博讨后积累的心得，很少有矫激之言、意气之辞。有鉴于宋明以来俗儒或宗程朱或尚陆王师心自用、党同伐异的习气，他在《乌丝笔格铭》中力以"毋侧颇僻，毋过不及"为戒，《贝琼传》深取"立言不在崭绝刻峭，而平衍为可观；不在荒唐险怪，而丰腴为可乐"的态度。以这种态度论诗，他十分强调立论持平之于诗歌批评的重要，反对以偏概全，只执一端而不及其余；也反对标新立异，为求警僻而不顾事实。当时海内谈诗者，知竟陵派钟、谭的论说不可信，顾取法于高棅；比复厌唐人之规幅，又争以宋为师。他在《丁武选诗集序》中以为这些做法均存偏颇，"未信其持论之平"。他本人总结明朝300年间诗歌发展历史，所论大都持平，以至于对他多有讥刺的潘德舆也称其"详核"①。其间，最集中体现朱彝尊客观公允的批评态度的，是他对以门户、官爵论诗的诗坛习气的批判。

清初，因受实学思潮的影响，时人学风趋于笃实，眼界有所放宽，作诗也从空泛转尚坚厚，但要说整个诗坛已尽扫晚明

---

① 《养一斋诗话》卷二。

习气，还远未做到，加之经一段时间的发展变化，新的流弊亦时有产生，如邵长蘅《金生诗序》所谓"某人某体是同乎吾也，则尊之誉之；某人某体是异乎吾也，则诋之仇之，虽心识其工，不欲与也"的现象极为常见。清初在上位者多喜奖掖后进，以壮门户，以至有一韵之奇即拔登清流。如钱谦益、王士禛以及后来的沈德潜，皆身为达官而兼当时文宗，论诗每以所好好之，所恶恶之，遂使士流迎合，蔚成风气，诗学崇尚移易之关键，亦常有因于此者。而一般义士更多气求声应、议取门户之习气，同同相扶，异异交击，有好恶而无是非，以至私议横起，公论不得彰明。

与议取门户相联系的，是当时选同代人诗的风气很盛，如吴伟业有《太仓十子诗选》，宋荦则有《江左十五子诗选》。本来，其时诗人富于创作，且各有成就，采之编集以便流传，没什么不妥。问题是当时人常以此来徇私交、阿同好，选八股以射利，选时人诗词以通声气，这就给当时诗坛带来了很坏的影响。对此，《四库全书江左十五子诗选提要》作者就曾提出批评，以为选者"虽奖成后进，原不失为君子之用心，究未免前明诗社之习也。夫诸人诗傥不佳，裒刻何益？其诗果佳，则人人各足以自传，又何必藉此品题乎？"言下之意，不但不满其不脱明人恶习，还颇轻其多事。此为一弊。

朱彝尊论诗，则不好言派。在《冯君诗序》中明确地说过"吾于诗而无取乎人之言派也"，又引吕伯恭"诗者，人之性情而已。吾言其性情，人乃引以为流派，善言诗者不乐居也"之说，对冯君直抒己见无取门派表示赞赏，称其"可为言诗"。朱氏这一态度，是与他重言志抒情的基本文学思想一致的，因为既然诗为志而设，诗人身世不同，遭际各异，发而为咏叹，必面目有别神情相离，何况他认为，所谓流派只是对一些作家创作特点和风格的笼统概括，真实的情形是，即使归入同一流派的作家，因主观条件或客观环境的差异，所作仍会有不同。杨刘之不同温李、三洪二谢之不同黄陈，正如黄河过乎昆仑尚白，汇入千十百支流为黑一样，"派之不同乎源，非可瓜区而芋畴之也"。因此，与其矻矻于别白流派，不如去探求作品的来源，研究他们的各自特点，这是他对诗歌流派理论上的看法。

至于借别流派而立坛坫壮门户，他则直斥为无谓。前面已经提到，清初承明季之弊，文士多以门户论诗。正如《四库提要》作者指出的那样，这一现象与时人受明末结社之风的影响有直接关系。清初士人之结社，以江南一地为盛，士子"歃血盟誓，以攻不附己者，虽懿戚密亲，至互相诟詈"①。尽管有顺治朝立条八款，颁刻学官，更立新卧碑于前，又下禁社令于后，仍不能禁。朱氏所属浙西之地结社之风也很盛行，元季即有濮社，明后期有闻社②，明末名目更多，有竹林社、南池社③，另外还有萍社、澹鸣社、彝社、广敬社、澄社和经社④。其家乡梅里则更热闹，"文酒之会，甲于海内"⑤，尝有景山社，并有梅里诗派⑥，其中主要人物前有王翃、王庭，后有徐梗、沈进、周筼等人。时人李光基辑有《梅里诗钞》，许灿有《梅里诗辑》《梅会诗选》，李维钧有《梅里诗人遗集》，李稻塍有《梅会诗选》，其中多记诗人结社雅集事。

朱彝尊早年与王翃等人诗酒酬答，往来甚密，以后在《布衣周君墓表》中也说过自己"交游遍天下，然气类尤笃者，里中诸子也"，但却不入诗社，其《亡妻冯孺人行述》谓："予年二十即以诗古文辞见知于江左之耆儒遗老，时方结文社，兴诅誓，树同异，予概谢不与。"《长歌赠缪永谋》一诗更谓："君

① 《吏部验封清吏司员外郎卜君墓表》，《曝书亭全集》卷七十三。
② 见冯应榴等《嘉兴府志》卷七十九。
③ 见金蓉境《携李高逸传序》。
④ 见杨风苞《书南山草堂遗集》，《秋室集》卷一。
⑤ 李集《鹤征录》卷一。
⑥ 赵惟崙《嘉兴县志》卷二十五。

不见自从九鼎沦泗水，魑魅魍魉盈中州。乡党少年弄文墨，闾阎小子盛交游。赤鸡白狗信盟誓，翻云覆雨生戈矛。骂坐无端肆睚眦，笑人当面比徘优。"因洞见其弊，对之简直不屑一顾。当时钱蛰庵居嘉兴，有萍社一集，山阴王遂东、天台陈木叔莅其盟，海宁查继佐、嘉兴王翃、秀水陆钿等十九人皆与焉，他虽与其中多人交好，仍不取这种做法，故《明诗综》一选，多不收这些人的作品[1]。与此相联系，他对能不为门派所拘，以写真情实感自立的诗人都有好评。明人陈彝能于东南士子竞相结社党同伐异之时，独立不移，不与纷争，他就很敬佩，并在为其所作《墓表》中特为表出，给予很高的评价。

清初人论诗还很重官爵，一是居显位者多兼诗坛领袖，一字褒贬片言坟素，足以翕张贤豪吹嘘才俊，决定人一生的荣辱显晦，故为求幸进者，无不对之妄肆吹捧；二是有人想以居官者的地望游道来媒进梯荣，以显示自己身涉清流，声闻显达，故对之每作过情之誉，甚至于稠人广坐中扬抾极齿颊，人或异议，则动色力争，至于笔墨腾谤亦间或有之。受此影响，即使像邵长蘅那样的特立之士也不能免俗，尝选宋荦、王士禛两家

---

[1]　杨钟羲《雪桥诗话三集》卷一："萍社诸公诗多不载于竹垞选中"。

诗为《王宋二家集》，一时颇以献媚大史为疑，如赵翼就曾致慨于此事，谓"迩日论诗，惟位尊而年高者，斯称巨手耳"[①]。郭曾炘也有诗曰："才名王宋岂齐驱，合刻山人序近谀。开府尚书皆鼎贵，千金为寿亦区区。"[②]不仅如此，因他晚年入宋荦幕府，并随诗歌主张也有改变。此又是一弊。故田雯论当时诸诗话，称其有"拘官阀，限南北"[③]的缺点，"拘官阀"即重官爵，"限南北"则必取门户。沈德潜《清诗别裁·凡例》论清初以来选家之失，指出其有"或尊重名位，或藉为交游结纳，不专论诗"的缺点，所言与田氏相同。

朱彝尊论诗，却能不受时风驱引，《丛碧山房诗集》明确提出"文章之传，不系乎名位之通显"，《徐电发南州集序》又说："古称三不朽者，立德尚矣，至功与言或不能兼有……迫百年之久公论出焉，初不以爵禄之崇卑厚薄定人之贤不肖。"在他看来，立德固然可以不朽，但立功未必像通常人们所认为的那样，比立言强。因立功者须倚借他人，不如立言者在己，审所务而为，反而可传之久远，故得道者轻视文章、富贵骄人

---

① 《郎潜纪闻初笔》卷十二引。
② 《杂题国朝诸名家诗集后》之二十四，《匏庐诗存》卷七。
③ 《西田集诗序》，《古欢堂集》卷二。

毫无道理。基于此，他谈艺论文并不以官爵大小为念，相反，反复强调不可因其人而益重其艺，并对当时以官爵取人的风气予以批判。《答徐舍人上舍五十韵》谓"昔人重碑版，论文不论爵。后来世俗愚，但取官显烁。纵然头衔长，往往词冗弱。钜公即能之，亦复多伪托。谁与辨真赝，止解速镌凿。遂令贤达人，罕载金石略……举世遂声闻，孰肯叩寂寞"，直以论文尚爵为违反传统的陋习。与此同时，对居显位者安于自己的声望，不能下视甚至完全忽视后进的倨傲也多有微辞。在《祭孙侍郎文》中叹道："嗟世论文，不乐草茅。虽在丘园，以位日高。谁肯忘年，伪谦用量。"在《王礼部诗序》中，他说自己十余年来南穷海陬，北极关塞，所交幽忧失志之士，"诵其歌诗往往愤时嫉俗，多离骚变雅之体"，深为他们"辞虽工，世莫或传"鸣不平；对仕途亨达之人"多困于判牒，未暇就必传之业，间或肆志风雅，率求名位相埒者，互为标榜，不复商榷于布衣之贱"的做法深致不满。

对以官位权势压人的行为，他更予以明确的否定。明刘凤局守李攀龙"唐无古诗"一语，作诗裒积纂组，节节俱断，常令读者看后茫然如堕雾中，所著《澹思》《太霞》两集，皆无甚可取，但一时显名者纷纷序之，盛相扬誉。对此吴市袁孟逸不以为然，每向人抉摘其字句钩棘、文义纰漏者，以为姗笑。刘凤闻而大怒，诉之有司，致孟逸遭笞挞，但孟逸并不屈服，谓"民宁再受笞数十，终不能改口沓舌，妄诼刘侍御诗文也"。朱彝尊对之就很欣赏，《明诗综》中特为表出，由衷地赞道："盖草野之公论尚存，胜于士大夫曲徇多矣。"他自己选诗也是如此，明郑棠永乐中以文章入选翰林，由典籍官至检讨，但于诗并不擅长，固他在选《明诗综》时就不登其一字（见《四库全书道山集撮要》）。

朱氏于此类事，还曾有过切身的感受。当时魏宪选时人诗为《诗持》，凡三集；又别采百家为《百名家诗选》，内中多收显官诗，附己诗于篇末，而独不及如朱氏这样位居清要的成名诗人。朱氏为之感慨良深，作《近来》诗自嘲，"近来论诗专序爵，不及归田七品官。直待书坊有陈起，江湖诸集庶齐刊"[1]。朱氏早有诗名，通籍后得康熙亲遇，后因带楷书手入随抄书，为翰林院掌院学生牛纽弹劾。其实，当时带仆人入直京官为常事，他因此落官，实由那些以八股进身、以资格自高者构陷所致。清京署名官最重资格，按故事，翰林非进士及第与改庶吉士者，

---

① 朱彝尊《曝书亭集》卷第十九。

不居是职，现他以特科见录，遭不次提拔，自不免"野翰林"之讥[①]；且其又清高自命，才学自恃，少不得得罪当道；加之在上者在权力未稳之先诏举隐逸，开鸿博特科，原本是笼络人心的权宜之举，如潘耒《受祺堂诗集序》所说：特进之人"二十年来，不胜升沉存没之感，其能卓卓树功名可不朽者，亦无几人"，所以其遭弹劾放归势在必然。朱氏晚年生涯是十分萧条的，罢官卧荒村，户外可罗雀。有诗曰："嗟君文采应无敌，世上闻名徒唧唧。……即今世事成销歇，席门穷巷交游绝。"[②] 前引《答徐舍人上舍五十韵》和《近来》二首，一作于康熙三十一年壬申，一作于康熙三十八年己卯，皆其晚年手笔，可见其于此感触之深。在《寄礼部韩尚书书》中，他又说自己"所撰诗古文，义取辞足以达，未尝有模范于胸中而后下笔，聊以自娱而已。是以海内月旦，凡名家大家，要不得与其列"，既反映了他重视诗歌的抒情功能的一贯主张，同时也未尝不包含着愤愤不平的主观志气。

---

① 见陈康祺《郎潜纪闻二笔》。
② 谬永谋《醉歌送朱锡鬯游岭南》，《梅里诗辑》卷七。

<h1 style="text-align:center">二</h1>

朱彝尊论诗反对以门户、官爵取人，而要求客观持平。在他看来，要做到这一点，必须切入作为研究对象的作品本身，通过对对象所属时代的分析，追寻原作者的主观意图，把握作品的真实涵义。为此，他在许多文章中反复强调知人论世之于诗歌批评的重要性，并将之作为自己必须依循的批评原则。

首先，他论诗很重论世，《天愚山人诗集序》明言："洵乎诵其诗，尤必论其世。"本来，中国古代诗歌注重形象性、象征性，讲究意境的深远和含藏不露，故古人为诗一般不直陈己意，或依草木鸟兽、风云月露寄托一己难言之私意，或假闺房儿女之言以期同乎离骚变雅之义，以至作品内在意蕴远远超出外在的显性形象。这种美学崇尚或是出于对"文理优柔"原则的信奉，也可能出于其他与文学无直接关系的原因，如为远避祸害而曲隐己意。它历代相沿，成为古代诗歌创作的一个传统。因此要准确理解这类作品及其作者的主观意向，知其"顾有幽忧隐痛不能自明，漫托之风云月露美人芳草，以遣其无聊"的深层用意，在朱氏看来，就必须联系作者所处时代，不然很容易眩惑于字面而遗落了诗的真义。

在这篇序中，他还特举宋末遗民诗以为说明，指出从来易姓之际、孤臣节士不见载于朝野诸史不可胜数，其偶然著述，或隐姓名，或仅书甲子，只有联系那个时代，才能说得清。如宋末蒲江吴渭发起"月泉吟社"，以《春日田园杂兴》为题课士，取前数十名诗编成《月泉吟社》一集。由于与其事者皆为宋末遗民，诗中难免多寓遁世之意及愤激之语。明李东阳《麓堂诗话》不深究底里，但就其字面置论，以为此集仅"以和平温厚为主，无甚警拔"，实在是皮相之论，不知其志自足可称，正"不必其词之工以为重"。又譬如元杜本录宋末遗民诗成《谷音》两卷。杜本在元初屡征不起，隐居武夷山中，是一位有民族思想的遗民，《谷音》一集多收仗节避世之人的怀旧之作，古直悲凉，风格遒上，倾向性应该说很明显，唯因这些诗人避世隐逸、事迹不彰，后世对他们了解很少，所以朱氏特别强调知世以论人，从而对他们作出切当的评价。他评天愚山人谢泰宗诗也是如此，说谢氏"陶情曲蘖，篱畔行吟"，"乘物以游心，托不得已以应世"，发为诗歌，苍凉悲古，是与他处"明运既移"之时心情郁闷有关的，对谢诗所寄寓的家国之思亡国之痛，又有极其深的理解，则是事触忌讳，未便作进一步的发挥。在《与高念祖论诗书》中，他批评时人以李梦阳、郑善夫忧时之诗为强效子美的说法，认为持这种意见之人正坐不善论世之病。"嗟乎，武宗之时，何时哉，使二子安于耽乐，而不知忧患，则其诗虽不作可也"。着眼于当时的现实，认为两人之诗仍是基于自己的时代所作的。

其次，他论诗又很重论人。他认为诗既是言志的，"志之所出，诗亦至焉"，"人所尚不同，则文亦异"，那么"诵诗者必先论其人"，"说诗者，亦观其志之所存而已"。就是诗三千篇，孔子存其三百，他认为也非仅取其辞之工而已，盖必论其人之故。而对那种"不原其志意所在，辄更易以就时人"的轻率态度，他在《大同府普恩寺碑跋》中曾给予明确的否定。

屈大均为人有骨气，有见识，明亡后，与周里士子结西园诗社，日事吟咏，其间，密议恢复，被杜濬称为"鲁仲连之流"。作诗"多怆怳之言，矞然自拔于尘埃之表"，但名声却只限于岭南。朱彝尊至粤，与其谈论甚契，以后魏耕，朱士稚，祁班孙、祁理孙兄弟密议反清，"翁又为竹垞介至郘园，有所同谋"，故对其"二十年来，烦冤沉菀，至逃于佛老之门，复自悔而归于儒，辞乡土，跋塞上，走马射生，纵博饮酒"的经历，"傥荡不羁，往往为世俗所嘲笑"的个性，更主要的是对其明亡后沉痛的内心世界知道得很详彻，所以能对其诗作出确切的评论，并在《九歌草堂诗集序》中将其比作屈原，还未出岭前，就将他的诗"遍传吴下"。《明诗综》诸小传中，类似例子还有很多。如指出尹耕以命世之才自负，但仕途受挫，坎壈而终，故诗如"晓角秋笳，听者凄楚"；石瑶为人耿直自守，不惜违逆上意，虽位列中台，总不能施展平生，故"诗多蹇产而不释"[①]；金幼孜"扈驾北征，大漠穷沙，靡不身历，故其诗时露悲壮之音"，都有助于人加深对其人其作的认识。

朱氏论诗知人，还表现在他重视诗人的个性对诗歌创作的影响，注意到诗歌创作中诗人的个性与诗歌风格之间的对应关系。在《刘介于诗集序》中他说："今夫言志之谓诗，持其志之谓诗，故士必先尚其志，而后可与言诗。……好滥者其志淫，燕女者其志弱，趋数者其志烦，敖辟者其志乔。由是被之于声，高者砠而下者肆，陂者散而险者敛，侈者袉而窘者郁，斯未可以道古也。"诗人个性不同，气质相异，其文风必畛然有别，这是已为今天科学的艺术理论证明了的事实，借助于心理学、社会学的研究成果，人们完全可以找到这两者之间联系的关节。中国古代诗人、批评家自然不可能运用这种科学理论，对此问

---

① 屈大均《屡得朋友书札感赋》其四自注，《翁山诗外》卷十六。

题作出细致的分析，但他们富于实践，感觉敏锐，在长期的创作、鉴赏和批评中深刻地领悟到了这一点，因此好把作品与作者连在一起考察，甚至认为作品的风格就是作者气质才性的外化，作品的格调也就是作家人格的象征，朱氏正是如此。当然，他这方面的认识不尽全面，具体展开和进一步分析也显不够，这是要予以指出的。

三

　　朱彝尊客观公允的批评态度和知人论世的批评方法，在他所选《明诗综》中表现得尤为突出。为了更有利于说明问题，我们不妨比较一下钱谦益《列朝诗集》与朱氏《明诗综》。钱、朱两选同为明三百年诗歌总集，朱选后出，且意在纠钱选之失。对于这两部在后世产生很大影响的选本的优劣，清人多有评论。如沈德潜《明诗别裁集序》就曾指出：

　　　　尚书钱牧斋《列朝诗集》，于青邱、茶陵外，若北地、
　　信阳、济南、娄东，概为指斥，且藏其所长，录其所短，

以资排击；而于二百七十余年中，独推程孟阳一人。而孟阳之诗，纤词浮语，只堪争胜于陈仲醇诸家。此犹舍丹砂而珍溲勃，贵筝琶而贱清琴，不必大匠国工，始知其诬妄也。国朝朱太史竹垞《明诗综》，所收三千四百余家，泯门户之见，存是非之公，比之牧斋，用心判别。然备一代之掌故，匪示六义之指归，良楛正闰，杂出错陈，学者将问道以亲风雅，其何道之由？

《四库提要·明诗综提要》作者也曾指出：

大抵二百七十年中，主盟者递相盛衰，偏袒者互相左右，诸家选本，亦遂皆坚持畛域，各尊所闻。至钱谦益《列朝诗集》出，以记丑言伪之才，济以党同伐异之见，逞其恩怨，颠倒是非，黑白混淆，无复公论。彝尊因众情之弗协，乃编纂此书，以纠其谬。每人皆略叙始末，不横牵他事，巧肆讥弹。里贯之下，各备载诸家评论，而以所作《静志居诗话》分附于后。虽隆、万以后，所收未免稍繁，然世远者篇章易佚，时近者部帙多存，当亦随所见闻，不尽出于标榜。其所评品，亦颇持平，于旧人私憎私爱之谈，往往多所匡正。六七十年以来，谦益之书久已澌灭无遗，而彝尊此编独为诗家所传诵，亦人心彝秉之公，有不知其然而然者矣。

对于沈氏和《四库提要》的评价，叶德辉不以为然，他以上述两说为"耳学"，并以为"耳食其说者，目不睹《列朝诗集》之全，随声附和。牧斋亦以失身二姓，为士林所轻。其书自毛晋汲古阁镂版后，传本甚稀。乾隆时，修《四库全书》，复在禁毁之目。世间所传，有明选本之诗，惟《明诗综》脍炙人口，其于牧翁选诗之旨，曾未究其所以然。……特国朝诗学家，沿尚格调，与前、后七子针芥相投。骤闻牧翁之言，不免失所依傍，故百口一舌，谓《明诗综》优于此书。其实，《明诗综》乃乡愿之所为，《列朝诗》乃选家之诗史耳"①。盖叶氏论钱选不行原因有三：一是钱氏失身二姓，晚节猖披，故人为士林所轻，书为朝廷所禁；二是诗选传本少且流传不广，被禁后更不易见到，故时人不得其详；三是其所尚与时人相违，故带连诗选也不为人所喜。

---

① 《郋园读书志》卷十六。

应该承认,钱选流传不广确与其人品及以后的遭遇有关。但问题是,就当时的实际情形而言,钱氏失节虽为人所讥,但其入清后备尝艰辛,晚年对降清又深切追悔,并积极参加反清活动,已在很大程度上获得了时人的原谅,如阎尔梅、吕留良文章节操人所共仰,他们耻事二姓,密议恢复,对服官清廷者均严加痛斥,独于钱氏另眼相看①;至于他在诗坛的领袖地位,在王士禛、沈德潜之前是绝对稳固的,王士禛就曾为受其鼓励而振奋②,即使朱彝尊不少地方也受到过他的启发。直至他被列入贰臣备遭黜斥后,仍有许多评论、选本或注释称引《列朝诗集》中的评论,以及他所讲的其他一些话,可见他诗论影响的深广。故不能将政治上的出处遭际与文学地位绝对联系起来,时人对钱选或取或去,不一定直接出于政治上的原因。至于在乾隆二十六年钱氏遭上严斥之前③,田雯、王士禛等已指出过其选之弊,邵长蘅更选李何王李四家诗以纠其失,日本国使

---

① 见《钱牧斋招饮池亭谈及国变事恸哭作此志之时同严武伯熊》,《阎古古全集》卷四;《跋八哀诗历后》《吕用晦文集》卷六。

② 王士禛顺治十九年到康熙三年宦游扬州,遍交江左才俊,十八年曾携诗访钱氏,深得其赞许,时此士禛引以为荣,晚年仍念念不忘。《古夫子亭杂录》卷三云:"今将五十年,回思往事,真平生第一知己。"

③ 该年,沈德潜进所编《国朝诗别裁》清序,乾隆对他首列钱诗很不满,以为其人失忠厚,诗但听其自在,冠本朝人首则不可。以后又于三十四年、三十五年、四十一年、四十三年多次降旨,直斥其"进退无据,非复人类",以至其人入乙编,书遭禁毁。

臣高彝于乾隆二十三年海外寄书沈德潜，言钱选持论不公①，更
说明这一点。此其一。

其二，因政治或其他原因，钱选雕版少，传本不多，不能
像《明诗综》那么流行，其情确实，但这只能解释一般人不得
亲见的原因，并不能解释何以见者如此众口一词指斥其偏差的
事实。不去分析其间的原因，只以"耳学"责人未免难以服人。
其三，清初许多代表诗人包括王士禛、朱彝尊，就其主要倾向
而言都是宗唐的，但他们并不一概排拒宋诗，有的还提倡过宋
诗，且对前、后七子之模拟剽袭都大不以为然，并不止一次予
以排击，宗唐与反七子并不矛盾，故因维护七子而不好钱选一
说也不能成立。

就朱彝尊来说，他之不满钱选就不是出于上述原因，而确
乎如沈德潜及《四库提要》所言，是为纠正偏颇，以正事实。
在《答刑部王尚书论明诗书》中他说："明自万历后，作者散
而无纪。常熟钱氏，不加审择，甄综寥寥。当嘉靖七子后，朝
野附和，万舌同声。隆庆钜公，稍变而归于和雅。定陵初禩，
北有于无垢、冯用韫、于念东公孝与，暨季木先生，南有欧桢

---

① 　陈康祺《郎潜纪闻三笔》。

伯、黎惟敬、李伯远、区用孺、徐惟和、郑允升、归季思、谢在杭、曹能始，是皆大雅不群。……窃谓正嘉而后，于斯为盛，又若高景逸之恬雅，大类柴桑，且人伦规矩，乃钱氏概为抹杀，止推松圆一老，似非公论矣。"钱氏排诋七子，称己诗学得之于程嘉燧（字孟阳，号松圆），对之备加推崇，尊为"诗老"。其实，程氏才力局小，读书不多，作诗格调卑卑，颇多俚俗，并无大成就，对此，邵长蘅、沈德潜、李慈铭等人都指出过，即使力为钱氏回护的叶德辉，在《郎园读书志》中也承认其"才力不逮唐（时升）娄（坚）李（流芳）远甚。……谓其诗不足名家，自是持平之论"。钱氏因奉教于他，遂赞叹投地，若不容口，显然有违实情，故朱彝尊提出异议。其《论画和宋中丞》诗曰："谈艺何人公道存，每因憎爱昧昭昏。"

鉴于钱选之失，故选《明诗综》时就十分注意持论的切合实情，并对明人以及钱谦益论诗不能持平提出批评。

如王尚绚诗并不出色，李梦阳因与其交好，赠诗谓："鸿词振宛洛，一一中音吕"，他认为这是在"阿所好"，不足遵信。余曰德于诗尚未窥尽门户，王世贞冠诸"后五子"之首，他干脆以"月旦如是，初不为千秋起见，止任一时之爱憎而已"指斥之。李化龙作诗虽沿遵李攀龙、王世贞一路，但能力避肤廓，显得清新爽豁，得到胡应麟好评。钱谦益因与胡不合，遂讥其酿厚肥腩，弃之不录，他就予以指正，认为钱氏此举"未免矫枉"。又如陈翼飞曾卷入韩求仲与吴彻如两派的争斗，后酿成党祸，钱氏于此有所偏向，故不录翼飞诗，他对此也颇不满，叹道："呜呼，桑海既迁，猿鹤沙虫悉化，而雌黄艺苑者，党论犹不释于怀，可为长太息也。"至于其补正钱选的缺漏，则时时见之。

　　盖钱谦益入清后夙意在厄史，所谓"秉钧衡，专史席"，两者皆违所愿，才着手编明诗，《列朝诗集》原非其精心结撰之作，故取去之间殊多草草，王士禛因此认为"不足为典要"[①]。又，钱氏论诗多有其诗外的寓意，所谓"列诸贤之诗，都为一集，使后之观者，有百年世事之悲，不独论诗而已"。再加之好肆排击，故议论文字多于实事考辨，弄错或漏记诗人生平爵里的地方不时有之。譬如弄错郑真中进士的年份，误说何白曾入为温州司李，漏载吴去疾之官阀，不录区大相、李杰、林玉风等人之诗，等等。对此，朱彝尊都一一予以补充和纠正。正是这种客观公允的批评态度和审慎的立论，给《明诗综》带来很

---

① 《居易录》卷二十。

高的声誉，刘声木称其于审定格律、别白体裁、辨析字句、考明原委等方面，皆有所得。以一百卷之书论三百年之明诗，不特诗学源流升降转变在在成章，且其间"风气淳薄，人情变幻，悉具其中"[①]，反映了时人的一般看法。

正是基于此，以置论持平著称的《四库提要》，也多采其说以论人。今核全书其意见有近20处，绝大部分都在肯定意义上引用。如《宗子相集提要》："其诗跌宕俊逸……间伤浅俗。《静志居诗话》谓'使其不遇王、李，充之不难与昌谷、苏门伯仲。自入七子之社，渐染习气，日以窘弱，最可惋惜'。所言诚切中其病。"《幔亭诗集提要》："朱彝尊《静志居诗话》亦谓其七言绝原本王江宁，多情至语。审阅是集，固非尽出标榜。"《韩五泉诗集提要》："朱彝尊《静志居诗话》曰，五泉心摹手追，乃在大复，比之西原，南泠不足，方之孟有涯，李嵩渚似胜一筹。斯为平允之论矣。"等等。也所以，后来不少选家多仿其选诗，如宋弼编选《山左明诗钞》、徐世昌编选《晚晴簃诗汇》，其体例就全仿《明诗综》。王昶《湖海诗传》所载《蒲褐山房诗话》，其体裁也仿《静志居诗话》。

---

① 刘声木《苌楚斋随笔》卷二。

当然，正如朱彝尊诗学思想中存在着消极之处一样，其《明诗综》一选也间有缺失，张为儒《虫获轩笔记》、沈德潜《明诗别裁》所揭出其删改前人诗句，便是一显例。本来，《明诗综》之选，意在备一代文献，宜其持择矜慎，倘任意删改，不管是出于忌触文网的考虑，如删顾炎武《禹林二十韵》，还是出于裁节繁缛的纯艺术考虑，如删郭登《送岳秀方还京》、石鳞《白果歌》，都不能不说是一个缺陷，与其所持客观公允知人论世的批评原则也是相违的，因此必须特别指出。

我们该如何阐释文学的历史

古典文学研究，是带着一连串的争议和困惑走近20世纪末的。其中一个比较敏感的问题直接关乎学科的未来发展，那就是作为历史的阐释者，研究主体在文学史或文学批评史体系构建过程中，究竟应该如何定位。

五六十年代，学界曾就学术研究的史论关系问题展开过热烈讨论，这个讨论涵盖文史哲各领域。结论是比较明确的，即学术研究既要以马克思主义为指导，同时仍需提倡"论从史出""史论结合"，反对"以论带史"。然而，隔了三十年，在新时期不断涌起的各种思潮的冲击下，这种几成定论的观念非但不再能继续对人有所制约，并且其自身的真理性也开始受到质疑。许多人特别是新一代的学人发现，所谓客观公正地反映历史评判历史几乎不可能，因为原本就不存在独立于历史阐释之外的单纯的历史事实；并且许多事实表明，人们对这种主体在对象面前隐去或湮没在对象当中的史的构造，也最难有兴趣。

诚然，历史是很难完全复现的。它充满着偶然性，以及向目标趋赴过程中的曲折回旋，不但比逻辑丰富，而且远远超出人的想象力。一旦时空间隔，欲真正进入其发展流程，完整再现其历时的原生态，怎么也不可能。由此，人们拯救真相，考求细节，力图复原历史事件因果链的每一环节，往往事与愿违，反而招致对历史的主观曲解。而现代社会早已宣告博物学时代的终结，也在客观上决定了人对历史的了解必然是有限的。那么，历史阐释的本质与意义在哪里呢？新一代学人正是由此出发，提出了自己的观点，他们认为历史阐释的本质与意义就在于研究主体在当代情境下，用当前视阈和语汇，对古代历史作一种充满创造意味的反求构造。文学史、批评史也同样，研究者的责任就在努力提供给人们对文学创作及理论发展历史有别于前人的独特理解，此所谓一切真正的历史皆是当代史。

不过，反思这些年的古典文学研究，特别是新一代学人的工作，可以看到，在充分证明历史阐释与历史本身的非同一性的同时，一种忽视历史既定性的倾向有所抬头，对历史事实不懈搜求的精神在某种程度上遭到了冷落。文学史研究者不倾听文献学家的意见，不关心历史学、考古学的成果，乃至文献运用的生疏贫乏，论证程序的脱节和失范屡可见到。有时，阐释与史实非同一性在一些人那里，还成了轻忽治学基本功培养的借口。

毋庸置疑，每一代人都不可避免地凭着他那个时代提供的经验去了解过去，预估未来。由此，他对过去时代文学现象的分析，无论是经验论的，还是形而上的，都与这时代息息相关。海德格尔所说的"先有"、"先见"和"先知"，即道出了主体在理解、认识同时也是阐释历史时，既定观念在人们意识到它之前就已占据了人的头脑的事实。我们在作家生平事迹的考订、作品本事的钩稽，乃或年限确定、篇目分合、体裁解析等方面，很需要保持客观公正，也能够保持客观公正。但以此为基础，当取用这些实证成果，作进一步深入论断时，纯客观的实证就变得不太可能。特别是依着认知（解读）—批评（解构）—传达（重构）这一学问本身的理路，我们总要探究一个客观存在的意义，这就必然要将历史与现实联系起来。意义的探究，其实就是对历史与现实关系的探究。此时，仅说出历史事实本身显然是不够的。此即巴格尔之所以要说"历史学家所需要揭示的并不是生活在那个时代的人们所领悟的，读者对这样的过去没有直接的兴趣"(《文化：历史的投影》)，卡尔之所以要说"称赞一位历史学家叙述准确，就像称赞一位建筑师在他的建筑中用了干燥的木材，或者适度的混凝土，这是他进行工作的必要条件，却不是主要职能"(《历史是什么》)的原因。

尽管如此，把这一观点抬升到本体论的高度作绝对化的渲染，认为任何复原历史的可能性都不存在，且这复原的历史一无意义，仍难以使人完全认同，特别是在传统文史领域。一味地搬用西方理论，裁量相对其他学科而言更具时空深广度的传统文史，难免主观偏激。因为，当这些研究的对象被主体完全覆盖后，这对象是不是还叫历史，是大有一问的。我以为，目前文献学的规范，历史学、考古学的成果，还有体现在这些学问中的以客观公正为旨归的实证方法与精神，仍须大力培植和提倡。现在，新起的学人，包括本人在内，对实证之于研究重要性认识得还很不够，具体的实证功夫也较弱，且这两方面互为因果，已使我们的有些建构变得非常生涩和干枯，既无鲜活的人物和人物充满个性的活动，又少人物赖以存活的生活配景的展示，有时甚至失去了统计学意义上的普遍性，变得与真实相去甚远。而事实是，且不说对传统文史研究而言，辨析考订之类的工作远未做尽，实证功夫依然为学术研究所急需；即在一些离具体问题与技术性细节较远较超脱的领域，实证功夫特别是实证精神也绝不是无所作为的。

具体地说，我们追索历史的真相，特别是对历史作"过程的还原"确实很难，甚至不可能，但对历史流程中一些观念、范畴作"意义还原"，进而对这流程的脉络理路作"结构还原"还是可能的。并且，今天看来，这种还原更切实，也更重要。在学术研究自身发展水平还未达到前瞻性理论要求的今天，它可能是一条通向21世纪学术发展的切实可行的路径。

这里所说的所谓"意义还原"和"结构还原"，简言之，就是对历史发展流程的基本样貌清理和复现，对这一流程晦暗不明的因果关联的抉发与裸示，对悬浮出这个流程和因果链上的理论命题、基本术语的内蕴的探索。它固然无法彻底排开主体知识资源的掣肘，但因这主体无意于维持自己的话语强势，相反，它力避预设性的知识干扰，凡下笔力求事有出处文献足征，既比勘同异、互订真伪，又究明事实、辨彰义理，还是能最大程度地逼近历史真相，为人们对历史作整体意义上的抽象把握提供坚实的基础的。在文学史研究领域，20世纪70年代，傅璇琮先生对唐代中小诗人生平的考订就是显例。他依照文献学的指引，严格按考据的规范操作，尽管所得到的结论是具体的，有的还屑小，但在他的意识里，还原唐诗发展历史，尽可能找出其发展流变线索的追求，显然是存在的。结果他虽然未作宏观大论，但唐代自杜甫以后到白居易以前这段鲜为人注意的诗史发展结构性脉络，还是被凸现了出来。

再看一个批评史研究的例子。我们知道，基于汉字独特的构造特点、组合方式和声韵规律，以诗歌为代表的中国传统文学具有十分强烈的修辞意味和程式化倾向，所以历代谈艺论文者每从形式角度探讨问题，特别是中唐以降，诸如缀章、调声、属对、病累的避忌，乃或气象、体面、血脉、韵度的把握，不胜枚举。这些论述既反映了古人对文学创作内在机理的认识，直接构成了成熟期的古代文学批评的基本内容，又集中而典型地体现了传统文学独特的文化品格。由于形式理论中诸多命题和概念、范畴与其他民族的理论不可通译，无法对应，所以直到今天仍散发着引人入胜的独特魅力。然而，长期以来，热衷于阐释的研究者每每用预设的理论，主要是西洋批评理论加以解说，如将古人关于文与道关系的论述，判定为对文学本质的认识；文与质关系的论述，判定为对作品形式与内容的认识；兴观群怨、讽喻比兴之说，判定为对文学社会作用的认识，而对上述形式命题与范畴大多忽视，以为缺乏稳定的逻辑边界，相互之间又少意义勾连，不够规范与科学。即使有所论列，也以西方文学理论为参照，作"移中就西"式的对比。如说"意境"与"典型"、"妙悟"与"迷狂"、"风骨"与"崇高"相同或相类，等等，所得到的结论颇有违于实情。

其实，倘不亟亟于作这样的比照和阐释，耐下心来，依凭原典及古人的思维习惯、用语方式，作细致深入的实证性考察，便可发现它们实在都是基于中国传统文化的本质特征，有自己稳定的逻辑内涵。

传统中国人十分注重对宇宙阴阳变化的辩证体悟，对天地万物整体性和连续性的动态把握，这给文学家、批评家以深刻的哲学启示，由此，他们多好用带有辩证精神的直觉思维感知对象，从整体上去把握对象，而不屑于作一枝一叶式的纯客观分析和抽象的理性思辨。这种把握方式造成的结果是，许多规范具体而感性，几乎在一瞬间就完成了对一个深邃命题的全部探索。尽管有时有过于飘忽或内省不深的缺点，但从总体上说确实在最大程度上拥有了对象的全部内容，保全了对象的气足神完。仅因为它看似飘忽玄虚屑小琐碎就一笔抹倒，或弃之不顾，显然太草率了。在此意义上，我们愿引用维特根斯坦的一段话："科学语言无法说出人生的体验、宗教情怀、真正的形而上学，哲学根本就不是科学。"

对待古代形式批评范畴，首要的是依循古人的哲学观、致思习惯，以及创作与批评本身提供的资料，厘清其意义内核，承认它形式的特殊是基于内蕴的特殊，只有这样才算真正地界定和解释了它们，从而丰富今人对古代文学理论批评的认识。我们固然要提倡狄尔泰式的"理解"，也可以提倡伽达默尔式的"理解"，但本乎事实的还原式的理解应该是所有理解中最基本的一种。倘若一味用西方的理论裁量取去，指出"意境"与"典型"、"妙悟"与"迷狂"、"风骨"与"崇高"如何如何，显然不相熨帖，扞格难入。已有学者把这种做法视作导致"失语症"的一个原因，以为这种"除却洋腔非话语，离开洋调不能言"并无益于学术，应该说部分触及了问题的实质。

或以为，提倡客观公正的实证功夫，不利于文学遗产的传承和古典文学研究的新局的开拓，甚而认为它将会使传统文学理论批评沦为21世纪世界文化的孤儿，无法参与到人类文明的大系统中，其实这是多虑了。不说在很大程度上，"越是民族的越具世界性"这一判断仍具有真理性，即就这种客观公正的实证研究而言，难道真的就不能揭示文学发展历史的本真，并进而为探索其发展脉络和演进规律提供切实的帮助吗？私以为这样的工作具有坚实的学理基础和足够的论说资格，正可对东西方其他文明的挑战作出富有建设性的应答，是无须担心其在未来的命运的。

算上新中国成立后仍从事研究的前辈学者，我们这一代学人已是古典文学研究的第四代了。相较于前三代人，我们有多元化系统化的学术理念，有对学术本身的自觉意识和对科学的学术规范的追求，参与到世界文化的流程中去，乃至站立潮头，执其牛耳，是这一代人普遍的追求。但这一代人对文史等传统基础学科特性的了解把握还有欠缺，对如何阐释历史这一命题的全部内涵，以及实证功夫和实证精神的本身，在认识和理解上都还不够深刻全面。当傅斯年说史学就是史料学，并倡言"上穷碧落下黄泉，动手动脚找东西"时，当年中央研究院历史语言研究所的大师们，并未仅仅在做古董的搜求和字句故实的辨析；当王国维提出"两重证据法"，他的工作也绝非仅止于实证的考证而一无义理的发扬。所以，我们要认真继承先辈的治学成果和经验，通过切实的努力，尽快地把这两者结合起来。只有在尊重历史事实的基础上，才可以认真地谈作出我们这一代人独特解释这个问题。

源远流长的中国古典文学，直到今天仍给我们无穷的滋养和启示，所以，我们应有强烈的责任感和使命感。既有哲学和史哲学的眼光，在全球语境下概括它总结它，以利于以后，不但让历史通过自己，还使自己能通过历史说话，让历史在我们的手中增值并得到延续。同时，又要有史源学的根底，不能忘记这增值的部分应该是历史运动过程本有的，这延续的部分也是顺历史长河而下的一个自然合理的发展新阶段。任何标新立异、驾虚行危的主观构造，都不是历史研究应取的态度。

亟待确立的"总体史"观念

　　自20世纪第一部《中国文学史》问世以来，以各种形式编撰的文学通史和专史出了不少，成绩显著。但因各家论述大抵依从时代背景介绍、作家作品分析到地位影响论定的固定理序，且评价标准单一的原则，起先是"复古"与"进化"的对峙，以后是"教化"与"审美"的紧张，以至于不同程度地沾带有面目呆定议论肤泛的缺失。有时换去主词，易代安置，将对某甲的分析施诸某乙，往往也能成说，可谓是研究失准与失效的显例。

　　至若对关注民生、主张进化或教化的作家作品一味肯定，对辩究法统与形式的批评家及其理论主张每加贬抑，更造成有的专史内容苍白，学理稀薄。尤其是以泛政治化的标准衡裁古人，重价值判断而轻结构分析，几使文学史和批评史应有的学术特性湮没不彰。记得鲁宾逊曾有"政治史是最古的、最明显的和最容易写的一种历史"①的论断，上述建筑在反映论和工具论基础之上的文学史、批评史撰作与之虽非一事，但从易避难的情形却相仿佛。从这个意义上说，它们与传统文学创作及批评的特质不能惬洽是从起点上就注定了的。故与其说它们是实证的，不如说是意造的；与其说是中国的，不如说是更接近西方的，甚至有许多其实只能说是更接近俄苏的。

20世纪90年代以来，随着盲目沿用西学带来的弊端——浮现，论者开始注重在传统文化的背景下言说中国文学，用中国人固有的名言来解说古人的文学批评，但因在理念和方法上依然拘守先前的成规，结果在另一个方向上重蹈了覆辙。如有的人不分析具体的原因和个案的特殊性，一律用"人民性"这样的标准，简单地解释一切时代文学与作家的底层关怀；有的人依从由本质论到创作论、风格论、功用论的理路，拉出"志言""缘情""立象""创境"到"入神"这样一条线索来贯穿古代诗学批评，如此等等，看似立意高远，逻辑也缜密，但倘

---

① 鲁宾逊《新史学》，齐思和等译，商务印书馆1989年，第33页。

——开列被其大量牺牲掉的古代文学史的全相记录和古文论实有的复杂样态，其论证过程中存在的榫隙与焊点一望可知。类似情况还有许多。究其症结，无外乎是以既定的主观预设代替实有的具体事实，仅用某种固有的标准来衡裁主要的作家作品和批评家的标牌理论，而那些非当路之人的创作活动、非主要甚至主流的批评主张，并不能到其眼中。结果古代文学史和文学批评的原生态看不到了，大量有待进入人认识视野的鲜活的创作活动和批评实践被漠视和遗落了。这种情况至今仍然没有得到遏止。我们把这样一种研究理念与方式，称为"观念的研究"。

应该说，"观念的研究"对厘清古代文学创作与批评的发展线索，解明创作与批评成长的内在脉络，原是有一定效果的，在实际的研究过程中也曾起过积极的作用，产生过一批不错的成果。因为虽然常识告诉人，许多时候最好的观点就是事实，但从另一个角度看，正如维特根斯坦所说，世界并不就是些事实，人的心灵永远追求理性以外的解释，所以，或借用外来的理论，或立足于自己的传统，一切事实有时候只有通过观念的烛照，才能体现出它自身的价值。这也正是伽达默尔《真理与方法》中所说的"历史解释的真正对象不是事件，而是事件的意义"①的意思。不过，需要特别指出的是，这决不等于说事件是第二性的，或者仅靠观念本身，就可以说明文学发展的全部历史；也不等于说对观念的精熟，可以取代对古人批评实践的整体把握。特别是，当这种意义的探寻仅建立在对一部分事件或对象的了解上，而这一部分又并不能体现整体全局的特征与状貌，就会使研究缺乏论史所应有的深邃的质感，变得空洞虚浮，不可信赖。道理很简单，因为这种旨在从重要作家的代表性作品引出普遍结论，乃或从著名文论家的批评文本中抽取一般观念的研究，毕竟以过滤掉大量实有的细节为前提，其不能葆有对象的实际样貌，在研究的展开阶段并极易流于寻章摘句式的主观牵合，几乎是可以肯定的。在文学史研究与撰作中，这种现象如今已广受人们的质疑；在文学批评史领域，哈佛大学宇文所安教授在所作《中国文论读本》的译本序中，也对此表示过忧虑。

鉴于"观念的研究"通常仅留意现象而不关注细节，仅呈示古人创作的显在所指和古人思想的知识化范本，而不呈示这种创作的潜在能指和这种思想的完整图谱与动态样貌，简言

---

① 伽达默尔《真理与方法》，洪汉鼎译，上海译文出版社 1999 年。

之，不呈示"活的创作"与"活的思想"，而事实上古人对文学的实验与知觉，恰恰建基于人活泼泼的生命实践上，其目标既在明道增德，也在养性怡情，故其看取文学，要求和言说文学，在很大程度上并不截然服从于纯粹的认知目的，而更广大为浮世劳生的精神寄托。由此造成其文学的体认与实践，包括文学思想的表达，通常既浑涵深致，又关涉多多。故欲对其做整体的全局意义上的诠释，必须引入新的理念与方法。

据此，我们提倡今天的文学史、批评史研究应该从"观念史"（history of ideas）向"总体史"（histoire totale）转进，以一种"整合的历史观"，由器物而制度而精神，由语言而习尚而信仰，在社会结构、思维方式和文化传统等诸端联通的前提下，在全部历史与全部现实的关系中，对古人的文学创作与理论批评做出全面的网取，从而使之既契合古人的初心和本意，又呈示文心的本质，以及古代批评丰富而生动的原始景观。

譬如廖燕是清初具有异端色彩的思想家、文学家，因一介布衣，既无显赫身世，又乏贤达奥援，所以生前死后均少人知。道光年间，阮元主修《广东通志》，其集已难寻觅，身世际遇与同处岭南，因有朱彝尊游扬而未出梅关却名动天下的屈大均相比，简直如隔霄壤。此后，怀有体制认同的正统文人，认定他这种郁勃愤激的文字既不安雅，又失祥和，不能赞襄教化润饰升平，一般文人因受传统观念束缚，偶然猝遇，也每有赤坦坦无处躲藏的窘迫，所以对他的放言无忌大多持一份敬而远之的畏避。但要了解清初文学多途发展的全貌，进而把握这个时代文学创作的普遍体温，缺不了对像他这样抗节自高的另类别调的了解。联系明末清初以来特殊的社会时局，诸如"三大家"以下诸多志士喋血焚心抗志高蹈的人格诉求和为文风格，他虽不是遗民，但情怀之狂狷与文章之激峭，却正可与之匹敌。他讥诮程朱而推崇金圣叹，重视以阅世增进思考，以为古今文章皆发愤真情，字里行间可闻叹声。如此傲骨棱棱而文心矫矫，坚持自作主张而不逐队随行，称得上是那个时代至为精彩的本色出场。当时，黄宗羲为陆珍俟诗作序，称诗应"联属天地万物而畅吾精神意志者也。俗人率抄贩模拟，与天地万物不相关涉，岂可为诗"，廖燕的创作庶几实现了黄宗羲的理想，最大程度地逼近了这样的境界。正是有鉴于他的思想和创作密合着一个时代，上挂下连着一种重要的文学趣尚，代表着庙堂文学与山林文学之外那种冲撞常规的个性化文学，对这类作家作品的研究缺位，必然会使文学史的叙写失去完整性，所以我们主张，文学史研究在着力开显古代文学发展主干脉络的同时，应更多关注底层与边缘的特殊存在，因为它对全面准确地反映一个较长时段文学发展的真实面貌，实在是有很大的作用。时下已出的各种文学史，如前所说，大抵都是以朝代时序为纵线，再安顿历代有定评的重要的作家与作品，之所以既不能完整地反映一段历史，又不能牢牢地吸引住读者，从某种程度上说，正与研究者没能处理好这方面的问题有很大的关系。当初，黄人编撰《中国文学史》，多半抄录古人生平作品以成书，已引出王文濡"援引太繁"①的批评。一百多年过去了，今天的一些文学史依然如此，不能不让人叹息。

我们说，格于史的体例，如上这样的处置方式并非没有存在的合理性。问题是，这里所谓的历代有定评，是一个需要依照时代的发展和学术本身的深化，不断作出调整与拓殖的开放性过程。倘研究者把自己放置在这样的历史流程中，他就会明白，对既有的"重要"给予质疑，对那些看似"不重要"甚至没必要阑入的人物事象予以关注，实在是很自然同时又很必须的事情。对此，有太多的史实可以证明这一点。但就实际的接受情况到既有的研究生态来看，情形不容乐观。就前者而言，

---

① 谢无量《中国大文学史》，中华书局 1924 年，第 2 页。

在提供给学生和大众以抽象、干涩甚至雷同的价值判断之外，我们通常并没有对文学发展的历史做出富有针对性的诠解与说明；就后者而言，在扎堆于箭垛式人物，并以勇与名家名作叫劲的方式来规避和掩饰自己学养的贫瘠之外，我们通常也没有能力处理更宏大的叙事，更真实全相地揭示文学发展的历史样貌。

但遗憾的是，这个问题至今并未引起古典文学研究界的整体关注，上述研究理念因此也没能得到研究界整体性的肯定与确认。这在很大程度上影响了研究者自觉的究问意识和在历史提供的可能性中发现新问题寻求新答案的热情，由此，如何使文学史的叙写变得更丰满更可信也就无从谈起。至于那种局限于个人既有的知识结构，人云亦云，人倡无说，则自己也决不发端兴说的状况，更是直接造成了研究的平庸化和学术生机的停滞。

而从文学批评史研究看，类似的情况也在在多有。基于学科的特殊性，它还有一些其他的表现值得人深长思之。譬如魏晋以降，人们常以"绮靡"一词来界定文学，所谓诗赋乃"寸锦细碎之珍""诗缘情而绮靡""至如文者，惟须绮縠纷披"等等。时人并还好以"绮思""绮情"与"绮文"指称一切美好的情思和文字。对什么是"绮靡"、"绮縠",各家批评史大多仅依李善注,将其理解为"精妙之言",这自然不错。但为什么时人不沿承汉人所惯用的"丽"这个名言,而用此来界定文学呢?这样值得深求的问题很少有人去想,也少有人去问。其实,这种界定之所以出现,是与各类产自齐楚等地有文饰的绫绸绉纱在汉以后较麻褐为稀罕昂贵,以至天子以其为衣里大有关系的。(《史记·匈奴列传》司马贞索隐)以后不仅是帝王家,各个阶层对此均有同好。《后汉书·桓谭传》引《东观记》,称其时"贾人多通侈靡之物,罗纨绮绣,杂彩完好,以淫人耳目,而竭尽其财,是为下树奢媒而置贫本也";《潜夫论·浮侈篇》所载"今京师贵戚,衣服、饮食、车舆、文饰、庐舍,皆过王制,僭上甚矣。从奴仆妾,皆服葛子升越,筒中女布,细致绮縠,冰纨锦绣",都可证明,"绮縠"在那个时候是被人们普遍视作富美的代表的。这种将丝织品精美柔滑的视觉触觉转化为美感,从赏会层次上显然要比汉人用"丽"作的界定折进一层。如果我们不能结合古代织造工艺和服饰文化,由色泽("华靡")到手感("轻靡")再到美感("绮靡"),显然不能深透地了解上述界定产生的真正原因,还有它所表征的对文学本质特征的认识深化与发展。

其他如古代论文崇"雅致"之与士人对自身社会层级和身份认同的维护，重"性灵"之与江南市镇兴起及市民社会的发育，还有小说尚"热俗"的文体特征之与书坊主越界写作及求利冲动的影响，如此种种，均存在有深刻的内在关联。倘若仅从观念到观念，就文论谈文论，必然回不到批评发生的现场，并最终复苏传统文学批评的活的意韵。而事实是，在今天，只有这样的批评史，才值得人用全部的精力去成就和发扬。

回到20世纪，我们要强调，对于前贤的工作我们充满敬意，特别是从学术史研究的角度来说，每一部《中国文学史》与《中国文学批评史》都具有无可替代的意义。但历史毕竟无时无刻不在使自己变得完善，它在丰富自己，更深入地探索着自己。没有哪一部历史能使我们完全满足，因为我们任何的营造，都会产生新的事实和问题，要求新的解释和说明。更不要说，理性天然地要求检查一切，并鼓励与允许对一切既存作彻底的质疑了。只有这样，我们才能既重视正题的阐明，复注意反题的存在，进而照见合题的意义，使一个对象菁华毕出，一个研究题无剩义。当年，朱自清评价中国文学批评史撰作的初度繁兴，认为它是在五四以后"人们确求种种新意念新评价的时候"，那是"一个新的批评时代，一个重新估定一切价值的时代"①。今天，一个估衡一切的新时代又到来了。如何结束陈旧观念的束缚，由"观念史"走向"总体史"，既引入文化史乃至文明史的思考维度，重视对大跨度和结构性问题的研究，又引入社会史的方法，将眼光投向底层和边缘，最大程度地复原文学创作与批评的现场和境况，由此自立权衡，自创体系，写出无愧于当今时代的新的历史，实在是我们无法回避的责任。

因为有这样的责任，我们应该提醒自己，既要做学人，更应该做通人。两者区别在哪里？简言之，学人守先待后，通人但开风气。如果要再进一步对通人做一界定，那么可以借用梁任公《王静安先生墓前悼词》所说的话，就是"其学以通方知类为宗"。那种能不为惯常思维与历代定论所拘束，落实到中国文学史与文学批评史研究，那种不因对象内质或体貌不同干有定评的重要作家、批评家而予以忽视，更不因其处在自己的知识范围之外而予以轻弃，并进而在文学史、批评史叙写过程中，坚持"写什么"都得按其在文学创作和文论发展流程中能否占取一定的逻辑位序而定；进而时时将"怎么写"横亘于胸，尽可能地复现原生态的文学发展的历史图景和全方位的文论演进

---

① 朱自清《诗文评的发展——评罗根泽〈中国文学批评史〉与朱东润〈中国文学批评史大纲〉》，《朱自清序跋书评集》，三联书店 1983 年，第 240、241 页。

的曲折历程，由此既彰显主干，又不捐细流，使层次多、肌理密、样态复杂的文学史和文学理论批评发展历史，得以全相而立体地呈现出来，就是一种"通方知类"。有此"通方知类"，就有可能避免一作概括必然牺牲全体，一下断语难免遗落丰富的积弊，从而为今天积习难返的文学史的研究打开新局面。

也是在20世纪，罗素在所著《西方哲学史》的序言中曾说过这样一段话："目前已经有不少部哲学史了，我的目的并不是仅仅要在它们之中再加上一部。"谨以这样的心情，期待一部新文学史和批评史的到来。

文学史研究的边界

　　文学史是被有的学者称为20世纪中国文学研究的四大增长点之一。在此之前，因观念的拘限，人们只重视对作为文学正宗的诗文的整理与诠解，对词曲、戏剧、小说等通俗文学多有轻忽；又因方法的缺失，只在正史文苑传和各种诗话文评题跋书记中对文学发展的历史有所安顿，真正称得上收摄历史流程中文学发展实际面貌的专史类著作一直告阙。19世纪以后，受东西方影响，才有第一批文学史专著出现。再经百余年的发展，收获始丰。尤其是上世纪后半期，出现了一批标志性成果，通代与断代文学编年史也有很出色的表现。文学史与文学编年史专著的集群出现，直接催生了文学史学史的编撰，文学史学的建立也因此被提上了议事日程。

成绩自然是显著的。只是有些遗憾，统合通观诸家所作，不管作者承认不承认，数量众多的文学史专著虽分期不同、详略各异，但从根本处看，大体基于相同的理念，群属于同一种学术体类。原因既有史的写作当然的体例限制，也有兼顾读者接受的考虑，但不能不指出，前有原始察终以求会通的传统治学旨趣与理路的影响，如讲究会聚文献、贯通内容、推十合一、知类通达，由此求得因仍复变之道的开显；后有对历史唯物主义的片面理解和阶级分析法的深刻烙印，如汩没了中介物过渡的政经因素的遮蔽与宰制，简单对立形式与内容两个端极或主流与旁支的属性及关系，凡此等等，都在很大程度上局限了研究者对文学史发展的整体把握与深入认识。

尽管改革开放几十年来，随着思想解放的深入，人为禁区的拆毁，还有海外文献的回流与各种新方法的输入，单一僵硬的研究—结撰方法在学人心中已不再有绝对的权威性，基于日渐凸显的问题意识，多途探索的尝试也开始在一些单篇论文中出现，但改变的力量依然微弱。在这个相对来说学术积累丰厚、准入门槛严正的领域，或恪于学科本位的矜持，也有对观念改变的拒斥，包括接受过程中的犹豫与主观努力上的偷惰，那种因袭故步的惯常制作仍在不断产出。这样制作出来的文学史，关起门说，学生的抱怨是呆定无趣；待走出去，国外的评价是肤泛空廓。因为所谈的都是大命题，用的更是大名词，但究竟解决多少问题，大抵经不起深问。

对此，我们自己的感受也很强烈。唯其如此，20世纪90年代以来，各种相关的批评、反思和讨论频频出现。《文学遗产》还特设"文学史观与文学史"专栏，组织了构建文学史学的专题座谈。当然，也因为改变力量的微弱，具体收效依然有限。究其原因，"可能与研究的视角、衡量的标准、研究的方法有关，而最终与学术思想有关"[①]。有鉴于此，笔者以为，摆落滋生上述研究缺失的观念框限，还有老生常谈式的陈熟讨论，以更开阔的视界，吸纳来自不同知识体的思想资源，特别是文学史所从属的史学领域诸多的观念和方法，包括现当代以来西方主要的史学流派及学说思想，在以下三个方面展开具体扎实的"多边互镜"，对克服文学史研究的苍白与平庸，十分切要。

首先是对史实史料的正确认知与处置。这虽属于经验实证

① 　罗宗强《目的·态度·方法——关于古代文学研究的一点感想》，《天津社会科学》2002年第3期。

范畴，也一直为人所强调，但具体的贯彻并不像想象中那么彻底。长期以来，由于受种种陈旧观念的掣肘，文学史研究者不同程度地存在着任从前识的认知局限，早先是"复古"与"进化"的对峙，以后体现为"教化"与"审美"的紧张，加以过分遵从既有研究的常规认定，在孰轻孰重与谁章谁节等问题上均援向例，而不问其是否真实反映古代文学的全部过去和丰富原态，结果许多重要的作家作品，只因研究者的所知有限，被人为地弃置在文学史的视野之外。更不要说还有许多非事件性的文学事象，相对稳定在整体性的文化构造背后，尽管它们是文学历史性展开的生动环衬，是文学史显在发展的重要推手，但因见存于较少有人翻检的非一线的原始文献中，又难为预设的逻辑形式所涵盖，结果都被舍弃掉了。这样，留存下来的文学发展的历史细节就非常稀少，其真实展开的时段特征与演进踪迹就更难寻找。指望这样的文学史能凸显文学发展实有的"过程性"，自然没有可能。当代西方史学十分重视所谓"碎片"（fragments）的研究，认为它们看似互不相关、错杂间出，其实作为不易被关注和反映的生动的存在，对揭示历史发展的具体过程关系重大，由此创为史学研究的"碎片模式"。文学史说到底是一种专门史，重视这种细节与过程的研究，并适当借鉴当代语言分析、形式批评和结构主义理论，完全可以造成新的历史。但研究者在这方面的努力还很不够。

今人在史实史料的掌握上努力不够，还表现在对稀见文献和海外汉籍的了解不甚充分，对不以纸介存在的史料价值及其意义边际更是不甚清楚，有时清楚了也不能善加利用。譬如秦以前的甲骨铜器与简牍帛书，秦汉以后的文书经卷与墓志骨签，间或迷藏有文学史缘起折转的重要消息。所以，从确立文学史不是"观念史"而是"过程史"的角度出发，重新认识史实追索的意义，确立史料运用的原则，对文学史研究非常重要。

其次是对文化整合必要性的正确认知与处置。接受唯物史观的指导，文学史研究从来强调文学对客观环境的依存与顺应，但由于受庸俗社会学的影响，这种客观环境经常被等同于政治和经济，而更广大范围、更复杂错综的社会—文化传统的综合作用，则常常被弃置不顾。可事实是，人类全部的生活，包括物质生活与精神生活，人的习俗、信仰甚至身体状况与两性关系，都对人的情感、心向和趣味有极其深刻的影响。并且正是因为接受着这样的影响，文学才得以持续发展，并与其永远共处于关联之中。从这个意义上说，文学不是一个绝对的单体，文学的独立是有限度的，说到底，它为一定社会精神文化的普遍进程所规定。故钱穆《中国文化与中国文学》说：
"欲求了解某一民族之文学特性，必于其文化之全体系中求
之。"① 这个"文化之全体系"，自然包括政治史和经济史（其
实我们对政治、经济之于文学影响的理解十分肤浅）的深广影
响，也包括人口史、家庭史、妇女史、习尚史等纷杂的内容。
只有这样，文学史才有可能从一种单纯的时间历史转向空间历
史，从表层平铺的历史转向立体深描的历史。上个世纪初，自
"年鉴学派"质疑兰克的实证主义政治史观及实证史学以来，
西方史学界已普遍认同"总体史"的研究理念，并产生了诸如
"文化史学"、"心智史学"和"历史人类学"等新的分门，一时
间，追求"空间性"历史与"深描式"的历史书写，成为史学
发展的又一趋向。这些学派的思想及方法，自然也可以为文学
史研究所吸取。事实也是如此，正是吸收了这种影响，日本学
界开始推动"地域社会论"的研究，其影响由明清史间接扩展
至文学史研究；在中国，更早一些，有梁启超提倡"新史学"，
此外何炳松的"综合史观"，常乃德的"社会有机体论"、朱谦
之的"生机主义史观"和雷海宗的"文化形态史观"，彼此声

---

① 《中国文学论丛》，生活·读书·新知三联书店 2002 年版。

气相通，也分明可见其人对学术发展的深刻洞察和预流意识。在文学研究一途，则有闻一多等人做出了出色的成绩。但遗憾的是，这个传统后来被割断了。20世纪90年代以后，由傅璇琮先生呼吁"历史－文化研究"，罗宗强先生呼吁"原生态的研究"，包括李浩先生提出"广谱的研究"可知，其在当下文学史研究的地位还远没有得到真正的确立。

有的论者仍坚持文学史是文学的历史，认为一种重视历史—文化考察的文学史，必然会汩没文学的特性，掩夺文学史的学科本位，并引西方文学理论，将这种严格的界划视作是对文学自身的回归。有的即使观念上不再固执，但积习已久，改轨万难，结果写出的东西两头都不靠谱。其实，即使是西方形式主义批评家，对像雅各布逊主张的构建一门有别于文化史、思想史、社会史和心理史的文学史，强调文学是脱离于其他文化之外的独立系统也不认同。文学是人的创造，人在关系中存在，基于这种关系有多个面向，对它的研究就不能局于一隅。近现代以来，东西方汉学界，包括我们自己，有不少成熟的哲学史、宗教史、艺术史、学术史与中外文化交流史的研究，所得到的结论在不同程度上都有助于今人对这种关系的认识，进而为文学史的撰写提供更广阔的视镜。譬如日人宫崎市定对

"乡里""乡绅"的研究，就能给明清文学的主流趣味与风格研究带来启发。但由于我们缺乏这方面的了解，更主要的是缺乏了解的意识，它们基本上未被整合到文学史研究中来。所以，从确立文学史不是"观念史"而是"总体史"的角度出发，重新认识所谓时代背景的意义，尽可能复原更具幅宽与纵深的文学发展的原始景观，对文学史研究非常重要。

再次是对规律探索的正确认知与处置。文学史固然不是亡灵陈迹的展示，不能简单地给出一个年代顺序，安顿了一些作家作品就算完事，还须找出前后之间可能存在的内在联系并说明其原因，这种联系及成因，就可以说是文学发展的脉络与规律。但现在，我们在各体文学史中最多看到的规律是什么呢？是类似政治昏暗社会动荡与现实主义创作兴起这样粗糙率意的逻辑挂连，其实这个规律（如果它是的话）在性质上或可以解释庙堂文学和以庙堂理想形塑的正统文学，但并不足以涵盖许多私处燕居时产生的闲适文学，以及为士大夫和平民所私心窃喜的热俗文学，相反，后两者经常是越在乱世，越有活泼跳脱的表现。同时，在时间上，这个规律或更适合解释汉唐文学和后代追怀汉唐盛世的复古文学，但也不足以说明宋以后特别是明清文学中放佚至极点的烂漫的创作个性与矫悍风格。而这些，恰恰是古人提供给文学历史的宝贵经验的重要组成部分，是文学史须特别关注的东西。从这个意义上说，规律固然重要，具体生动的审美体验与经验更重要，它以带有温度的感性形式，稀释了知识形态的文学史通常有的抽象与干枯，因为知识的本质有普遍性，正是这种普遍性构成了知识的最终形态，但文学毕竟建基于感情、个性和美。这种对经验的凸显，正可以替文学史找到相对于其他历史的学术个性，并缓释上述对文学史是不是文学历史的焦虑。不顾及这一点，任何文学史的撰写都不能算完满。

同样，我们联想到20世纪以来西方史学发展的再一个新趋向，那就是认为历史研究最主要的任务是解释事件，而不是探求规律，与其揭示规律，不如描述现象，因为后者虽然深刻，但太容易掺入研究者的前见与偏见，把人引入主观牵合的科学主义的迷途。所以，自狄尔泰、克罗齐以下，一直到科林伍德，都普遍注重对历史的想象与体验，希望借由这种想象与体验，在研究中再现历史发展的完整过程，这就是所谓的"历史重演论"。当然重演并不以牺牲历史的客观性为代价，因为所谓想象与体验并不是鼓励人任从主观、随意跑马，相反，如史学家德弗里斯所说，它端赖研究者对史料的精熟和对史实的体察。

今天，中国史学界也在对过去的规律迷思做深刻的反思。在文学领域，20世纪90年代以来，有鉴于文学史编撰杂出众手陈陈相因的集体性重复，就有学者提出，与其这样编写了无新意的通史，不如多作专题研究，进而对文学史的重要性提出了质疑。所以，从确立文学史不是"观念史"而是"经验史"的角度出发，重新认识所谓脉络和规律，弄清其在什么范围和多大程度上存在，从而避免逻辑归纳的失准与失效，对文学史研究非常重要。

最后要特别指出，上述三个方面彼此佐释，相互敞开，只要运用得当，是完全可以催生出一种"整合的历史观"（Integrated historical view），并为文学史研究多元格局的形成，确立重要的观念论基础。譬如，中国古代许多契约、文书、乡例、谱牒，还有图像、造形、器物及口传历史，它们可能不是或首先不是专门的文学史研究材料，而更多地指向文字学、民俗学或宗教学等其他领域，但借以构成的年代史所含带的历史—文化内容，显然都有助于丰富今人对文学史的认识，并有助于人们经由内心的重演，获得宝贵的现场体验。要之，统合三者，综合研究，由器物而制度而精神，由语言而习尚而信仰，是可以在尊重文学史本体的同时，让一些原来被宏大叙事遮蔽的事象和脉络显现出来，并最终为今人构筑起对文学史原始形态的"同情的了解"提供扎实的基础。

所以，一个有出息的研究者应该冲决陈旧观念的束缚，克服对一种习惯做法的"路径依赖"，有所择取地向西方学习，向自己的前辈学习。东西方汉学研究（包括文学史研究）和中国近现代学术，一直有通过"长时段"或"小结里"的追索，来展示历史进程中富有意味的"日常生活"的传统。梁启超《中国历史研究法》提出"史网"说，认为人在创造历史的活动中，任何事件的结果都不是由单一意愿决定的，而是各种力量交互错杂的结果，从某种程度上也是对这种传统的强调。所以，要求文学史研究能对文学现象作全面的网取、完整的书写，实在是理之必然。只有这样，才有可能从"表层历史"走向"深层历史"，并真正彰显我们一直期待的"大文学史观"的理念。

文学批评的潜体系特征

中国古代文学理论批评的研究，经过较长时间的积累，已取得长足的进步。研究观念和方法的拓新，更使此前为人所忽略的问题，逐渐得到完妥的解决。其中，本着对传统文化和文学的民族根性的认同，古代文学理论批评自身的逻辑特征和展开规律，正日渐为人所了解和掌握。摆脱了移中就西式的观念移植，现在可以说，一个在世界性背景上凸现古文论整体面貌和系统化图景的时代已经到来。

这种对古文论整体面貌和系统化特征的揭示，显然有助于人们推进这门学科走向深入。鉴于在这一努力过程中，一些判断的指向差距十分明显，如有的人以为古人的文学批评散漫无归，不成体系，有的则恰恰相反，以为有一整然有序的结构系统，故对这种整体面貌，特别是其体系构成的基核——那些特殊的概念、范畴及其逻辑系统作一检视，便变得十分重要和迫切。

一

可以大体确认，正如中国古代文学理论批评体系是一种"潜体系"，中国古代文学理论批评中的范畴体系，也同样表现出一种"潜体系"的征象。

所谓"潜体系"显然是相对于"显体系"而言的，即指那种与西方以观念形态表现出来的，或说已完成了学科形态的体系不同的体系。众所周知，西人多以形式逻辑为手段，以求真求知为目的，通过分析、归纳和推理，建构起严谨缜密的理论系统。古代中国人因受从语言到文化，从思维习惯到思想资料都不尚分析的传统的影响，在用概念、范畴固定和网罗自己对客观对象的认识时，通常以辩证逻辑为依据，通过意会和体悟，达到对对象特性的深刻了解。如果说，西人建构理论体系也讲体悟，但这种体悟是建立在仔细深入的分析之后的话，那么，在古代中国人，领悟之后并不再需要辨析什么，亟亟说明什么。这种不再辨析说明的论述立场和文化选择，以及基于价值论认同而发展出的浓郁的人文精神，而不是像西人基于认识论认同而发展出的科学精神，造成了古代各种理论体系包括文学理论体系和文学范畴体系，其深邃的思想，丰富的内容，弥漫和洋溢在一个立体网状的动态构造之中，而其平面静态的结构图式则并不十分分明。

对于中国古代文学理论及其范畴体系的这种特性，西人长期以来不能很好地理解。如19世纪，德国美学家鲍桑葵就曾断言，包括中国在内的东方，"这种审美意识还没有达到上升为思辨理论的地步"[①]。此后，海德格尔在《通向语言之路》中，也对"意境""神韵"等东方美学范畴表示了极大的惊奇和不理解。依他们的知识背景和思维方式，他们不认为这种理论或范畴有体系，或可以构成体系。然而，诚如布洛克曼所说，"如果人们对不同语言的，特别是它们的陈述系统的系统性质作一彻底研究，就必须承认它们彼此的等值性。这样就有了一个机会，来使西方文化相对地离开人类中心主义"[②]。由这种离开了

① 《美学史》，商务印书馆1958年，第2页。
② 《结构主义》，商务印书馆1980年，第23页。

欧洲中心主义的眼光看待中国古代文学理论及其范畴构成，这个体系显然存在，其特点也可通过仔细的比勘和研究，获得完整而清晰的呈现。即尽管在中国古代，自先秦时代起，诸子哲学中逻辑思想曾有发育，诸如由取象、比类而求故，由辨合、符验而解蔽，由观变、知常而明理，等等，无不可见思维和论说的严整一面。但由于从语言到文化、从思维方式到思想资料，中国人都拥有自己特殊的传统，所以，他们没有选择这种逻辑的方式来表达对这个世界的看法。

从语言上说，由于汉语不重语法重语用，不尚字词含义的刚性定位与固化指谓，却偏尚动态组合以滋孳多元意义。也就是说，它不强调每个词的独立性能，而注意语句乃至语境的整体组合，字、词不是真正的句子结构的基础，相反，要靠句子的组合方式取得自己的定性。这就决定了字、词从本质上说不是确指，而是多指的。这种语言的主项与谓项、能指与所指之间，并不具备恒定不变的稳定联系，而仰赖语言运用者甚至接受者的心智投入和情感补充，形入而心通，使得概念、范畴的意义固定变得很困难。传统哲学范畴、文学范畴的所指与能指复杂至于难以一言道断，有很大部分原因即出于此。而由于汉字多单音字，中古以后才更多地衍展为双音字，由单音字连缀成双音字的组合方式，往往有较大的弹性，稳定性差，甚至可以颠倒变易，这又使得传统概念、范畴的名称固定不容易实现。哲学、伦理学范畴是如此，文学范畴更是如此。如"意境"这个范畴，自唐代王昌龄、皎然、权德舆等人提及"境"与"意"关系，要求两者交会，王昌龄《诗格》提出"意境"一词后，孙光宪《百莲集序》将两者结合成词评贯休诗，称"骨气浑成，境意卓异"。由于上述王氏讲的"意境"非后世所通用的"意境"之义，而只作为其所主的"三境"之一，故"意境"最早的固定名称该是"境意"，旧题白居易《文苑诗格》也每用此词，一直到宋代，释普闻仍说："大凡识境意明白，觑见古人千载之妙，其犹视诸掌。"到了元代，赵汸评杜甫《江汉》诗，才正式用"意境"。明人承之，迭有论述，遂使之固定下来。而有的概念、范畴则始终没有得到固定，如"性情"之于"情性"，"性灵"之于"灵性"等。皎然《诗式》提出"复变"这个概念，到吴乔《围炉诗话》中变成了"变复"。这是一种情况。还有一种情况，是不同的单音字连缀成词，表示的范畴却可以是同一的，如古人认为"风人之诗，含蓄固其本体"①。

① 许学夷《诗源辨体》卷一。

这"含蓄"是一个重要的、出现频率极高的范畴，但袁中郎却可以将之表述为"含裹"①。与此相关联的"蕴藉"，也可以表述为"韫藉"②。

再就传统文化而言，我们说它的根本精神是"天人合一"，"这一观念直接支配中国哲学的发展"③。"天人合一"其实就是中国古代的系统思想，它除包括人本观念外，还有整体观念、统一观念和发展观念，但这种古代系统思想不易为人了解。盖西人所执持的是一种世界统一于某一个物质的有限系统观，在这样的系统观里，各种事物的逻辑排序容易理清并趋于稳定；中国古人因视天地人为一体，其系统观便因此具有了无限的特征。这种朴素的无限系统观，影响了古代哲学、文学理论及理论范畴体系的建立，使之包容宏大，但其不易被限指和离析也是事实。所谓"善言天者，必有征于人"④。善言人者，自必有征于天。天人交感互动，相互影响，在西人看来颇不利于学科向专门化方向的发展，但在中国古人看来，却正是使事物获得定位的最好方式。所以，他们好"求同"，并由"同"趋于

---

① 《宋元诗序》，《珂雪斋集》卷二；《淡成集序》，《珂雪斋集》卷十。
② 费经虞《雅伦·列章》。
③ 唐君毅《中西哲学思想之比较研究集》。
④ 《荀子·性恶》。

"和"，而不尚"辨异"。如作为这种文化重要部分的佛教理论，就以为"智者了无分别，愚徒强析名言"[①]，"达境性心已，分别即不生"[②]。世俗智执分别而生妄想，远不如般若智无分别，反而能达到真智。

这里，我们不便详细讨论古代医学理论对中国文化学术的影响，事实上，古代中医理论对传统文化有很直接亲切的体认，并也曾给哲学、文学以极大的启发。如其"脏象五志论""心象说"之于"象"的理论，"滑涩浮沉论"之于文章波澜气脉说等，皆有启益感发作用。中医讲"智者察同，愚者察异。愚者不足，智者有余"[③]。故"辨异"之不必要，是因为它"不足"，并不能全面把握对象。这在一定程度上启发了古代中国人，由此形成好在内在连续中找到自己学说定位的人文传统。

具体到文学理论批评而言，如果说西人长期坚持从认识活动的基点考察文学活动，从而为自己构建起一个实证的逻辑确定的对象世界，那么，中国古人因信奉"天人合一"，多注意从自由的生命活动的基点上考察文学，从而为自己建构起一个

---

① 元来《无异元来禅师广录》卷五。
② 元来《无异元来禅师广录》卷二十三。
③ 《黄帝内经·素问·阴阳应象大论》。

整体的本体空灵的，且先于逻辑的生命世界。这个世界和合统一，不能从理论层面解析，也不能用言语分区锁定，这使得古人论文每每牵涉极广，指说宏大，而作为这些理论观点之逻辑结聚的概念、范畴也极富涵括力，指涉天地，包容万有。一般来说，古人创设新范畴较少，在原有范畴中注入新内容却多，也正是因为范畴内部具有扩张消化的活性和能力，使人无需另立新词，以冲冒不被理解和认同的危险。

这样一来，范畴的意义内涵不断丰富、充实乃至深化，由这些范畴贯连起的，或由这些范畴表征出的理论体系，其自体性面貌就变得似乎不甚清晰起来。甚至同一个批评家，其前后论说的界限，或不同场景下论说的区别，因用了同一个名称，也变得不再容易把握。个人的体验是十分丰富的，给语言带来了最重要的影响，即使之在有限的意义蕴含中，产生一种向个人理解无限开放的能力。有时，一种论说被人否定了，但它的核心范畴并不随之崩溃，相反，被吸收到另一个体系中，乃至是宗旨相对的另一个体系中，作为从属性概念，甚至也可以是中心范畴，表现出与西方全然不同的特点。西人以创设新的概念、范畴为学术创造力和学问成熟的标志——故自亚里士多德创立十大范畴以后，从早期诡辩派到近世笛卡尔以下，人人各显其能，尤见分门，即使论说起点相同，归趣无异，也要别设新辞，以志区别，文学理论构建过程中概念、范畴的创设，也呈现出同样的情况。但对中国古人而言，这种别设新辞并非明智体之举，更有汩没本原的危险，远不如延展已有范畴来得更智慧、更合适。当然，诚如刘若愚所指出的，"同一术语甚至在同一作家那里，也常常表示着不同的概念，而不同的术语事实上却又可能是表示同一概念的。这当然不是中文独有的现象"①。但不能不承认，这种情况以中国古代文学理论批评为多见。

由此，中国古代文学理论体系和批评范畴体系的面目就变得很难究明。加以古人在赋予原有概念、范畴以新意时，有时并不作特别说明，这使得情况变得更为复杂难明。在西人看来，说明和解释是对理解的应用；但在中国古人看来，应用就是理解，或者说就表示了理解。这种说明和解释的缺乏在古人来说是心知肚明、一目了然的。但世代相隔，今人看起来便不免大为困惑，因自己的智力和悟性备受考验，而重叹其委实太过高蹈，吝啬乃至懒惰。而不能怪罪的是，还有一部分人会进

---

① 《中国的文学理论》，田守真、饶曙光译，四川人民出版社1987年，第9页。

而以为，古人看来并不具备更出色的能力来解说和整合他们对文学的设想与体验，此即中国古代文论不及西方文论说时常可以听到的一大原因。

接着说思维方式。古代中国人的思维方式，带有明显的"原始思维"特征。维柯在《新科学》中，将这种思维的具体性特征确定为"诗性的思维"，颇适切东方的中国。概而言之，古人大都强调直觉，即思维对感性经验和已有知识作持续思考时，不受逻辑规则的约束，不依赖概念的运作，而直接顿悟事物本质的一种认识上的突变，它是认识对对象的直接感知，强调人对具体的原生意象和内觉体验的把握。道家哲学、禅宗和心学，都是这种思维方式的产物，又反过来给历代人选择这种方式以强烈的支持。道家哲学之不用名言论"道"，通过"坐忘""坐驰"而"见独"[①]自不用说了。他如佛说"真如""不可以智慧取，不可以言语取"[②]，禅宗讲"道由心悟""即心即佛"，理学家说"置心物中"，"德性所知"，"一旦豁然贯通焉，则众物之表里精粗无不到，而吾心之全体大用无不明矣"。[③]

① 《庄子·大宗师》。
② 《黄蘗断际禅师语录》。
③ 朱熹《大学章句》。

强调的皆是这一点。故此，他们不重视对认识对象作过细的结构分析，加以认识的目的本在求善而不在求真，至少不唯求真，所以功能分析和价值判断更为常见。而要把握这功能和价值的全部，他们认为"从其用而知其体之有"可也。"法极无迹"，太落实的判断并非必要。

再说，判断的落实要赖语言，但语言可信赖吗？事实是语言既澄明又遮蔽，因前已论及的原因，其本身缺陷多多，而事物种类繁富，世相复杂多变，语言对此常常无能为力。既如此，那么指望判断乃至建构的确定不是一种痴妄和奢求吗？所以，他们把思路折转过来，强调语言之外的领域才是最适合人精神的所在，"人情物态不可言者最多，必尽言之，则俚矣。知能言之为佳，而不知不言之为妙，此张籍、王建所以病也"①。（此所谓汉语本身也是汉民族直觉思维方式的一种体现。）创作是如此，批评又何尝不是如此呢？由此，他们在谈论创作问题、品评赏会之际，更重视对主体悟性的开发和经验的强调。经验有当下发生性，是个人化的，别人不可重复；甚至因为当下发生，瞬息逝去，便自己也不一定能重复。一个人的经验既不可

---

① 陆时雍《诗镜总论》。

能遮蔽和覆盖别人，要取得别人认同，只有通过合理的外推方式，让人通过体会和领悟来确立同感，故详尽地再现经验的事实，而不亟亟作主观的判断和人为的肢解，成为古人通常做的论说选择。

并且，这直觉思维的性质还决定了其思考过程始终不脱具象，在粘带形象的概念、范畴上思考，在思考过程中假象见理。西人多由合乎逻辑的概念运演来建起体系；他们则以表象为元素，进行非逻辑的联想和推思，因此其所论指述关系常常丰富而不固定，隐微而不明显。由这种指述丰富精微的概念、范畴建构起的系统结构，自然也就不可能一如西人那么明白了。

但这里要特别指出的是，认识与呈现的不同一是经常有的事，不明确地说不等于没有说，未被感知更不等于不存在。今人不能清楚地找到古人文学批评范畴的结构线索，并不意味着就没有这一结构。倘若说，在上述直觉思维的笼盖下，中国古代文学范畴没有一个体系，那不啻说古人所建立起的那些概念、范畴及其相互关系，根本不反映文学的本质及创作规律，不反映这种本质和规律自身运动的特性，而尽是一些个人当下即刻的感悟和臆测。可事实显然不是这样，范畴是关系的规定和抽象，一代又一代人沿用一个或一部分名言，乃至把它们作为自己论述的重点予以探讨，分析其形成原因、转化条件、实现途径和欣赏角度，并且，许多概念、范畴如"神韵""趣味""境界""妙""奇""虚实"等，贯彻在诗词曲赋等各体文学的批评中，为趣味不同的作家、批评家所沿用和生发，能说它们没有意义的客观稳定性和普遍有效性？因此，答案只有一个，这是一个不同于西方文学范畴体系，独立于西方文学范畴体系之外的体系，因为它有上述诸种特点，我们称之为"潜体系"。

二

这种"潜体系"特征在古代文学批评范畴体系中表现得异常分明。由于除一小部分论理性著述和专门性讨论外，古人大多在入情的赏会中调动概念、范畴，而不强调在冷静的理智评判中运用概念、范畴，"赏者，所以辨情也；评者，所以绳理也"[①]。这种赏多于评，并且许多时候评也只是一种赏或接近于

---

① 刘昼《刘子·正赏》。

赏，使得古人对作家的创作用心与作品妙处可以说得很精辟充分，但理性的规定和抉发往往不够，以点及面由此及彼的规律性总结，隐性地寓托在精彩纷呈的个人赏会中，观念形态因此不见丰满。

具体地说，单个作家、批评家运用概念、范畴，大部分并没有先明确一整体系统，或许因这概念、范畴为固有名言，论者以为不必对之作体系中的逻辑固定，交代其在系统中的位置。可问题是，他们常常在自己个人化的理解基础上用这概念、范畴，由于不明言所用概念、范畴的体系中位置，也不明言这种概念、范畴的思想背景和观念来源，致使其论说本身虽中心突出、主旨分明，但这种论说在当时及整个文学批评史中的理性脉络却内隐在意会中，不甚分明。

譬如"适"这一概念为明清以来人每每论及，大抵多用以指体得自然之天机和自然虚静之至。如屠隆《旧集自叙》称："余恶知诗，又恶知诗美，其适者美邪！夫物有万品，要之乎适矣；诗有万品，要之乎适矣。……余读古人之诗则洒然以适，而读今人诗则不适，斯其故何也？"谢肇淛《小草斋诗话》也说："诗境贵虚""诗情贵真""诗意贵寂""诗兴贵适"。王夫之《唐诗评选》更每以"亦警亦适""琢率皆适，适者存乎诗才"称人。但除了对"适"本身未作针对性解说外，"适"的思想来源和其在创作论、风格论范畴中的位置，也未见哪家做具体的说明。盖庄子说："忘足，履之适也；忘腰，带之适也；知忘是非，心之适也。"①是要人不执着功利，齐一是非，以保持内心的自由充足，平静安和。诗人感物起兴，能适然洒然，其情必真，意必寂，境必虚，有不知其所以然而然的天真恰好。故应该说，这一概念来源于道家思想，可以在传统创作论范畴的主体序列、风格论范畴的生态构成序列中，得到很好的说明。但由于古人有不尚切指的习惯，故不但诗的"适"与"不适"不知其故（其实是不愿详道其故），即其源于道家哲学的大本大旨，与"虚静""兴会""自然"等范畴的密切联系，也不点破说透。袁枚《随园诗话》"《庄子》曰：'忘足，履之适也。'余亦曰：'忘韵，诗之适也。'"，虽直接点出道家思想的背景，但其与"性灵说"的理论联系在哪里，仍然未作交代。至于其与"神""妙"等范畴的区别与联系，在范围体系网络中是一个什么样的关系，上述诸家更未有一语道及。这使得此一重要的概念长期以来孤悬在整个古代文学范畴体系之外，乃

---

① 《庄子·达生》。

至今天都很少被研究者提及。

像刘勰那样，以"原道"作"文之枢纽"，然后"论文叙笔""割情析采"，分别提携起文体论、创作论诸范畴，最后再及作家论和批评论，擘肌分理，条贯分明，在古代少而又少。明清以来，出现了像叶燮《原诗》这样篇帙不大但议论精括的著作，产生了像胡应麟《诗薮》、方东树《昭昧詹言》、朱庭珍《筱园诗话》这样有一定规模又论述全面的著作，但在体系的统贯方面，使具体问题，包括概念、范畴的讨论有明确的整体意义上的逻辑归向方面，还是未多经意。这实在无关于学养和能力，而纯然是他们不愿为，甚至不屑为。或者说，是根本没想到要像后人期待的那样，一一指陈，曲曲勾连。

而就概念、范畴运用的整体情况而言，有许多概念、范畴跨类别地多见于不同的论说场合，"道""气"这样具有本体论意味的范畴自不必说，即便一些理论地位并非十分显赫的概念、范畴，也常常存在这种情况。正是这一点，使许多人所作的范畴体系图式每每迭受考较，脆弱不堪。

如一般的体系图式均将"虚静"范畴上联"道""气"，下与"神思""兴会"等相贯通，对其理论内涵，从创作论角度予以凸现。其实，在鉴赏批评论中，主体的"虚静"也是古人十分强调的问题，创作中"粗浮在心，必致陈浊在笔"[1]，鉴赏与批评中又何尝不是如此？故古人说："看书当虚神静志，则欣厌不生。"[2]"批书当置身事外而设想局中……而心要平，气要和，神要静，虑要远，人情要透，天理要真。"[3] 再如作为批评论概念的"刻"，在创作论中也同样可以见到。如袁洁就说："作诗贵含蓄，耐人讽咏，不可说煞；贵浑厚，深入咀嚼，不可过刻。"[4]"观"这个范畴也是同样，它基本上属于鉴赏与批评论范畴，自《左传·襄公二十九年》载吴季札"观于周乐"，到刘勰《文心雕龙·知音》提出"博观"一词，乃至以后发展出"通观""谛观""深观"等后序概念，皆围绕着批评赏会而言，但它也经常出现在创作论中，不仅指为人熟知的"观物""观理"，还有"形观"之意。如苏轼之论"处静而观动，则万物之情毕陈于前"[5]，"幽居默处，而观万物之变，尽其自然之理"[6]，意属前者；而称人"其游谈以为高，枝词以为观美，先生无一

① 吴乔《围炉诗话》卷一。
② 归昌世《假庵杂著》。
③ 《金瓶梅》文龙评本第十八回。
④ 《蠡庄诗话》卷二。
⑤ 《朝辞赴定州论事状》，《苏轼文集》卷三六。
⑥ 《上曾丞相书》，同上卷四八。

言矣"①，即属后者。谢榛《四溟诗话》卷一说："凡作近体，诵要好，听要好，观要好，讲要好。诵之行云流水，听之金声玉振，观之明霞散绮，讲之独茧抽丝。以此诗家四关。使一关未过，则非佳句矣"，则更将"形观"之意说得十分清楚。这样，在对概念、范畴作条分缕析的时候，人们便不易看到它们——安居于逻辑定点上的静态性状。相反，它们的意义四下发散，彼此交缠，相洽而俱化，如光之相网，水之浸润，合成一立体的多指向度的"高维结构"。在这种结构方式面前，没有足够深入的研究和全面的掌握，入山见宝，目迷五色而不见蹊径，是很正常的事。

但是，不管是就单个论者的范畴运用来说，还是就范畴系统的整体来说，这种体系性勾连的显然存在，是我们在这里要肯定地提出的。唯其如此，中国古代文学理论才能够以一统一的面貌，出现在后人面前。当我们统合历代人的论述，既以不同的概念、范畴为名言基准进行清厘归纳，又依循古人对文学的论说，按创作准备期、进行期、完成期和评判期自然展开的习惯两相整合，分明可以为这些概念、范畴，一一找到其合适

---

① 《凫绎先生文集叙》，《经进东坡文集事略》卷五六。

的位置，即充分证明了这一点。总之，在古代文学理论批评中，概念与概念、范畴与范畴，以及概念与范畴之间的关系既是不可穷尽的，但又有一定之规，存在着内在的逻辑勾连，可以视作一种内隐的潜体系。

前及有一些概念、范畴跨类别出现，在凸现其自身意义的丰富性同时，其实也从另一个方面，使人对这个范畴体系的存在深具信心，并获得更深入的认识。譬如"虚静""养气"范畴在创作论和批评论中跨类出现，正可以见出"气"之于文学存在的根本性意义；同时讲"静"，乃至要求这"气"也是"静气"，则又凸现了在赋予文学以丰沛生命力的同时，古人对安和宁壹含蓄中和境界的向往和推崇。"静"不仅去物，去具体形态和特定时空；且去我，脱弃情欲、知识和功利。如此，不仅"六情静于中，万物荡于外，情缘物而动，物感情而迁"[1]，且"得之于静，故所趣皆远"[2]，去物去我也就是"天人合一"，表征着作者在进行艺术创造时真正实现了游心天地之间，寄心物事之外。有此创作，鉴赏、评判者自当有与之同构的心理准备，出以一心，澄心静观，无撼于势利，无徇于声名，深入赏

---

[1] 杨慎《李前渠诗引》，《升庵全集》卷三。
[2] 权德舆《左武卫胄曹许君集序》，《全唐文》卷四百九十。

会，贡献真解。故由这"养气""虚静"范畴，正可提携起从创作到批评，从发抒到接受，范畴运动的全程线索，并由此见出传统哲学和文化对文学批评的影响。

至于那些元范畴因地位特殊，它们贯彻在文学范畴体系的始终，最多跨类别出现，更充分地说明了古代文学范畴不但成体系，且这体系还有其逻辑中心，并非初级状态的自然牵合。所谓元范畴与指称处在范畴集团序列起点的上位种范畴不同，它不是一般意义上初始名言，而是那种不以其他范畴作为自己的存在依据，不以其他范畴规定自己的性质和意义边界的最一般抽象的名言。它诞生的时间一般最早或很早，有悠久而绵长不间断的发展历史，特别是与传统哲学、伦理等诸因素有很密切的联系，乃至就是哲学范畴本身或其演化状态。此外，就所涵括的内容来说，它是最精微最深刻的；所涵盖的范围最广泛最普遍；而就所具有的活动力和延展力而言，又是最强最持久的。套用托马斯·库恩的话，它类似一个时代科学共同体共同的信念、公式和框架，即"共同的理论上和方法上的信念"，是一种"范式概念"。由于它有发展和牵衍新观念及与外来哲学相融合的动力和能力，因而是理解范畴集团重要的锁钥。

基于前及"天人合一"的传统文化的基本精神，带连到古代文学理论对"心物合一""情景合一"境界的追求，可以确定，如"道""气""兴""象""和"，正是这样的元范畴。在它们的逻辑意象内，包蕴了古人对天人关系比较早且深刻的探索，概括力和衍生力均极强，其所涉及的问题几乎涵盖了传统文学创作最主要的方面，对具有悠久的感性、抒情传统，同时形式感分明、程式化倾向强烈的古代文学，具有深远的影响和制约作用，在逻辑层次上，要明显高出"风骨""意境"等范畴许多。由于这些基元性范畴有巨大的牵衍能力和组织能力，它们对自己属下序列内各范畴就有深刻的影响力和规范作用，由此在不同程度上必然造成范畴系统的形成。而它们自身，则成了后人把握整个范畴体系重要的切入点。

三

当然，上述切直的指述并不因此而使端出一个统摄古代文学理论批评范畴体系的图式成为必须。长期以来，一些研究者一直在试图构建这样的图式。有的看起来包罗广大，气象恢宏，但人为牵合痕迹甚浓，甚至还可以说是匪夷所思。故另一些态度严谨的研究者已提出，目前尚未有构建这类图式的成熟条件，"因为要将一个有机整体性的东西条分缕析，付出的必然是割裂之代价，这种失败的例子多矣"①。我们因自身的体会，于这一点有十分深切的认同。因此，只主张分别将本原论、创作论、风格论和批评论范畴的联动贯连关系列出，并不想作全局意义上的图式呈示。②

并且，我们还倾向于认为这种统贯全局无有阙遗的图式或许永远不可能出现，因为它在本质上与古代中国人的思维方式和文化传统不相契合。传统文学范畴的意义及其相互关系、理论位置，在人们付诸解释之前已处在意义决定状态，它不易被轻易置换。我们能做的只能是将概念、范畴的描述更深入充分，将概念、范畴间的联系揭示得更具体准确，这样，范畴的结构性律动自然会浮出水面。让这种律动保持其生机盎然的本相吧，而不要去任意地裁割它，人为地安排它，特别是不要用西学的观念去裁割和安排它，以为假此西学可以组织起古代文学批评范畴的整体系统。范畴固然是静态的可了解的思维成果，但要真正了解它，必须通过对审美过程的认真研究，对造

---

① 党圣元《中国古代文论的范畴和体系》，《文学评论》1997年第1期。
② 见拙著《范畴论》，复旦大学出版社1999年，第518—614页。

成这些理论的文化底蕴的真切了解，这应该是不可动摇的基本原则。

其实，就是对西方文学范畴体系的研究，也必须遵循这一原则。西方文学范畴自然，较中国古代为明显的体系，但并非尽如今人为构成对比所夸大的那样井然有序。康德不已指出过吗？"我所了解的审美观念就是想象力里的那一表象，它生起许多思想而没有任何一特定的思想，即一个概念能和它相切合，因此没有言语能够完全企及它，把它表达出来。人们容易看到，它是理性的观念的一个对立物，理性的观念是与它相反，是一概念，没有任何一个直观（即想象力的表象）能和它相切合。"①现代哲学大师维特根斯坦也说："一个字词的意义是它在语言中的用法。"②在古典时期，也有像席勒、歌德这样的批评家，以灵警的散文化的语言，触处见机，随意地表达自己对文学、美学问题的看法。乃至其研究者以为，"要系统地将这些范畴分类，要将这些范畴固定在一个有限的序列之中，这是不可能的"③。

---

① 《判断力批判》上卷，商务印书馆 1964 年，第 160 页。

② 《哲学研究》，生活·读书·新知三联书店 1992 年，第 31 页。

③ 符·塔达基维奇《西方美学概念史》，学苑出版社 1990 年，第 214 页。

到了当代，西方文学批评、美学批评呈多样化的多途发展态势，由探讨文学本质、美的本质转向对审美的讨论，从究诘客体转向追问主体的趋势。其间，理论对逻辑形式依赖也出现了与古典时代不同的情况，故与中国古代文学理论和范畴体系相比，它所构成的特点也是多样统一的。即使尽用逻辑的思辨方式，也不足以取消中国古代文学范畴及其体系的存在合理性。这两者互有优长，不存在优劣，其间的关系绝非一般和个别的关系，而如有的论者所说，是特殊对特殊。因此，任何用西方文论的逻辑思辨，否定中国文论及范畴体系的存在，是绝对不符合事实的。而随意贬抑这种体系，以为它尚处在"前科学阶段"，更没有道理。

总结言之，中国古代文学范畴体系保持了传统文学创作——批评以交感性的形象为基础，以不脱经验的感性媒介传达超验的审美体验的特点，既浓缩凝练，又充满着流动性和活跃性，其自圆自足，有很强的抗异化能力，绝然可以作为未来东西方共同建构的范畴系统结构中重要的一极。不正视这一点，谈不上研究的客观性和科学性，也不能真正实现研究的当代性。

文论范畴的能级与统序

中国古代文论范畴极富原型意味，依循传统哲学和文化的规定，它走一条道极中庸而不脱两边的发展道路，独任主观而又尊重经典，力求创新而又不弃成法，结果形成了一种独特的统序特征。

比之于西方以多元假设为旨归，以各个不同的范畴创设提携起一个理论，它通常取一种推衍和发展原有基始性范畴和核心范畴的方式，范畴与范畴之间循环通释，意义互决，形成一个互为指涉，彼此渗透的动态体系。尽管少创新范畴，但基始性范畴和核心范畴在保持自身深厚意蕴和极强的概括力的同时，有极强的能产性和衍生力。

就同一集群来说，由于基始性范畴或核心范畴牵衍能力强，即许多衍生范畴也颇有活性，它们彼此牵涉，在很大程度上实现了范畴的自由组合，如以"风骨"为核心范畴的集群内，就衍生出"气骨""骨气""骨力""骨体"等诸多范畴。而这些衍生出的范畴之间因意义互有关联，彼此吸引牵衍，又可形成"气力""风力"等新范畴。就集群与集群的关系来说，分属于不同集群的核心范畴，因自身多具能产性和衍展能力，又可与另一意义相邻的范畴集群中的某些范畴交合，构成新的范畴。如"气"与"神"分别是一个范畴集群的核心，在它们统属下展开的一系列后序范畴，从各个方面反映了创作主体生命本原到创作过程的内在规律等问题。但它们又能彼此投入，组合成"神气"这个新的范畴。其他如"兴味""神韵""趣味""俊逸"等范畴也是通过这种方式组合而成的，从他们所涵括的意义来说，较之"兴""味""神""韵""逸"，可能不是基元的、根本的，如果说上述单体范畴是"一级范畴"，那么它们只不过是"二级范畴"。但一部中国古代文学理论批评的历史证明，这些"二级范畴"及围绕其展开的种种论述之于古代文学创作的制约导引作用有多大，对古代文学、美学理论发展态势的影响又有多么深远。

而正是由于范畴有很强的能产性和衍生力，它也因此具有很大的辐射面和覆盖性。并且它不拒斥后起的新思想，相反，吸纳这种思想，正是其意蕴深厚和概括力强的标志，所以它能直接推动并诞育一系列新的范畴。这种新产生的范畴之于原范畴，可能是理论规范幅宽的增大，更多的是理论辨析能力的提高。当然，也包括对原范畴蕴藏着的可开发意义的进一步启掘。它们不是否定前者，而是涵盖、浓缩或超越前者，如"境"之于"象"，"逸"之于"神"，"兴象"之于"兴寄"，"意象"之于"兴象"。因此，在外在形态上，它们可能构成一个序列，有先生与后出之区分；在内在意义上，后出范畴与原基始范畴之间存在统属关系，又有上位与下位的不同。一个于中国古代文学理论批评有隔膜的人，会认为他眼前经常晃动的是一套似新实旧，或似旧却新的名词，而实际是，这个动态的充满衍生力和开放性的范畴系统，恰恰最大程度地说明了文学创作及批评所遭遇到的一切问题。

这种内在意义密切相关构成了范畴的连锁性，而外在形态的前生后出，则构成范畴的序列化征象。至于连锁性和序列化之间的关系，当然是前者决定后者，后者丰富的形态生动地说明前者。古代文论范畴的统属特征正是在这两者的交合作用中得以形成。

先说连锁性。如前所说，所谓连锁性其实是就范畴内在的意义联系而言的，指新衍生出的范畴之间意义环环相扣，层层深入地展开。如以"象"为核心范畴，由"兴象"而"意象"而"虚象"而"象外之象""无象之象"，一环串着一环，将建立在情感表现基础上的古人独特的思维方式，以及这种方式造成的古代文学作品的形象系统，很全面深刻地揭示了出来。同样，以"味"为核心范畴，"兴味""神味""逸味""余味""遗味""味外味""无定味"等一系列概念、范畴，将作品所具有的并能被人感知到的审美属性及其精微区别，多层次地揭示了出来。同时，由"体味""玩味"而"品味""讽味""耽味""吮味"，其所指称的主体鉴赏体验活动，以及这种活动之可以发人兴会、启导理性的作用，也得到了准确的表达。

倘若从这种意义连锁的序列中，拈出一些新衍生的概念、范畴作专门分析，是颇可以看到在这一个意义连锁过程中，新出范畴之于原范畴，有补充、发展和深化的意味。譬如"圆机"之于"机"，"深静"之于"静"，"清真"之于"真"，"老洁"之于"洁"，皆存在这样的关系。盖受道家哲学的影响，古代中国人大多重无胜于重有，重虚胜于重实，许多具有范式性稳定意义的"实性范畴"后来衍生出的一系列新范畴，其性质皆属"虚性范畴"，就是后出范畴有时候较原初范畴更为精微深刻的一个佐证。即以"虚"这个范畴而言，许多"实性范畴"因它的牵衍组成新的范畴，这些范畴的意义一般较原范畴为精微。如"虚灵"之于"灵"，"虚机"之于"机"，"虚神"之于"神"，"虚淡"之于"淡"，"虚象"之于"象"，"虚圆"之于"圆"，无不如此。

试择"虚圆"之于"圆"作一分析。作为文论范畴的"圆"本指作品用字措语到意境构成的浑成自然，所谓"炼句要归自然，或五言，或七言，必令极圆极稳，读者上口，自觉矫矫有气；若一字不圆，便松散无力"[1]，这便是"圆劲""圆紧"之类概念的由来。当然，这种"圆"不能太着痕迹，因追求整一劲紧而沾上火爆气和臃滞相，故古人又提出"空圆"这一概念，意在得超逸安雅之妙，并认为只有调动比兴手法，而不是直陈敷衍，才能实现这种神妙。基于这种思想，他们对唐人诗歌有很高的评价，称"唐诗之清丽空圆者，比与兴为之也"[2]。

---

[1] 庞垲《诗义固说》下。
[2] 刘埙《隐居通义》卷七。

但"空"在某种意义上仍是着了痕迹，且空之过当不免枯寂。不利情思表达，也非诗体应有的丰秀朗润之相，故他们又提出"虚圆"这个概念，要求作诗能"转意象于虚圆之中"[①]，即作诗既要有具体丰满的意象，不可流于枯寂，但这意象又不能不加处理地罗列，而要待高明的作者做化实为虚、化景物为情思的工作，使满目意象皆含不尽之情思，缥缈于言语笔墨之外。"虚"不是"空"，不是"无"，在古代中国人的意识里，它像是一个有意义的空框，随时可接纳和涵养万有，或是已经接纳、涵养了万有而俗眼不识，所谓"有虚用而无害于诗者"[②]，"以其虚而虚天下之实"[③]。所以，以"虚"合"圆"，就将作品既包容浑成又不失透脱灵动，既有内蕴又不拘滞于此内蕴，相反，有向外吸纳和拓展的无限可能性的特点，给精确地表达了出来。如果以"圆"为核心，构成"清圆""圆劲""圆紧""空圆""虚圆"等一个范畴系列，"虚圆"显然具有最值得称道的深刻性。

总之，在意义连锁的总的格局下，尽管历代论者使用这些

---

① 陆时雍《诗镜总论》。
② 谢榛《四溟诗话》卷一。
③ 李涂《文章精义》。

范畴存在着随意交叉的情况，但从逻辑演化的角度看，越是后起的概念、范畴，在承继和保持核心范畴原初涵义的同时，对该范畴的拓展也最大最深入，是显然存在的事实。从这里，颇可看出作为理性认识的支点和工具，文论范畴在其自身发展过程中，是逐步获得涵括经验事实的能力的。

再说序列化。相对于范畴的连锁性，文论范畴的序列化特征可以说是一种着眼于外在形式联系而作出的判断。即从外在构成而言，古代文论范畴呈现为相关概念、范畴各成条块排列的有序样态。如此连锁展开，衍展成序，为一可运作的动态系统。而就各个范畴考察，则有前后主次的区别。那些居于范畴序列前面的是所谓"前位范畴"，处在稍后的则是"后位范畴"。譬如，在"简""简正""简直""简切""简净""简古""简妙""简拔""简雅""简健""简涩"等一个序列中，"简正""简直""简切""简净"可以说是前位范畴，它们不但诞生的时间较早，意义也较纯正，最为契近"简"之本义。"简古"以下，就是所谓后位范畴，它们由后来的论者踵事增华密上加密地衍展出来，基本上是对原范畴的推展和细化。自六朝人用"简"论文后，如宋·唐庚《唐子西语录》称陶渊明《桃花源记》"造语简妙"，惠洪《冷斋夜话》称顾况诗"简拔而立意精确"即如此。他如朱翌称班固"裁《史记》冗语极简健"①，刘埙的"简洁峻峭，而悠然深味，不见其际"②，也都是在沿承原义的前提下，限制和补充说明"简"这个基始性范畴之妙。

与之相关联，关于范畴序位，还有"上位范畴"和"下位范畴"的区别。其区别看似同于"前位范畴"与"后位范畴"，实际上并不如此。所谓"上位范畴"，又称"种范畴""母范畴"，是指处在范畴集团起点的范畴，属初始名言。如"境"之于"情境""物境""意境"，"格"之于"气格""体格""格力""格致""格韵"，等等。它对后面一系列范畴有意义笼盖作用。上位范畴之间经常可以再行组合，形成新的范畴，如果这个范畴有足够的意义张力和涵盖性的话，还可形成另一个序列，如"韵"与"格"可以构成"韵格"，"韵"与"神"可以构成"神韵"，而"神韵"以下，又形成一自成序列的范畴集团。这是古代文论范畴的一个基本层次。

所谓"下位范畴"，指在"上位范畴"之后所有集团序列中的其他范畴，因由"上位范畴"扩展衍生，又称"子范畴""后序范畴"。如果以"格"这一序列为例，举凡"气

---

① 朱翌《猗觉寮杂记》卷下。
② 《隐居通议·诗歌三》。

格""体格""格力""格致""格韵"等，皆为下位范畴。因此，与前位、后位范畴相比，其间区别至为明显。即下位范畴包括前位、后位范畴，如"格"一序列中，"气格""体格"是承袭"格"范畴最基本涵义的两个范畴，居前位地位，但比之"格"这个上位种范畴，它们又有区别于"格致""格韵"等后位范畴。所以同样是对范畴集团序列的界限，这两者之间意义终究不相混淆。

由"前位范畴"往上是所谓上位种范畴，那么，由此上位种范畴再往上，存在不存在一些更基本更核心的范畴呢？考察传统文学理论批评的实际，可以得到肯定的结论。这种凌驾于上位种范畴之上，具有最高的理论品级的根本性范畴，就是"元范畴"。

与卜位范畴、种范畴是表明该范畴处于集团序列起点，属初始名言不同，"元范畴"是那种不以其他范畴作为自己的存在依据，不以其他范畴规定自己的性质和意义边界的最一般最抽象的名言。就其所涵括的内容来说，是最精微最深刻的；就其所涵盖的范围来说，是最广泛最普遍的；而就其所具有的活动力和延展力而言，又是最强大最持久的。套用托马斯·库恩的话，它类似一个时代科学共同体共同的信念、公式和框架，即"共同的理论上和方法上的信念"，是一种"范式概念"。由于它有发展和牵衍新观念及与外来哲学相融合的动力和能力，因而是理解范畴集团重要的锁钥，把握整个范畴体系重要的切入点。

又因为传统中国人有强烈的远古崇拜意识，强调慎终追远，学有本源。落实到概念和范畴，名言的共通性一面一直被有意识地维护和凸现，有时自创一范畴未必深入人心，且也不一定能说明问题，摄得要害，而借前人已有的成言，输入一己之新见，反倒更容易为人认同。因此，就传统文学理论批评中的"元范畴"的特性而言，还得加上一条，即它诞生的时间一般最早或很早，有悠久绵长而不间断的发展历史，特别是与传统哲学、伦理、心理等诸因素有很密切的联系，乃至就是哲学范畴本身或其演化状态。基于这样的判断，我们认为如"道""气""兴""象""和"等范畴，包蕴了古人对天人关系比较早且深刻的探索，指涉力和衍生力均极强。其所涉及的问题几乎涵盖了传统文学创作最主要的方面，对具有悠久的感性与抒情传统，同时形式感分明、程式化倾向强烈的古代文学具有深远的影响和制约规范作用，在逻辑层次上要明显高出"风骨""意境"等范畴许多，可以确立为古代文论范畴体系的逻辑起点和理论基元[①]。

至于范畴序列的具体样态，也即以元范畴为起始的范畴链，大抵是以如下两种方式实现的。

一是以一个起始范畴（从内容上说一般具有核心范畴甚至元范畴地位）为开端，形成一个意义联系密切的范畴序列，其后序范畴与起始范畴之间存在着明显的统属关系，前者是"上位范畴"，后者是"下位范畴"。如"悟"最早出现于《尚书·顾命上》："今天降疾殆，弗兴弗悟。""悟"与"寤"通，故《诗传》释以"觉"，又犹"知"。引入文学批评，指称对客体作整体直观的深入探索，由此把握其根本命脉和特征的艺术思维活动。它就提携起一个意义密切相关的范畴系列，如"体悟""渐悟""顿悟""彻悟"，一直到"心悟""妙悟"和"悟入"，等等。"体悟"者，依成玄英疏《庄子》所释："体，悟解也，妙契纯素之理，则所在皆真道也"，属本土文化范畴内的范畴。"渐悟"以下诸个，则是佛理渗入的结果，两者有联系，但也有区别。不过从逻辑形式考察，它们自然可归属在"悟"这个基始范畴之下。到了清代，又有"超悟"一词出现，其义

---

① 参见拙著《范畴论》第 44—446 页，复旦大学出版社 1999 年。

同于严羽"妙悟",但似仅就一般事理创设,不一定从佛理中来。如黄培芳说:"诗贵超悟,是诗教本然之理,非禅机也。孔子谓商赐可与言诗,取其悟也;孟子讥高叟之固,固正与悟相反也。"[1] 陆桴亭也说:"凡体验有得处,皆是悟。只是古人不唤作悟,唤作物格知至。古人把此个境界看作平常"[2]。这"超悟"可以视作"悟"范畴在经历了外来文化的充填后,向本土文化范畴的皈返,由"悟"而"超悟",一系列范畴的意义由此显得十分整一圆满。

另一种范畴有序样态的实现方式是,以一个范畴(仍为通常具有核心地位的范畴)为起点,吸纳与自体意蕴并非直接连属的另一些范畴,形成一个达到新的意蕴统一的范畴系列;其后序范畴与起始范畴之间,"下位范畴"与"上位范畴"之间,关系较前一种为复杂。通常不像前一种是纵向统属型的,而是横向映射型的,牵衍的双方意义相融相浃,通释互决。其间,依具体的语义场景,存在着不同位置的偏正关系,也可能是平行关系或其他逻辑关系。

如"神"吸纳另一个与之有关但并非直接联系的范畴

---

① 《香石诗话》卷四。
② 《思辨录辑要》卷三。

"气"，构成"神气"，其间关系就是偏正的，重点偏在"气"，"神"用来说明"气"的性质，是"气"的一部分，所谓"气之精者为神"①。再吸纳"理"这个范畴，构成"神理"，重点偏在"理"，用"神"表明此"理"非物理常情，所谓"略其形迹，伸其神理者"②。再吸收"采"构成"神采"，虽亦属偏正关系，但重点则偏重于"神"，因"神采"是神炫于外的光彩，含义与"神"略同，故人有径以此词释"神"的，称"神者，其神采也"③。它还吸收"风"，构成"风神"，重点也在"神"。盖"风者，气之动"，"神者，生之制也"④，于"气"为主宰，故"风神"仍指主体精神的外化，引入文学批评，指作品精神远出的风貌。这"神气""神采""风神"，意义重点各不相同，是上述所谓"不同位置"的含义。

同样是这个"神"，当它吸纳"韵""情"等范畴，又构成一平行关系的新范畴。如"神韵"范畴的两个意象之间，不存在谁统领谁的问题，而是平行映射、互相照摄的，故古人每用"韵度风神""风致情韵"相释。与"情"结合，两者也不相统

① 方东树《昭昧詹言》卷一。
② 金圣叹《水浒传序三》。
③ 袁文《瓮牖闲评》。
④ 《淮南子·原道训》。

属，当时殷璠《〈河岳英灵集〉序》标举"三来说"，即将两者与"气"并举，称"文有神来、气来、情来"。后人解释它们也多用析言，称"摹画于步骤者神踬，雕刻于体句者气局，组缀于藻丽者情涸"[①]。但既构合成一个范畴，也就有了内在的整一性，故明人何景明用"领会神情"说明自己的作诗原则，并将之与"形迹"构成对比。[②]

他如"神"与"遇"结合成"神遇"，与"会"结合成"神会"，两者既不存在纵向统属关系，也非横向映射关系，意义既不垂直，也不平行，是一种补充、说明关系，指称的是张大主体精神，超越耳目感知与知性把握，直接体得对象本质的创作过程或鉴赏活动。如此，"神气""神理""神采""风神""神韵""神情""神遇""神会"，构成一个意义相关、但后序范畴并不尽为起始范畴覆盖的范畴系列。

综合考察由能产性、衍生性带来的中国古代文论范畴的连锁性和序列化特征，也即我们所说的统序特征，可以总结出如下特点：即就历史的角度考察，范畴的意义统属和组合成序，通常表现为出现有先后的线性特征；就逻辑角度考察，则表现

---

① 焦竑《题谢康乐集后》，《澹园集》卷二十二。
② 《与李空同论诗书》，《何大复先生全集》卷三十二。

为义理的通释和互决。由于在中国古代文学理论发展历史上，范畴的逻辑层次和其在历史出现的时间秩序大致相同，故范畴的意义统属和衍生成序，比较真切地反映了古人对文学本质及创作规律的认识进程，同时也是中国古代文论范畴体系化的具体表征。

最后简单论说一下文论范畴统序特征的形成原因。众所周知，中国古代文论范畴多源于对传统哲学、伦理学范畴的沿用，范畴在中国哲学那里，是一整套可以发展不同思想体系的基本名言。由于概念的一般性和名言的共通性特点，使得它很容易发展、变化出新的思想观念和范畴。诚如成中英所指出的那样，"中国哲学中的范畴自其历史发展看，不但有其占据中心思想的位置，而且有其促进或牵引新思想发展的意义。如果我们采取一个辩证的观点，我们甚至可以说，中国原初的哲学范畴都具有发展引申新观念以及与其他外来哲学（如佛学）交融发展的动力与能力"。基于这一判断，他甚至说："凡是具有延伸发展及与其他外来哲学交相影响的观念才有资格称之为哲学范畴。"① 检视哲学史上诸如"理""气""天道""性命"等

---

① 《中国哲学范畴问题初探》，《中国哲学范畴集》，人民出版社1985年，第41页。

范畴都十分能产，能牵衍派生一系列新的概念、范畴，并最终肇成新的学说和学派，可以为成氏的论断作一注脚。

所以，中国古代哲学范畴的连锁性、序列化特征是很醒目地凸现在思想史的流程中的。

就连锁性而言，它表现为范畴意义在层层展开的同时，又环环相串。如《周易·系辞上》提出"《易》有太极，是生两仪，两仪生四象，四象生八卦"。至战国末年，《吕氏春秋》承道家"主之以太一"之说，提出"太一"这个概念，并用之为"道"的代称，万物"本于太一，太一生两仪，两仪生阴阳"。到了汉代，《孝经·钩命诀》提出"天地未分之前，有太易，有太初，有太始，有太素，有太极，是谓五运"，在承认"太极"是派生天地万物的宇宙本原同时，又认为在此之前还有"太易""太初"等四个阶段，"太极"由其派生，由此形成连锁系统。魏晋玄学兴起，本着"以无为本"的观念，王弼等人又将"太极"说成是"无"的别名。到宋代周敦颐那里，混合老庄"无极"和《易传》"太极"说，更进一步提出"无极而太极"的新说。如此又形成了"无极"而"太极"而"阴阳"而"五行"而"万物"这个序列。而所有这一切，无论是汉以前的宇宙生成论，还是汉以后的宇宙本体论，皆有着内在的紧密联系，一环一环密衔紧扣着，上溯下泄，层层展开。而由于这种观念和范畴皆有明显的统属关系和连续性，加以中国古代哲学家又有统摄群言以成一家之言的强烈意识，这就极易造成传统哲学及概念、范畴的整体系统，尽管在西方人看起来，他们的理论体系性并不强。

范畴的序列性与连锁性互为因果，或可以说互为表里。由于范畴以环环相扣方式层层展开，衍生范畴作为原范畴的次生状态，在语言形式上不可避免地打上原范畴的印记，本着意义趋同的原则，相关范畴在名言上就呈现出一种序列化的独特景观。如"气""元气""生气""精气"等范畴构成一个系列，表征人对物质存在的根本看法；如"道""太极""太一""一"等范畴构成一个系列，表征人对客观世界本原和规律的基本认识。

古代文论范畴受此影响，因有不少范畴本从哲学、伦理学范畴引入，所以也表现出极强的能产性和衍生性，原是很自然的事。加以论者取用或创设范畴，与哲学家探讨义理以求树立不尽一样，它更多地沾带有灵机发挥的色彩，有更多一些的自由度和随意性，这使范畴的牵衍能力得到了更大程度的发挥。由此，这种统序特征体现得更淋漓尽致了。

文论研究中当代意识的植入

历经百年的中国文学批评史研究，今天已走到比较成熟的境地，但随之而来在研究生态上出现的迟滞沉闷，却让人多少感到无奈。它已使整个研究的推进势头相对减弱，特别是当其他学科不断有新的增长点产生，这种减弱的趋势尤为明显。究其原因，不能不说与研究主体的认识滞后和创造力缺乏有关。回看当代人文科学研究，已有不少人指出，除在确定性知识的形成上多有贡献外，今人的研究无论是气象、精神和格调，还是原创性方面都较现代为逊色。衡之以古代文学批评史研究也同样。

为了人们所亟盼的一种新的研究格局和气象的出现——即

它能在继承一个多世纪以来古文论研究的成功经验基础上，更有序而精细地深入古人文学趣尚的内部，推原其传承演变的轨迹，凸现其隐在的稳定内核与基本精神，并在更宏大的叙说背景上有所厘定与抽引，从而给当代人对传统的反思和对未来的发展多一点启示——是到了引入新的理念与方法，特别是一种当代性质素的时候了。基于这一认识，如下对历史意识与刻下体验相结合的呼唤，对在两者平衡中进行全局性整合的理路以及与之相适应的技术手段的强调，一定程度上或许有其学理上的必然性与正当性。

首先是，本位研究与整体研究同步，这是中国文学批评史研究要脱弃平弱颓势的切实路径，也是它获得当代性的一个必不可少的条件。顾名思义，本位研究指的是对先秦至晚清以来古文论发展本身所进行的专门研究，由于这种研究非常强调对古代文学理论批评真实状况的了解和把握，因此，重视对各个时期文学趣尚和批评家所提出的具体命题、主张，乃至概念、范畴作深入细致的分析，是其首要任务。基于这种分析工作有不可规避性，它自然构成整个研究的重点和基础。

应该说，经过上个世纪以来四代学人的努力，批评史研究在这方面已经获得了相当可观的成就，产生了一系列极富价值的成果。当然，这些成果在确立了本学科研究的基本景观同时，也把如何可持续的问题推到了人们的眼前。因为，尽管长期以来本位研究做得比较深入，对人们原有的认识偏差和"视野缺损"有所校正弥补，但更宏大深入的论析与超越具体史实的概括还未见到。特别是那种不满足于对现象本身的具体研究，而是立足更高的层次，在文学批评与特定历史—文化环境的相互关系中发见特殊，揭示一般，进而厘清其间可能存在的潜进理路和发展线索，在结构与功能的联系中揭示对象的基本样态，达到对古代文学理论与批评的本质理解，做得还很欠缺。一些研究太多地把重点放在对某一个批评家或理论主张的平面考察上，并试图通过这种考察求得对问题的根本性认识，而没能运用理论概括的方法，达到对史实的洞穿和超越。所以总结出的规律往往一枝一叶，不能涵盖整个面，说明根本问题。正是有鉴于此，有必要强调本位研究与整体研究的同步，且这种强调又不能不以前者为依托、后者为重点，以两者同步的层次厘定与操作性规程的落实为关键。

或以为，就目前的实际情形而言，对具体论者及其理论主张的研究不是做多了，而是远远不够。这样说自然是没错的。相对于古代篇幅浩瀚的原典，今人所做的工作只能是管窥蠡测，或许永远是管窥蠡测。这就要求研究者能克服浮躁，静下心来，并对学问有发自内心的敬畏。问题是，这样一种具体窥测与研究的实效到底如何？它一点点铺排开去，最后是否能累积为富有历史感的整体观照和全局性认知？特别是，倘未排除平庸与重复的拖累，它是否会成为局守成规者趋易避难的掩饰与借口，恐怕不是每个人都能理直气壮地回答的。事实是，现有不少具体而个案的成果，大都仅基于研究者个人的兴趣和视野所及，有时还不免目的过于明确的"对象化阅读"，在一篇文章乃至一本著作中阑入什么不阑入什么，在一个批评家的评赞过程中突出什么略去什么，其背后的理据是不是充分，在很大程度上都经不起深问。尤其是对宋以后典籍的基本情况，今人所知实在不能算详尽，对元明清部分的了解就更少，像清诗话现存有800种，未被披览的达五分之三以上。在对一个人时段文学批评的基本文献及其范围、数目都未有完整知识的情况下，一些全称式的判断和结论已然充斥在各种专题文章和通史类论著中，这样的结论虽都以客观的面目出现，但严格地说，是否真正站得住脚，实在是一个问题。

　　而尤须特别提出的是，上述情况之所以出现，一些大时段的文学批评之所以至今缺乏可信的知识化表述，有时不是因为研究者不勤奋、不知会，很大程度上恰恰与其缺乏很好的大局观和整体观有关。从来都是这样，材料和史实的获得不全是，甚至从根本上说就不是偶然猝遇的结果，它端赖一种视野，一种别出心裁的知解。没有研究者基于工作经验的主观拟想，基于自觉理念的有目的搜求，还有对整个古文论发展全局的追究意识和探索冲动，要找到为何这样研究而不是那样研究的理据自然就很难，从而要获得写什么不写什么的正当性，包括下笔时那种心安理得的自信也就杳不可寻。结果只能是，按一种既有的思维去编派和裁割对象，仅给出一个年代顺序来安顿对象，而缺乏为何如此安顿的理据呈示。年深月久，习惯养成，个人化的偏狭固化为思维的定势，学术也就在其根源处丧失了自我完善与深化的可能。

正是鉴于这种情况，在依托本位研究并努力使之更细化、深化与科学化的同时，我们以为应该更多地强调全方位整体研究的重要性。借用钱穆在《中国历史研究法》一书中所说的话，就是多"自其汇通处看，不当专自其分别处寻"，并真正认识到这种脱略个别的汇通和这种整体的研究决不等于表面化的简单统说与肤泛扫描，它的出发点永远是个别的、基础的研究，它的归结点有时甚至也是个别的、基础的研究，不过是有一个更自觉的整体性的观念照摄着。正是借此观念的照摄，它得以克服以往微观研究的拘执和宏观研究的随意，从而使研究服从于更为完整深刻的问道目的。

为了这样一种目的的达成，并最终使本位研究与整体研究真正做到同步，在如下三个平台展开有系统的工作，似至为切要：一是对古代文学批评恒定质素和理论特色的形成根源的追究，是为基因研究；一是对古代理论家、批评家所用以进行文学批评的手段、媒介和形式的分析，是为方法研究；二是对古代文学批评中具体的理论主张、命题，以及所用概念、范畴的确认，也即本位研究。三者彼此沟通，互为说明，构成一个有内在联系的网络，以使总体的把握有史实可据，具体的分析又各有自己的逻辑归向。如此庶几可使批评史研究走出单向度的平面格局，既保证了涵盖的广度，又获得应有的理论深度和学术自觉。

所谓基因研究，是一种对古代文学批评特有的理论品格与民族特色的成因进行全面分析的探源性工作。相对于另外两个方面的研究来说，它带有很强的逻辑究问的特点，且不能不揽入异域文化与文学理论作为评价的参照，因此也最具有超越性，最强烈地透见出研究者的当代意识和研究本身的深刻性。

为了使探源工作最大程度地接近历史真实，深入古代中国的社会结构、思维方式、哲学观念以及由此形成的文化精神内部去寻找原因，类如巴赫金所说的，"在人类文化的整体中通过系统哲学来论证艺术事实及艺术的特殊性"①，是保证这一工作取得实绩的唯一途径。

譬如，就社会结构而言，中国是一个自然经济占统治地位的半封闭农业国家，由于历史上氏族社会解体完成得不充分，宗法意识大量留存，因此整个社会长期处于一个既等级森严又上下亲和的超稳定体中。根植于这个超稳定体中的许多传统思想，如"家国一体"的古老观念、"慎终追远"的保守心理以及"忠孝节义"等伦理规范，都影响到古人对文学的认识。古代诗人和批评家对文学社会作用的重视，对"文以行立，行以文传"的传统说教的遵信，以及"征圣""宗经"的文统意识和"贵远贱近"的复古好尚，都与这个特定的社会结构有关。就思维方式而言，由于古人多将宇宙看作一个实体，一个过程，所以反对用人为的假定和概念去对浑化的世界作解剖式的静态分析；为了从整体上把握对象的各个方面，更多的是凭借长期

① 《巴赫金全集》第一卷，河北教育出版社1998年，第308页。

的经验积累，用带有辩证精神的直觉思维去感知，作不借助于逻辑中介的综合判断。古代批评家谈艺论文时所用的思维方法与此相同，在他们眼里，作品不仅是被认知的客体，还是充满内在生命律动的有机整体，所以不屑于对之作一枝一叶的纯客观分析，而好通过直觉予以整体的把握。即使是谈理论问题，也不用抽象的理性思辨，而多作具体的感性规范，并力求在一瞬间完成对一个深邃命题的全部探索，因此常常寥寥数语，既穷其隐微尽其毫忽，又发人兴会益人神智。尽管有时因内涵含混而蹈于玄虚，有时因外延不清而歧义纷呈，有过于飘忽内省不深的缺点，但从整体上说确实在最大程度上拥有了对象的气足神完。再就哲学观念说，中国哲学在精神实质上体现出的对宇宙阴阳变化的辩证体悟，对天地万物整体性和连续性的动态把握，以及不向纯粹的上帝观念致思，而对天人之际投以急切关注的现实态度，都给古代批评家以深刻的哲学启示与规定，使其十分重视作为人文的文学和天地之文的合一，重视对文学创作中刚柔、奇正、雅俗和因革等辩证关系的揭示，追求文学"块然自生""无言独化"的整体和谐，强调文学的认识价值和此岸精神。至于一定民族的文化精神对诗人与批评家的影响就更直接更明显，中国文化重价值判断轻结构分析、重和合轻对立、重实践轻纯知，都曾对古人及其文学活动产生深刻的影响。这方面已有许多文章论及，故此处不再赘述。

所谓批评方法的研究，指通过对中国古代大量存在的诗词曲话、诗文评点等批评原态的考察，总结出相对于东西方其他文化类型和文学批评方法独有的特点。这一工作之于推进批评史研究的重大意义已是人所共知，所以相关探讨较多，但一些误解仍然存在。如有的将诗、词、曲、赋、文话当作批评方法，也有人将选本、评点当作批评方法。其实，它们只是古人常用的批评模式，而不是批评方法。此外，还有人将辅之以美学分析的伦理批评视为批评方法，可事实上重视文学的社会作用，注意对文学伦理品格的揭示，只是古人着手文学批评的价值取向，也不是批评方法。什么是严格意义上的批评方法，有待厘定。

依照文学批评本身的特性，批评方法应该是从批评模式中抽绎出来的那些带有方法论意义的东西，它既结合了古代批评家的思维方式，又适切各种文体的基本特征，具有理论上的自体性与涵盖性。考察历代文学批评，可以发现，基于直觉思维基础上的具象的抽象，乃是中国古代最重要的且最具特色的批评方法。与西方纯思的抽象不同，这种具象的抽象不借助于归纳、推理等论证手段，也不使用三段论式的逻辑演绎，依照从感性的具体出发，经由理性分析达到抽象具体，而是自觉运用表象，包括物象、人象与事象的自我运动来揭示对象的本质。古人称之为"体"或"玄览"，儒家讲"一以贯之""反身而诚"，提倡"类推""思通"，道家之不用名理论道，而讲究"坐忘""坐驰"及"朝彻而后能见独"，禅宗讲"教外别传，不立文字，直指人心，见性成佛"，都是这种批评方式与方法得以确立的资源。由于在古人那里，表象不仅是感性范畴，还有概括、判断、确证与深化对象的功能，因此他们好借助于这种方法来把握对象，并常常借此对诸多问题作出出人意料的深刻理解。

如前所说，基于中国古代文学创作很讲究作品内在的整体和谐，古人每每常用直觉思维的方式，对这种整体和谐作出把握，以求得默识心通，无言而道合的确解。为此，他们需要一种与之相应的批评方法，禅使一种比类的直觉，意会的直觉，甚至顿悟的直觉，总之是一种融感性判断与理性认识于一体的直觉，能够获得客观观察与逻辑推理所不能获得的真知，因为他们认为，客观认识所得不可能是对象的整体，逻辑推理又难免遗落对象本身的神妙和丰富。显然，具象的抽象在最大程度上符合他们的特殊要求。故不但大量的诗话文评用这一方法来鉴赏与评价对象，即《文心雕龙》这样体大思精的著作，在展开具体论述时也常用此方法陈述已见，并且切入创作实际的内里，力求揭示文学创作的一些根本性问题。评点从某种意义上说，用的也是这种方法，评语与被评点的作品相互映照衬托，评点者的旨趣与主张便显而易见了。至于选本则更是把这种方法推向了极致，它不汲汲于就某个重要的问题作纯然的事理论辩，也不耳提面命迫人遵从，而是通过选辑那些足以体现自己观念与趣味的作品来宣扬一种主张，所谓"不立文字，不落言诠"，让人们在对作品的玩味摩习中，不知不觉地接受了其主张，从而收到不令而行化成天下的效果。

综合上述，是我们所说的整体研究的含义。关于前者，由于对古代中国的社会结构、思维方式、哲学观念与文化精神的研究早已形成独立的学问，有一系列稳定而成熟的成果可资借鉴，只要力戒轻率的任意攀附，祛除过多的例外存在，那么，恰如其分地揭示出古代文学与上述诸因素的关系，从而加深对各个时期不同批评家批评立场的体认，推动整个研究走向深入，并非不可期待。关于后者，由于批评方法的形成既与古人的思维方式分不开，又与本文未及讨论的汉语的特性以及各体文学的体式特征相关联，故应在它与上述两方面的联系中考较其长短，单就这种批评方法本身论得失，都会抑扬失当，产生与事实不符的误判。而一旦有了正确的认识，必然会提高对文本解读的准确性，找准古人论说的真实用意。因此，对古文论所用批评方法的研究，与对古代文论形成基因的研究一样，应作为整个批评史研究中一个相对独立的分支，受到更加充分的重视。

其次是客观描述与理论推阐兼顾。在研究中提倡一丝不苟的求实精神，冷静客观的研判态度，这原是当然的事。马克思主义经典作家历来强调，不论在自然科学还是历史科学领域，都必须从既有的事实出发。古代文学批评史是研究主体通过邈远的时空间隔，对过去年代曾经存在的文学理论与批评所作的一种反求构筑，从根本上说不可避免地带有还原的性质，即通过对材料的仔细认定，确定基本史实，复原历史真实，因此力摒主观臆测、强调客观公正是必须的。在这方面，类如乾嘉学派"言必有据，据必有信""无证不信，孤证不立"的原则不能废弃。现代学者如陈垣等前辈对史源学的强调，以为非逐一根据其出处，不易知其用功之密与致误之原，也应坚持。这里要问的是，对一个研究者而言，是不是仅仅做到这些就足够了，就达到研究的目的了？在这个问题上，一些误解至今顽固地存在。

我们常说，批评史研究的目的在于弄清各个时期批评家具体的文学主张和所崇尚的美学思想，把握古代文学理论发展的潜进脉络，从而找出一些规律性的东西，用以贡献给当代，贡献给世界。当今时代，多元文化的交流已成趋势，每个人都无可回避地要关注自己研究的全球化背景，在有所坚执的同时有所参照有所发展。显然，仅依着保持研究客观性的要求，做一些基础的还原工作是不能达到这一目的的。纯客观的研究在钩稽本事、辨别真伪、考明作者、确定年限、分合篇目、解析体裁等方面或许还能做到（其实，受考古的限制，许多考证因缺乏地下实物和文字材料的佐证，在一些细节或关节上，甚至是一些比较重要的细节或关节上，仍不免带有悬想和猜测的成分，当然，这不是一种无的放矢的悬想和猜测），但在深入分析古人的文学思想，评判其得失，进而抉发出可以用为当代人文化创造的精神资源层面上，却不可能做到。因为要对一个文学现象和文学主张做总体把握，除了依据相关史料，弄清基本史实外，总还要做进一步的分析综合工作，由此建造起知识范畴与理论体系。而一涉建造，就有了站在什么角度、用什么标准去建造的问题。每一代人甚至每一个人不可避免地，总是凭着他那个时代所提供的经验去了解过去预估未来，由此对过去时代文学现象与思想的总结，无论自以为是经验论的，还是形而上学的，都和他所处的时代、所选择的背景息息相关。也就是说，一段历史之所以进入他的视野，很可能是因为它被意识到之于当下的价值。正是在此意义上说，纯粹的客观是没有的。一部文学批评史不可能是独立于研究者主观意识之外的古代文学观念的历史再现，所谓"反求构筑"自然是指追原历史真相，但这种反求毕竟还要仰赖构筑者的主体意识才能实现。更不用说研究所引用的史料本身就带有编撰者的主观意志，被编撰者按照自己的知识范畴重新铸造过；而后世对这些材料的理解也各自受所处时代种种现实条件的规定，显示出那个时代特有的价值意向。

这一点，就是被提倡客观论者推为楷模的乾嘉学派也不例外。乾嘉大师反对哆口无当凌空架言式的虚逞臆说，主张用考据的方法，依照物证与书证来钩索古代社会与文明发展的历程。但其人于诸学问中并非平均用力，而是有所侧重的，即特别注重于史的研究。他们之所以重视史学，正是因为意识到在那个特定的时代，史学之于维系世道人心倡扬道德教化的巨大作用，所以是先重视史学而后重视考证的，用考证的方法研究史学，就是他们立足于当下，对古代文化遗产所作的选择。因此，后人从其古色斑斓的文字里，依然能隐约看出在专制统治下，一个正直学人的社会知觉与道德良心。至若其人好讲阙疑与推求的结合，实证与虚会的结合，察异观同，求其会通，从而从观念到方法，在在表明了自己对考据是如何有着正确的理解，还有远非"能征实而不能发扬"的开展心态。

所以，无为利诱，无为时趋，在研究过程中保持浩然独立无所偏党的严谨与公正是必须的，且毋庸怀疑的。但以为就此可以用一种纯客观的态度面对历史，并以此还原以往存在过的包括文学理论批评在内的古代文明的全部发展历程，只是一个美好的理想。故此，我们或许永无可能达到那个存在于我们心中的原意与原相。倘一定要逼视这个问题，坚执于实现这个理想，就必须对这个客观有新的认识和理解，明确客观性这个要求是与学术研究的基础层次（这一称谓非但不是对它的贬抑，相反，从其本意来看，正表明它特别重要）相适应的，而在学术研究更超拔一些的层次上，就不能再笼统地讲客观性了。因为事实是，所谓客观只能是主观的客观，当然，这主观也只能是客观的主观。这两者的相向对流，庶几可以界定客观的真实含义，同时也划清了与相对主义的逻辑界限。而人们通常所说的保持研究的客观性，只有在反对不顾具体历史条件的拉杂比附和浪言融通时才有意义。

明乎此，可以进一步谈论批评史研究中如何加强理论推阐这个问题了。由于古代中国人较少有构筑体系以覆盖别人的野心，谈艺论文也不同于西人，好用缜密的逻辑推导来阐述与发扬一个问题，而通常取一种经验外推的形式，通过一些灵警的言辞来表达自己独到的体认，强调得意句中，会心言外，这就使得其理论不但形貌屑小零碎，且所用的概念、范畴也具有多边多义、辞约旨丰的特色，至于一些文学思想夹杂在政治主张和人生见解中，就更是如此了。故要真正理解它们，不仅要有钩稽、爬梳和董理的基础功夫，更要有在只言片语构成的散殊个体中发现内在联系，揭示其经验性感悟中所包含的深刻内涵的理性抽象功夫，有融会古今中外所有相关的知识理论，去烛照、显现和剥离出这种内涵的现实价值的功夫。只有把这些感性的、机智的，并且有些含混的理论主张和概念、范畴，与新的符合当代知识论公义的理论方法结合起来，我们才有机会抽引与揭示蕴藏在古人论说中的丰富意旨，并将之贡献给更广大的人群。在哲学界，已有学者提出要建立一门属于我们自己的独具面目的诠释学，用以推动传统思想的现代抉发，进而为人类的文明重建提供中国的经验，古文论研究于此责无旁贷。

那么，强调理论推阐是否有违学术研究求真务实、实事求是的科学态度，有用今人套古人之嫌？其实没有，相反，这正是坚持了经典作家所倡导的历史主义原则，即在发展中，在对象与其他现象的联系中，在当代的经验中考察对象的原则。要求在发展与联系中考察对象，是为了保证研究的全面性，杜绝任何机械分割与主观独断；而要求在当代经验中考察对象，则是为了保证研究的深刻性，杜绝就事论事的简单叙述与被动承受，以便用更科学的理论方法去观察烛照，揭示出对象的深刻内涵，达到对问题本质的真切理解。

要做到这一点，要求一个研究者有宽阔的理论视野和敏觉的哲学思辨，没有研究者自身的深刻，便没有研究的深刻。倘若再一味抱定再现历史真实的宗旨，汲汲于对既有材料作客观的论列，这种就事论事的平面研究，只会催生以铺叙代替别裁、能征实而不知发扬的肤泛之作。结果必然是，在研究过程中整段照录古书，所不同的是按照自己既定的体例稍作排比，然后再作若干解释性的评论。这样做似乎保持了论述的客观性，实际上是把研究停滞在说明阶段。至于有的排比体例仍不脱由本质论、创作论、风格论而鉴赏论、功用论的苏俄模式（倘以客观性要求，古人的论说方式显然不是这样），有的评论确切地说只是文言今译，而未能还原一个复杂晦昧的既存本事，更不要说牵动了一个更丰厚深广的文化背景，名为通史，实际上脱不了断代迭加的痕迹；名为文学批评史、文艺思想演变史，却于文学理论的发展规律不甚了然，更在很大程度上助长了学界平庸习气的盛行，影响了学派的繁荣与学术的进步。

不错，历史事实是一切研究的出发点，忠于史实是研究者首先该有的态度。然而，正像所谓客观是与学术研究的基础层次相适应一样，保持研究的客观性也只是对研究者提出的一个基本要求，远不是他的全部职责。英国现代史学家卡尔在《历史是什么？》一书中曾说过这样一段话："称赞一位历史学家叙述准确，就像称赞一位建筑师在他的建筑中用了干燥的木材，或者适度的混凝土，这是他进行工作的必要条件，却不是主要职能。"一个研究者首先应该是一个思想者，他不但要用自己严格的求实精神和严谨的治学态度，传达给读者以历史的真实，更要有思想者的本能与识见，通过研究达到自己，并和古代思想家一道丰富各自时代的思想宝库。落实到批评史研究领域，在已有研究所达到的规模和成就基础上，如果再醉心于史料排比而不能以己见裁断，拘泥于客观描述而不知本原叩问，那他提供给人最多的只能是一种专门知识而非科学，抱着这样的宗旨写出的专著，也只能是古史《文苑传》的新版和诗话文评的再编，而不是"究天人之际，通古今之变，成一家之言"的传世著作，而这个时代急需的，恰恰是后一种著作。

因此，我们亟盼有这样一部《中国文学批评史》出现，希望它在材料丰富考证翔实的基础上，不但能厘定史实，并从中引出可信的结论，还能取精用弘、抉幽显微，将具体史实的钩沉与抽象思维的清理结合起来，揭示对象所隐藏着的迄今尚未被人了解的全部底蕴。不仅如此，还希望它能在史料缺乏的情况下，既忠实于既有事实，又善于在历史提供的可能性中，最大程度地去设想各种事象之间可能存在的联系，继而达到对古代文学理论与批评的系统把握。甚至还鼓励它跳出一枝一节的细部说明，亟断得失的价值判断与功能分析，从高处凝想，向玄处致思，发挥思维的积极性，依靠理性的指引，由现象界进入本体界，去思考一些超时空的基本结构问题，为今天的文论建设提供有益的借鉴，为传统文学理论的成功输出并真正构成与东西方文学理论的对应，做出应有的贡献。这实在不是一个超前的要求，而是学术发展的题中应有之义。一个有出息的研究者，应该在自己心中唤起对这种工作的热情，以一种对历史富有想象力的理解，去完成在生成—演变这一认识进程中考察古代文学批评的艰巨工作。

如本文一开头所说，文学批评史研究要跳出迟滞局面，取得突破，研究主体的观念更新是必不可少的。上述本位研究与整体研究同步、客观描述与理论推阐兼顾要真正落实，说到底都有一个观念更新的问题。包括近年来一直为学界关注的古文论的现代转换问题也同样，它绝不是通过复兴传统术语以求恢复自身固有模式就能达成的，没有现代观念指导下的现代人的努力，它将不可能取得任何实质性的进展。鉴于以往研究恪守老套，有不脱窠臼的因袭，最后要着重论述一下观念突破和方法多样并进之于推进研究的意义。先谈观念突破。

一是必须全面认识历史分析的含义，开拓历史分析的界域。文学批评史研究重视史的描述，强调把问题提到一定的历史范围内加以考察，自然能保持研究的科学性。但长期以来，由于论者过于注意一定历史时期内经济、政治这两个因素对文学的影响，在分析具体的文学理论产生、发展和变化原因时，往往只把这两者作为足以对文学构成制约的背景，使得所谓历史分析，实际上成为文学与经济、文学与政治的简单对应。这种情况在本领域曾长期存在，以后虽有改观，但终未得到彻底的根除。

一定历史时期的经济、政治对文学创作和批评是有决定作用，但这不是直接的，更不是唯一的。从经济、政治到文学特别是文学理论批评之间，还存在着许多复杂的中间环节，也即哲学上所讲的"中介"。例如一定社会历史阶段中的宗教、伦理、心理以及一般社会习俗对文学都有影响，在某些时候甚至是决定性的影响。而有的因素作为观念形态长期积淀在本民族所有成员的心理底层，对文学实践与文学观念的影响就更为巨大和本质。缺少对这种"中介"的分析，就会使文学思想发展的历史成为一种抽象的事例堆积，失去其本应有的丰富与生动。这是就对文学构成影响的外在因素而言的。就文学创作与理论批评自身而言，作为一种社会现象，文学创作和理论批评本身就包含了大量的社会内容，特别是一些杰出的作品与影响久远的理论观点，它们提供给人进行历史分析的角度几乎是无限的，可以是哲学的、美学的，可以是历史的、伦理的、心理的，也可以是宗教学或民族民俗学意义上的。再就人的认知规律而言，为了获得对客观对象的全面认识，人们不仅要了解不同事物、对象之间的核心联系，还要了解事物与对象之间存在着的整体的系统联系，并且，只有掌握了一个事物对其他事物的多种关系的总和，让事物的各个环节的全部展开成为现实，也就是从全部历史和全部现实的关系中来把握文学现象、文学观念，才能真正达到认知的目的。

显然，仅从经济、政治这两个角度去研究文学，特别是文学理论批评，对思想现象与理论观点作超历史的抽象化理解，而放弃对丰富复杂的相关因素的分析，是远远不够的，且很容易堕入"本质主义"的陷阱。因此，有必要特别强调拓展历史分析的界域之于批评史研究的重要性。当今各门类人文学科在保持自身特点的同时，都有向社会学、文化学汲取资源的趋势，如何从古人的生活情趣、生存状态、物质供给以及精神风貌等多个角度，从一般文人群落的创作活动、文化行为和选择标准等多个向度，赋予其文学观以更完整更立体的形貌，从而获得更深入真切的体认，实在是必须付诸践行的当务之急。黑格尔在《哲学史讲演录·导言》中曾说："将哲学史认作一个有机的进展的全体，一个理性的联系，唯有这样，哲学史才会达到科学的尊严。"同样，批评史研究也只有在深入分析诸种历史元素对文学理论批评的综合影响基础上，对之进行系统的考察，才会获得"科学的尊严"。

二是必须重新肯认形式理论批评的价值,细化对古代审美趣尚以及古人关注中心的认识和把握。以往批评史研究多集中在古人基本文学观的评述上,如前所说,常常是由本质论、创作论、风格论而及功用论,但对古人基于语言、结构和修辞等体式规定所提出的主张,包括各种文体格范与创作格法如"门""式""势""体"等,概称之为形式批评的理论则未予足够的重视,投入的关注程度和论说篇幅都远远低于其他理论。其实,基于以诗文为中心形态的中国古代文学是一种程式化意味很浓的文学,它体现在字法、句法到章法等一系列艺术讲求的有序展开中,古人的批评涉及虽广,因此之故,真正的或称最强烈的兴趣大多偏在这些方面,历代诗、词、曲、赋、义话和诗文评点等著作,更每每围绕这些方面展开,由此造成形式批评理论在古文论中占据了很大的比重。而就其理论上的自体性而言,它们又是构成批评史上许多重要命题、概念和范畴的基础。譬如古人对省略主词、淡化语助以经营诗歌意象多有探讨,如李东阳所谓"作诗不用闲言助字,自然意象具足"[①],"止提掇出紧关物色字样,而音韵铿锵,意象具足"[②],

---

① 薛雪《一瓢诗话》,上海古籍出版社1999年,第698页。
② 李东阳《麓堂诗话》,《历代诗话续编》,中华书局1983年,第1372页。

不去了解这些对意象取得方式的论述，很难将"意象"范畴与意象理论说清楚。故不能因其所论屑小零乱而不问，因其多关涉文学的外在构成而弃置不理。特别是宋以后，一直到明清两代，处于传统文化总结期的古代文学家、文学批评家，尤多文法诗律方面的总结性探讨，如乾隆时张潜有《诗法醒言》十卷通论体制、音韵与风格，颇有所获；有的讨论的虽是其中一个很小很专门的问题，如康熙时郎廷极《集唐要法》一卷专论集句诗作法，但也不无精见。遗憾的是，因种种原因，类似的专书有许多至今仍未得入眼，这种局面必须改变。

进而言之，形式感的赋予与探索，直接关乎文学的自觉和文学理论批评的成熟。考察秦汉以来，一直到六朝逐渐繁兴，到唐五代趋于成熟，宋元时开出新境，明清时臻于密致的古代文学理论批评，其发生、发展与古人对形式的探讨及这种探讨的日益成熟密不可分；形式批评理论立足于汉字的构造特点、组合方式和声韵规律，包含调声、属对、缀章、病累等多方面内容，因切入作品及创作构成的内在机理，常对时代风会与审美崇尚构成重大影响，故我们说，研究作为古文论的有机组成部分和古代文学理论逻辑链条重要一环的形式批评理论，能为传统文论独特面目的凸现，以及东西方不同的文学观念的整合提供有力的支持，是一点都不过分的。它使传统文论在很大程度上脱略了一味玄思或妄发议论的空洞肤泛，张大了自身的理论特质和文化底蕴，从而为在更高、更科学的层次上实现传统文化、文学与东西方其他文化、文学的对接提供了现实的可能。回看以往的古文论研究，如前所说，通常由本质论一路说开去，多少带有异域文学批评的痕迹，是不能说真正契合传统文论的特质的。

三是必须正确认识作者与批评家的主体作用，加强对气质才性、知识结构、占籍背景、集团归属以及其他各种因素之于其人学说与主张所产生的具体影响的研究。一种思想或理论，一个命题与范畴，就其本身看似乎是一个具有自体性的客观存在，但就其形成过程来看，却与批评主体息息相关。正如文学作品虽来自社会生活，完成后即具独立的存在方式和意义，但由于经过了作家这个中介，必然带有作家个人的印记一样，由于每个批评家受各种不同因素的影响，养成不同的气质才性和知识结构，这种不同的气性与学养，特别是不同的文化心理结构，必然会影响他对许多问题的看法。盖各种外部影响是透过内部媒介，通过已形成的心理气质折射现实的，因此人们所反映的形象与所表述的思想不仅取决于这种媒介作用的特点，而且取决于其心理、气质的特点和知觉内部的条件。由生活和教育环境形成的个人心理、气质，不仅决定反映现实、表述思想的特点，而且还决定这种反映与表达活动的方向和积极性，由此决定其人对文学问题的看法和审美趣尚的选择。文化心理结构正是这样一种在一定气质禀赋和知识构成基础上，受一定历史环境和文化传统影响而形成的不可重复的特定心态，它决定着一种思想、理论、主张与命题的基本征象，也是后人得以确认不同作家、批评家精神谱系的依据。因此，研究者除了对这种思想进行具体详切的研究外，还必须深入批评家的内心，除了找到其理论之所以产生的外部原因外，还必须找到其内在的心理依据，这样才可能真正进入对象的底里，并对之心怀"温情与敬意"，产生"有同情之了解"。

可以前的研究多少忽视了这一点。在古代文学史研究领域，自20世纪80年代末以来，文人心态的研究已出现了一系列成果，以罗宗强《玄学与魏晋士人心态》一书为代表，有的成果达到了相当高的学术层次，并相应地催生了"历代文人心态史"这样完整的系列丛书的出版。但在批评史研究领域，同样层次与类型的著作就没有，而多见以背景描述代替心理分析，以命题阐释代替其背后心理成因揭示的情况。如此一味把重心放在批评家所提出的某个具体主张上面，很少顾及主体自身的因素对其观点与主张的规定，加以所用以分析的理论过于陈旧，手段又稍嫌单调，致使得出的结论往往有普泛性而缺乏针对性，用在这个人身上行，用在另外一个人身上也不会产生太大的违碍。结果自然不可能使研究走向细化和深入，所以应该尽量克服。在这方面经典作家已有很好的示范，恩格斯《诗歌和散文中的德国社会主义》一文，结合歌德的气质、才性与学养等各种因素，对其做综合的分析，所得结论贴切生动，很值得我们效仿。

批评史研究要获得当代性质素，研究方法的更新也很重要。在今天，学术发展的本身呼唤着与其所到达的境界相适应的新的研究理路与手段的出现，包括这种种既有理路与手段的重组能够尽早出现。它需要量化，需要落实为可操作可验证的系统。诚然，过去运用娴熟的静态平面的研究方法，因有其相适应的对象，仍然可用，只要注意吸纳更丰富的相关内容，且与动态的主体研究相配合，使历时与共时在科学的层次上达到统一，依然能够解决不少问题。同时，坚持在历史与逻辑、历史批评与美学批评相统一中把握对象也很重要。严格地说，方法过时这种提法，只有在思维方式陈旧这一层面上才有意义。

尽管如此，对方法提出多元的要求仍然十分切要，这是被研究对象自身存在的复杂多样所决定的。只要找到方法和对象之间合理的交叉点，并把握好这种交叉的层次，使之上升到哲学的高度，而不亟亟寻求两者绝对的接轨，那么，一些前沿的理论与方法就可以为我们所用，并在运用过程中促其成熟。如前及整体研究，就可以引入史学研究中模式分析与系统分析的方法，包括引入皮埃尔·布尔迪厄的"文学场"（Literary Field）理论，甚至哈贝马斯的"公共空间"（Public Sphere）的理论。心理学中有一个全局心理学派，在方法论上，它不主张把事物逐件拆开看，而将之视为一个"全局"（Gestalt），认为当个别无法构成一有意义的整体时，人有能力把这种个别在思维中重新组合，甚至把问题解决，这种学说在某种意义上，也可以给整体研究以启发。

同样，在本位研究方面，可引入历史统计学与计量分析法，包括引入福柯的"知识考古学"理论，他所提出的"重要的不是话语讲述的时代，而是讲述话语的时代"的观点，对我们体认发掘那些因年代久远而正从人们视野中消失的认识机制，比还原以往文学批评的历史更为重要，显然很有帮助。其中的主体研究，又可引入心智史学的方法，以及前及布尔迪厄所创制的关键概念——"习性"（habitus），从此入手，既可判明批评主体的个性特征，也可照见社会化的主体与外部世界的隐蔽关系，以及社会对主体的渗透和主体对社会的反映。其中的形式批评理论及范畴研究，则可引入语义学、符号学和形式批评等方法，如意大利符号学家伊柯关于符号不是固定不变的实体，它的同一表现形式可以有不同的主观内容，故应以符号的功能作为实质上的符号概念，还有法国结构主义精神分析大师雅克·拉康鉴于每个词在不同人心目中表征不同的观念，提出"滑动的所指"（glissement du signifie）的思想，都可以拿来与形式论范畴的感性特性相发明相印证。至若宇文所安用"细读—精读"的模式研究中国古代文学思想，其中也涉及对概念、范畴的讨论，更可以用为研究之助。

对自然科学领域内相关成果的适当吸取，也是方法多元的一个方面。科学与艺术在人类的早期就有过联合，人类最古老的文明两极——语言学与数学之间，就产生了数理语言学这一学科。如前所及，定量方法在人文科学研究中所占比例也在上升。这些都向人们展示了一个广阔的前景，正如马克思主义经典作家所说的，"自然科学往后将包括关于人的科学，正像人的科学包括自然科学一样：这将是一门科学"①。应该鼓励研究者努力实践，积极促使这种科学尽早产生。至于文学与其他人文学科之间形成的边缘学科，更应该积极引进并尝试运用。当然，新方法地位的确立，端赖研究者思维的更新和利用它们进行研究所取得的实绩。

或许有人会担心，提倡多角度、多方法研究古代文学批评史，会造成任意伸张史实或评价失度的局面，并会导致虚浮的学术风气的泛滥。其实，只要排除不顾及具体历史条件的主观臆测和穿凿附会，这种局面就不可能产生。至于在一些学术理念与解读方法上有不一致，应允许存在，以造成有利于多途探索的宽松环境。每个时代的研究者都是带着寻找客观对象的确定性开始自己的工作的，但他们得出的结论常常各不相同，这种情况在包括义学研究在内的众多领域都可见到。因为人的认识是随社会实践的发展而提高的，在社会实践的推动下，这种提高了认识水平的人在并没有发展变化的历史资料中获得新的角度和视野，从而剥离出旧课题中的新内涵，原是很正常的事。再说，人类经验行为作为一种深层存在，有着事实上不可

---

① 《马克思恩格斯全集》第 42 卷，人民出版社 1979 年，第 129 页。

穷尽的意义层面。历史本就是由历史学家的主观性在人类的两个画面——以前人所生活过的过去与为了有利于以后的人而展开的回复过去的努力的现在——之间建立的关系连接，此所以贝奈戴托·克罗齐《历史学的理论和实际》说"历史无时无刻不在力图使自己变完善，就是说，它在丰富着自己和更深入地探索自己。没有一部历史能使我们完全得到满足，因为我们的任何营造都会产生新的事实和新的问题，要求新的解决"。

结言之，随着人类的发展和文明的进步，历史不可避免地要就人类的属性进行无数次改写。每一部历史都对这个纷繁复杂的客观世界抱有自己独特的感觉方式和想象方式，这是人类的认识特性所规定的。古代文学批评史研究的是古人的文学思想和文学批评，无论从质还是从量上说，都是一件复杂的工作。不同时代的研究者带着各自时代所铸就的理论视野，从不同的角度对之进行考察，得到的结论自然会有不同。可也正是这种不同，使历史本身不断地得到丰富和增值，并不断地提供给后人以新的研究课题。前文所说研究者要通过研究达到自己，就是从这个意义上说的。

一个过去只有在没有未来的时候才会最终固定下来，中国古代文学理论批评源远流长，有的直到今天仍能给人以启示。

故一切有责任感和当代意识的研究者，应当拿出自己的眼光，在充分尊重历史和严格遵守学术规范的前提下，以哲学的眼光去概括总结，不仅让历史通过自己说话，还要让自己通过历史说话，让历史在自己手中增值并得以延续。相信抱着这一宗旨写出的著作，有权利在学术史上谋取更悠长一些的生命。